中国诗词名篇名句赏析

李定广　评注

上

中国出版集团公司
華文出版社

图书在版编目（CIP）数据

中国诗词名篇名句赏析．上 / 李定广评注．-- 北京：华文出版社，2020.1
ISBN 978-7-5075-5244-7

Ⅰ．①中… Ⅱ．①李… Ⅲ．①诗歌欣赏－中国 Ⅳ．①I207.2

中国版本图书馆CIP数据核字（2019）第286147号

中国诗词名篇名句赏析·上
ZHONGGUO SHICI MINGPIANMINGJU SHANGXI · SHANG

评　　注：李定广
责任编辑：胡慧华
出版发行：华文出版社
社　　址：北京市西城区广外大街 305 号 8 区 2 号楼
邮政编码：100055
网　　址：http://www.hwcbs.com.cn
电　　话：总 编 室 010-58336239　发 行 部 010-58336267
责任编辑 010-58336197
经　　销：新华书店
印　　刷：三河市刚利印务有限公司
开　　本：710×1000　1/16
印　　张：22.5
字　　数：280 千字
版　　次：2020 年 1 月第 1 版
印　　次：2020 年 1 月第 1 次印刷
标准书号：ISBN 978-7-5075-5244-7
定　　价：42.00 元

出版说明

诗词是中华传统文化中的瑰宝，学习诗词是贯彻党中央“完善中华优秀传统文化教育”重要决定的题中应有之义。近年来，随着《中国诗词大会》等名牌电视栏目的播出，各大广播电视机构和互联网音视频分享平台纷纷推出诗词大赛、诗词诵读赛等节目，诗词学习一时风生水起，观者、听者、读者也是好评如潮；而诗词也因其底蕴深厚、意境优美、短小精悍、易记易诵、便于呈现等特点，成了互联网时代生活快节奏、时间碎片化的“手机控”们掌上阅读、学习的“新宠”。在此背景下，中国诗词的各种纸质读物、电子读物、手机APP纷纷“出笼”，鱼龙混杂，泥沙俱下，包括大中小学生在内的广大读者、诗词爱好者、诗词大赛参与者一时良莠难辨，他们急需一本学习诗词、备战诗词大赛的可靠读本、范本。因此，我们特邀请权威专家编选了《中国诗词名篇名句赏析》，相信大家一定会喜欢。

首先，《中国诗词名篇名句赏析》是一“善本”。本书由中央广播电视总台热播节目《中国诗词大会》学术总负责人、命题专家组组长、著名文史学者李定广教授编选并评注。李定广教授既擅长版本考证，又深谙古诗词音乐、音韵，他对版本歧异的诗词一一做了考辩，在此基础上适应诗词普及推广之需，呈现给读者的诗词，其字、词、音都十分精准可靠，经得住推敲，可谓“定本”。李定广教授还擅长艺术分析，他对诗词的赏析，不仅包含了自己的研究心得，还吸收了学界的最新研究成果，赏析代表了当今学界的最新学术水平，这样既为读者学习诗词打好了“底子”，又提高了他们学习诗词的起点，有助于他们在诗词学习的道路上更上层楼。

其次，《中国诗词名篇名句赏析》是一“足本”。本书分上下两册，共收录诗词 500 多首。作为《中国诗词大会》的题库专家，李定广教授所选诗词基本覆盖了《中国诗词大会》第一季、第二季、第三季、第四季、第五季的内容，以及备选但实际未播出的诗词若干首，这样就为读者备战下一季大赛留足了“空间”。由于诗词大赛命题的高复现率，本书可以说是不带题干和选项的“真题”“题库”，是诗词大赛命题的“母本”，大而精，广而全，一本在手，参赛无忧。

最后，《中国诗词名篇名句赏析》编排科学，实用性强。本书依时代顺序、同一时代按作者生年编选诗词（为节约篇幅，近现代诗词未作注释和赏析），这样能使读者对我国诗词文学的发展脉络有一个大致了解。鉴于《中国诗词大会》在读者心目中的分量和各类诗词大赛的共通性，凡是在历届《中国诗词大会》节目中出现的诗词，都会随文附上出现的频次，以便读者学习、参赛能主次有别，有的放矢。诗词中的名句无疑是诗词皇冠上的明珠，必记必考，本书特将名句用红色突出，同时在诗词赏析文后特设计方格供读者摹写名句，读写合一。每册书后还附有本册诗词的名句索引，依首字音序排列，方便读者查找和背诵全篇。一书多用，贴心省心。

本书旨在为广大读者学习诗词、备考备赛提供一权威、可靠、优秀的版本和“母本”。读者朋友在使用本书过程中，有好的建议和意见，欢迎来信来电告诉我们，以期再版再印时改进和完善。

加强古诗词诵读，练好优秀传统文化“童子功”

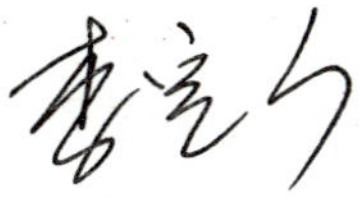

《中国诗词大会》掀起了全民诗词狂欢，把古诗词从边缘地带推入了社会大广场，成为社会大众学习、谈论的重要内容。随之而来的问题是，中小学古诗词的学习与教学，将如何更好地开展，以适应时代的潮流。

“古诗词”与“古文”不同

有的人把“古诗词”与“古文”相混淆，以为古诗词也是古文，这很不妥，反映出其对古诗词的基本特点模糊不清。

“古诗词”就是广义上的古诗，主要包含诗、词、散曲三大类。古诗词是中华审美文化的精粹，其外在特点主要表现在三个方面：一是富有音乐性或音乐美，尤其是节奏美；二是形式固定，诗歌语言齐整，词曲语言虽不齐整但格式固定；三是语言凝练，一般不允许用“之乎者也”之类的虚词。其内在特点最主要的也有两个：抒情性和意境美。“古文”又称为文言文，其所用的语言是“文言”，而诗词的语言则介于文言与白话之间。有老师常说唐宋诗词是用文言文写的，其实不对。我们当代人创作的诗词以及毛泽东诗词，语言上与唐宋诗词没太大差别。与诗词相比，“古文”以思想内容见长，但生僻难懂的语词较多，语法结构也更复杂，特别是常用“之乎者也”之类的结构和语气虚词，变化很多，但在美感和“天然吸引力”方面远不及古诗词。古诗词的上述特点，古文基本不具备，古文的上述特点，古诗词也基本不具备，在性质和特点上二者差异很大。因而在教学和学习的方法上二者也应不相同，古诗词教学特别重视大声朗诵和背诵以及整体诗意的把握，古文教学则更重视小声读和默读以及字词句段的分解。因此，切不可将“诗词”与“古文”混为一谈。

学习古诗词有什么用

如果从眼前实用性来看，学习古诗词除了应付考试，似乎看不出有太多的用处。实际上，学习古诗词，至少在四个方面“有用”：一是审美教育。人类除了物质需求，在精神需求上最主要的追求是真、善、美。而古诗词就是真善美融为一体，而又以“美”为最突出的特点。尤其是其中的节奏美和意境美，颇能提升孩子对“美”的感觉和领悟能力。二是人格教育。诵读欣赏古诗词，有助于提升孩子的人文情怀和人格修养。古代伟大文人的高尚情操和人格力量，通过古诗词能感染激发孩子的心灵，其效果比任何思想政治课要强十倍百倍。读“少壮不努力，老大徒伤悲”“男儿须读五车书”这样的励志诗，可以激发孩子的奋斗精神。读杜甫、罗隐、陆游、文天祥等人的爱国诗，很少有不被感染的。读孟郊的孝亲诗“谁言寸草心，报得三春晖”，大都会流下热泪。读白居易的《观刈麦》，郑板桥的“衙斋卧听萧萧竹，疑是民间疾苦声。些小吾曹州县吏，一枝一叶总关情”，会对古代这些关爱人民的官员发自肺腑的敬佩。三是气质和修养的提升。所谓“腹有诗书气自华”，学古诗词能提升孩子的气质和修养是无须多解释的。四是语言能力的提升。古诗词语言凝练，是汉语浓缩的精华，又没有古文那么难读，常读古诗词，其口头表达以及书面表达能力会大大提升。

如何学习古诗词

学诗词要从娃娃抓起，然而不同年龄段教学与学习方法也要有所变化。我把从小学到研究生各个阶段学习诗词的重点概括为由低到高的五个层次：认读加背诵——认知加背诵——理解加背诵——鉴赏加背诵——鉴赏加判断。背诗词比背古文要更容易记住，小孩子背诗词没什么不好，既可以感受节奏美，又可以促进记忆力。对于小学低年级学生来说，认读加背诵，感受诗词音韵之美。对于小学高年级学生来说，认知加背诵，感受诗词意蕴和意境之美。初中生要理解加背诵，适当学习诗词知识，比如朗诵要点、格律、修辞、典故等知识。高中生要鉴赏加背诵，更多学习诗词知识，读懂诗词，知妙在何处，知何以成为名篇名句，尤其对于名句要重点鉴赏。大学以上学生要鉴赏加判断，在对一首诗词进行鉴赏的基础上，能够做出审美判断，能判断一首诗词的优劣，全面掌握诗词知识，及诗词艺术规律。

学生背诵诗词，特别需要注意的是，要学会正确的节奏和读音。古代五言诗的正确节奏是前二后三，古代七言诗的正确节奏是前四后三。古诗词的读音与平仄格律、韵脚、特殊含义等相关联，与读古文不是一回事，决不能轻视或忽视读音问题。一旦读错，容易先入为主，以后很难纠正。譬如“遥看瀑布挂前川”“相看两不厌”“青鸟殷勤为探看”的“看”，都读第一声（平声），“分明怨恨曲中论”的“论”应读第二声（平声），等等。

总之，古诗词的学习，特别强调以“诵读”为基础，也就是要大声地朗读和背诵，要能尽量多地背诵下来。加强古诗词诵读，实际上就是在练好优秀传统文化“童子功”。

目录

先秦至魏晋南北朝

隋唐五代（上）

【先秦至魏晋南北朝】

佚名

卿云歌（节选）[1]

卿云烂兮，糺缦缦兮。[2]
日月光华，旦复旦兮。[3]

（第四季1次）

①卿云歌：出自《尚书大传》。
② 卿云：即庆云，一种彩云，古人视为祥瑞。卿，通“庆”。烂：色彩鲜丽。糺（jiū）：即“纠”，集结。缦缦：纡缓回旋的样子。
③ 旦复旦：光明复又光明。旦，明亮。

《卿云歌》是舜时期的歌谣。相传舜帝禅让给治水有功的大禹时，和百官 同唱《卿云歌》。《卿云歌》在“中华民国”时期曾两度被改编为“国歌”。复旦大学校名由名句“日月光华，旦复旦兮”而来，并且校歌也使用《卿云歌》。《卿云歌》共五章二十句，这里节选的是首章四句，是舜帝对“卿云”直接的赞美，也是全诗传唱度最广的部分。描写在祥云集结、纡缓回旋之下，舜禅让给禹，圣人光辉有如日月，笼罩大地，大地一片光明，天下一片祥和。绚丽的祥云，光明的日月，暗喻舜帝教化广远，天下祥和。现在人们常用“日月光华，旦复旦兮”来表达对人生、事业的赞美和憧憬。

日月光华，
旦复旦兮。

孺子歌[①]

沧浪之水清兮，可以濯我缨。[②]
沧浪之水浊兮，可以濯我足。

① 孺子歌：出自《孟子·离娄上》，又见于《楚辞·渔父》。
② 沧浪（láng）：古水名，古人一般指汉水下游或其支流。濯：洗。缨：帽带，古代帽子两侧的带子。

这是春秋战国时代流传在汉水一带的民歌，富含哲理。大意是：如果沧浪河的水清澈，就可以用来洗我的帽带；如果沧浪河的水混浊，就可以用来洗我的脚。清水可以用来洗帽带，因为帽子戴在头上，需要干净；浊水可以用来洗脚，因为脚踩在地上，本来就比较脏。诗歌朴素的语言，潜藏着为人处世的大智慧。江水的清或浊是客观的环境，但是人可以灵活应对客观环境，顺应自然。人无论处在什么环境下，都要适应这个世界。古人解释这首诗，认为"清"比喻清明之世，"浊"比喻乱世，也很有道理。

沧浪之水清兮，
可以濯我缨。

《诗经》是我国最早的一部诗歌总集，收集了西周初年至春秋中叶（前11世纪—前6世纪）五百年间的诗歌，共305篇，大都由采诗官从民间采集加以整理后呈给君王，用以观察民风。《史记》认为是孔子所编，即所谓“删诗说”，历代文人大都相信司马迁的说法。《诗经》奠定了中国文学的写实与抒情两个传统。

关　雎

关关雎鸠，在河之洲。窈窕淑女，君子好逑。①
参差荇菜，左右流之。窈窕淑女，寤寐求之。②
求之不得，寤寐思服。悠哉悠哉，辗转反侧。③
参差荇菜，左右采之。窈窕淑女，琴瑟友之。④
参差荇菜，左右芼之。窈窕淑女，钟鼓乐之。⑤

（第二季1次，第三季1次）

①关关：象声词，雌雄二鸟相互应和的叫声。雎鸠（jū jiū）：一种水鸟名，即鱼鹰。洲：水中的陆地。窈窕（yǎo tiǎo）：文雅安详的样子。淑女：贤良美好的女子。淑，善良。好逑（hǎo qiú）：好的配偶。

② 参差：长短不齐的样子。荇（xìng）菜：水草类植物。圆叶细茎，根生水底，叶浮在水面，可供食用。左右流之：时而向左、时而向右地择取荇菜。这里是以求取荇菜，隐喻追求“淑女”。流，求，指摘取。之，指荇菜。寤寐（wù mèi）：醒和睡，指日夜。

③ 思服：思念。服，想。悠哉悠哉：意为“悠悠”，就是长。这句是说思念绵绵不断。辗转反侧：翻覆不能入眠。

④ 琴瑟友之：弹琴鼓瑟来亲近她。琴、瑟，皆弦乐器。友，用作动词，亲近的意思。

⑤ 芼（mào）：择取，挑选。钟鼓乐之：敲钟击鼓使她快乐。乐（lè）：使动用法，使……快乐。一说读 yào，一说读 yuè。

南宋 · 无名氏《秋葵图》

《关雎》是《诗经》中的第一篇。孔子在《论语》中评价这首诗“乐而不淫，哀而不伤”。这首诗从古至今解读很多，现在通行的说法是写男女爱情。诗歌描写的是一男子在河边见到一个采摘荇菜的美丽娴静的姑娘，产生了强烈的爱慕之情，之后便日思夜想，想着怎样追求这位“淑女”。诗歌运用了比兴的手法，先写鸟之间的爱情，引出人之间的爱情。之后便一直描写男子对女子的念想，希望能追求到美好的女子，又不知道女子的想法，所以担心得失眠。本诗可以说是我国最早的单相思描写了。“窈窕淑女，君子好逑”成为后世男子追求淑女的名句。

窈窕淑女，

君子好逑。

采 葛

彼采葛兮，一日不见，如三月兮！[1]
彼采萧兮，一日不见，如三秋兮！[2]
彼采艾兮，一日不见，如三岁兮！[3]

① 葛（gé）：一种蔓生植物，块根可食，茎可制纤维。
② 萧：蒿的一种，即香蒿，古时用于祭祀。三秋：三个季度，指九个月。
③ 艾：一种菊科多年生草本植物，嫩叶可食，老叶制成绒，供针灸用。
岁：年。

《采葛》出自《诗经·王风》。全诗没有具体的内容，三段都在表达作者强烈的思念之情。闻一多指出“采集皆女子事，此所怀者女，则怀之者男”（《风诗类钞》）。写的应该是男子因为与心爱的女子分别后产生相思之苦。成语“一日三秋”“一日不见，如隔三秋”就是出自此诗，比喻分别时间虽短，却觉得很长，形容思念殷切。全诗采用了艺术的夸张手法，由时间层层递进，思念的感情也越来越重，先是一天不见就像三个月一样，再是一天不见就像三季一样，最后竟然一天不见就像三年一样。重叠之中换几个字，起到递进的效果，巧妙地写出了情人分别后思念煎熬的心理，引起了后人的共鸣。

一日不见，
如三秋兮！

伐 木

伐木丁丁，鸟鸣嘤嘤。出自幽谷，迁于乔木。嘤其鸣矣，求其友声。①

相彼鸟矣，犹求友声。矧伊人矣，不求友生？神之听之，终和且平。②

伐木许许，酾酒有萸！既有肥羜，以速诸父。宁适不来，微我弗顾。③

於粲洒扫，陈馈八簋。既有肥牡，以速诸舅。宁适不来，微我有咎。④

伐木于阪，酾酒有衍。笾豆有践，兄弟无远。民之失德，干糇以愆。⑤

有酒湑我，无酒酤我。坎坎鼓我，蹲蹲舞我。迨我暇矣，饮此湑矣。⑥

（第三季1次，第四季1次）

① 丁丁（zhēng zhēng）：砍树的声音。嘤嘤：鸟叫的声音。

② 相：审视，端详。矧（shěn）：况且。伊人：这个人。听之：听到此事。终……且……：既……又……。

③ 许许（hǔ）：劳动时共同出力的呼声。酾（shī）：过滤。萸（xù）：甜美。羜（zhù）：小羊羔。速：邀请。诸父：古代天子对同姓诸侯或诸侯对同姓大夫，皆尊称为“父”或“诸父”。宁：乃。适：恰巧。微：非。弗顾：不顾念。

④ 於（wū）：叹词，同“呜”。粲：光明的样子。陈：陈列。馈（kuì）：食物。簋（guǐ）：盛放食物用的圆形器皿。牡：雄畜，诗中指公羊。诸舅：异姓诸侯或大夫。咎：过错。

⑤ 阪：山坡。衍：满溢的样子。笾（biān）豆：盛放食物用的两种器皿，竹制为笾，木制为豆。践：陈列。民：人。干糇（hóu）：干粮。愆（qiān）：过错。

⑥ 湑（xǔ）：滤酒。也指滤过渣的酒。酤：买酒。坎坎：鼓声。蹲蹲：舞姿。迨（dài）：等待。

《伐木》出自《诗经·小雅》，是一首抒写友情的诗歌。此诗对友情的歌颂对后世产生了深远的影响。如“嘤鸣”一词被人用作朋友间意气相投的比喻。“嘤其鸣矣，求其友声”已为成语，比喻寻求志同道合的朋友。“乔迁”一词称友人迁居或升职。诗歌采用比兴的手法，共六章，每章六句。第一、二章最有名，先写幽谷伐木时，听到鸟鸣叫求友，由此引出感叹：鸟尚如此，何况人呢！呼吁人之间也应当重视友谊。

春秋至西汉（公元前 722 至前 206 年），甘肃黑山岩画《狩猎图》，石壁敲凿

嘤其鸣矣，
求其友声。

蒹葭

蒹葭苍苍，白露为霜。所谓伊人，在水一方。①
溯洄从之，道阻且长。溯游从之，宛在水中央。②
蒹葭萋萋，白露未晞。所谓伊人，在水之湄。③
溯洄从之，道阻且跻。溯游从之，宛在水中坻。④
蒹葭采采，白露未已。所谓伊人，在水之涘。⑤
溯洄从之，道阻且右。溯游从之，宛在水中沚。⑥

（第二季 1 次，第三季 1 次，第四季 1 次）

① 蒹葭（jiān jiā）：正在生长的芦苇。苍苍：茂盛的样子。下文“萋萋”“采采”义同。为：凝结成。所谓：所说的，此指所怀念的。伊人：那个人，指所思慕的对象。在水一方：在大河的那一边。

② 溯洄（sù huí）：逆流而上。下文“溯游”指顺流而下。从：追寻。阻：险阻。宛：好像。

明·郭诩《杂画图册．芦塘芥菜》

③晞（xī）：干。湄（méi）：河岸，水与草交接的地方。
④跻（jī）：高而陡。坻（chí）：水中的小块高地。
⑤涘（sì）：水边。
⑥右：迂回曲折。沚（zhǐ）：水中的小块陆地。

《蒹葭》是《诗经·秦风》中著名的篇目，描绘的是主人公对于心目中的爱人执着的追求和求之不得的惆怅心境。主人公沿着河流到处追寻，都追寻不到，好像在水中央，又好像在水中坻。诗歌没有具体描写所追求的对象，“伊人”若即若离，朦胧的感觉引起人无限的遐想。王国维说这首诗“最得风人情致”，那长长的河流，苍苍的蒹葭，薄雾冥冥，为这首诗的意境塑造了空灵唯美的环境，诗中的“伊人”不知道是谁，也不知道在哪儿，仿佛蒙了一层面纱，显得更加神秘莫测，引起后人对于心目中美丽“伊人”的无限幻想。

所谓伊人，
在水一方。

击　鼓

击鼓其镗，踊跃用兵。土国城漕，我独南行。①
从孙子仲，平陈与宋。不我以归，忧心有忡。②
爰居爰处？爰丧其马？于以求之？于林之下。③
死生契阔，与子成说。执子之手，与子偕老。④
于嗟阔兮，不我活兮！于嗟洵兮，不我信兮！⑤

（第三季3次）

① 镗（tāng）：象声词，鼓声。踊跃：欢欣鼓舞的样子。用兵：使用兵器。土国：在国都服筑城等劳役。土，土功。国，国都。城漕：修理漕城。
② 孙子仲：即公孙文仲，字子仲，邶国将领。平陈与宋：平定陈与宋两国纠纷，使两国和好。不我以归：即不以我归，有家不让回。有忡：忡忡。
③ 爰（yuán）：于。爰居爰处：指不还者。丧：丧失，此处言跑失。于以：在何处。
④ 契阔：聚散。契，合。阔，离。成说：立下誓约。
⑤ 于嗟：哎哟。活：借为“佸”，相会。洵：远。信：誓约有信。

《击鼓》出自《诗经·邶风》。本意是一首反对战争的诗歌，描述了战争给人们带来的种种痛苦，因服役而失去了人身自由，战乱导致财产上的损失和人之间的生离死别。“死生契阔，与子成说。执子之手，与子偕老”原意是士兵之间的誓约，现在用作有情人之间的誓词，表明双方之间的生死相依，不离不弃，忠贞不贰。

执子之手，
与子偕老。

黍　离

彼黍离离，彼稷之苗。[1]行迈靡靡，中心摇摇。[2]知我者，谓我心忧；不知我者，谓我何求。悠悠苍天，此何人哉！[3]

彼黍离离，彼稷之穗。行迈靡靡，中心如醉。知我者，谓我心忧；不知我者，谓我何求。悠悠苍天，此何人哉！

彼黍离离，彼稷之实。行迈靡靡，中心如噎。[4]知我者，谓我心忧；不知我者，谓我何求。悠悠苍天，此何人哉！

① 黍（shǔ）：北方的一种农作物，形似小米，有黏性。离离：茂盛而下垂的样子。稷（jì）：古代一种粮食作物，指粟或黍属。

② 行迈：行走。靡靡（mǐ mǐ）：行步迟缓的样子。中心：心中。摇摇：心神不定的样子。

③ 悠悠：遥远的样子。此何人哉：这是谁造成的呢？

④ 中心如噎（yē）：心中忧愁太深而难以喘息。噎，堵塞。

《黍离》出自《诗经·王风》。这首诗，《毛诗序》说是东周的大夫经过西周故都镐京，为西周的覆亡而伤心。可知这是一首忧国之作。诗歌描写诗人缓缓走到故都，见到黍稷茂盛，一片荒芜，心中彷徨不安，不被世人理解，只好问苍天，这是谁造成的呢？通过提问，诗人的不被理解的孤独感和无限忧思跃然纸上。其中“知我者，谓我心忧；不知我者，谓我何求”成为表达心中忧思的名句。

知我者，谓我心忧；
不知我者，谓我何求。

采　薇（节选）

昔我往矣，杨柳依依。①
今我来思，雨雪霏霏。②
行道迟迟，载渴载饥。
我心伤悲，莫知我哀。

（第二季 1 次）

① 依依：形容柳丝轻柔、随风摇曳的样子。

② 思：用在句末，没有实在意义。雨（yù）：下的意思。霏霏（fēi fēi）：雪花纷落的样子。

《采薇》是《诗经·小雅》中的一篇，共六章，这里节选的是最后一章。写一位退役的征夫在雪花纷飞的冬天返回故乡时，途中的所见所想。“昔我往矣，杨柳依依。今我来思，雨雪霏霏”，因其情景交融而被称为《诗经》中最佳诗句之一。王夫之认为“以乐景写哀，以哀景写乐，一倍增其哀乐”（《姜斋诗话》）。

昔我往矣，杨柳依依。
今我来思，雨雪霏霏。

屈原（约前 340—约前 278），名平，字原，我国古代伟大的爱国诗人，战国时代楚国贵族出身，任三闾大夫、左徒，兼管内政外交大事。他主张对内举贤能，修明法度，对外力主联齐抗秦。后因遭贵族排挤，被流放沅湘流域，楚国国都被秦攻破后，屈原投汨罗江自杀而死。相传端午节就是为了纪念屈原的节日。主要作品有《离骚》《九章》《九歌》等。他创造的“楚辞”体在中国文学史上独树一帜，与《诗经》并称“风骚”二体，对后世诗歌创作产生积极、深远的影响。

国　殇①

操吴戈兮被犀甲，车错毂兮短兵接。
旌蔽日兮敌若云，矢交坠兮士争先。②
凌余阵兮躐余行，左骖殪兮右刃伤。
霾两轮兮絷四马，援玉枹兮击鸣鼓。③
天时怼兮威灵怒，严杀尽兮弃原野。
出不入兮往不反，平原忽兮路超远。④
带长剑兮挟秦弓，首身离兮心不惩。
诚既勇兮又以武，终刚强兮不可凌。⑤
身既死兮神以灵，魂魄毅兮为鬼雄。⑥

① 国殇：指为国捐躯的人。

② 吴戈：吴国制造的戈，吴戈因锋利而闻名。被（pī），通“披”，穿着。犀甲：犀牛皮制作的铠甲，特别坚硬。车错毂（gǔ）兮短兵接：敌我双方战车交错，彼此短兵相接。错，交错。毂，这里泛指战车的轮轴。短兵，指刀剑一类的短兵器。旌：旌旗。矢交坠：两军相射的箭纷纷坠落在阵地上。

③ 凌：侵犯。躐（liè）：践踏。行：队列。左骖（cān）殪（yì）兮右刃伤：左边的骖马倒地而死，右边的骖马被兵刃所伤。殪，死。霾（mái）：通“埋”。古代作战，在激战将败时，埋轮缚马，表示坚守不退。

絷（zhí）：拴住马足。玉枹（fú）：镶嵌着玉的鼓槌。先秦作战，主将击鼓督战，以旗、鼓指挥进退。

④ 天时：指上天。怼（duì）：怨怒。威灵：威严的神灵。严杀尽兮弃原野：在严酷的厮杀中战士们全都死去，他们的尸骨都丢弃在原野上。出不入兮往不反：出征以后就不打算生还。反，通“返”。忽：渺茫。超远：遥远无尽头。

⑤ 秦弓：指良弓。战国时，秦地木材质地坚实，制造的弓射程远。首身离：身首异处。心不惩：壮心不悔。诚：确实。以：且，连词。武：威武。终：始终。凌：侵犯。

⑥ 神以灵：指死而成神，英灵不灭。毅：英武。鬼雄：鬼中的英雄豪杰。

《九歌·国殇》是一篇祭祀保卫国土战死将士的祭歌，也是一首爱国主义赞歌。诗歌首先浓墨重彩地渲染战场的激烈战斗场面，短兵相接，殊死搏斗，令人仿佛身临其境，感受到战场宏大壮烈的场面。之后写将士们为了保家卫国而尸横遍野。最后讴歌将士们的刚强不屈，为了捍卫国家，即使身首异处也无怨无悔的英雄气魄。诗中名句“身既死兮神以灵，魂魄毅兮为鬼雄”充满了英雄豪气。李清照的“生当作人杰，死亦为鬼雄”（《夏日绝句》）就化用了这一名句。

身既死兮神以灵，
魂魄毅兮为鬼雄。

少司命

秋兰兮麋芜，罗生兮堂下。①
绿叶兮素华，芳菲菲兮袭予。②
夫人自有兮美子，荪何以兮愁苦？③

秋兰兮青青，绿叶兮紫茎。④
满堂兮美人，忽独与余兮目成。⑤

入不言兮出不辞，乘回风兮载云旗。⑥
悲莫悲兮生别离，乐莫乐兮新相知！⑦

荷衣兮蕙带，倏而来兮忽而逝。⑧
夕宿兮帝郊，君谁须兮云之际？⑨

与女沐兮咸池，晞女发兮阳之阿。⑩
望美人兮未来，临风怳兮浩歌。⑪

孔盖兮翠旍，登九天兮抚彗星。⑫
竦长剑兮拥幼艾，荪独宜兮为民正。⑬

① 秋兰：兰草，叶茎皆香。秋天开淡紫色小花，香气更浓。古人以为生子之祥。麋芜：即“蘼芜”，细叶芎䓖，叶似芹，丛生，七八月开白花。根茎可入药，治妇人无子。罗：散布。

② 华：花。袭：指香气扑人。予：我，男巫以大司命口吻自称。

③ 夫：发语词。美子：好儿女。荪：一种香草。这里指少司命。何以：因何。以上六句为男巫以大司命口吻迎神所唱。

④ 青青：茂盛的样子。以下三节为少司命所唱。

⑤ 美人：指祈神求子的妇女。忽：很快地。余：我，少司命自称。目成：通过眉目传情达成默契。

⑥ 回风：旋风。云旗：以云作为旗帜。

⑦ 生别离：难以再见的离别。

⑧ 蕙：蕙草。倏：迅疾的样子。逝：离去。

⑨ 帝郊：指天国的郊野。君：少司命指称大司命。须：等待。因大司命受祭结束后升上云端等待。

⑩ 女（rǔ）：汝。咸池：神话中天池，太阳在此沐浴。晞（xī）：晒干。阳之阿（ē）：即阳谷，也作旸谷，神话中日所出处。

⑪ 美人：此处为大司命称少司命。怳（huǎng）：神思恍惚惆怅的样子。浩歌：放歌，高歌。

⑫ 孔盖：孔雀毛做的车盖。翠旍（jīng）：翠鸟羽毛装饰的旌旗。旍，同“旌”。九天：指天的最高处。

⑬ 竦（sǒng）：握着。拥：抱着。幼艾：儿童。民正：民众之长。以上两节为男巫以大司命口吻所唱。

大司命是掌管人间寿夭的男神，少司命是主管人间子嗣的女神。《九歌·少司命》是祭祀少司命的歌舞辞，写的是少司命与大司命的对唱。第一节和五、六节为大司命所唱，第二、三、四节为少司命所唱。这首祭祀的诗歌描绘了少司命温柔、美丽的形象，表达了人们对于少司命的崇敬和爱戴。其中名句“悲莫悲兮生别离，乐莫乐兮新相知”，在文中表达了少司命的多情，不忍离开“新相知”的悲伤。现在常用来表达人生中最悲伤的事就是难以再见的分别，最开心的就是结识知己。“目成”一词常用来表达女子以目示意，表示心许。

悲莫悲兮生别离，
乐莫乐兮新相知！

离　骚（节选）

朝发轫于苍梧兮，夕余至乎县圃。[①]
欲少留此灵琐兮，日忽忽其将暮。[②]
吾令羲和弭节兮，望崦嵫而勿迫。[③]
路漫漫其修远兮，吾将上下而求索。[④]

（第二季 1 次，第三季 2 次）

① 发轫（rèn）：出发。苍梧：即九嶷山，在今湖南宁远，舜所葬之地。县圃（xuán pǔ）：神山，在昆仑山之上。
② 灵琐：神仙的大门。
③ 令：命令。羲和：神话中的太阳神。弭（mǐ）节：停车。崦嵫（yān zī）：神话中太阳所落之山。迫：接近。
④ 漫漫：路遥远的样子。一作“曼曼”。修远：长远。

《离骚》是屈原用他的理想、遭遇、痛苦、热情，以至整个生命所熔铸而成的宏伟诗篇，其中闪耀着诗人崇高的人格。节选部分写屈原想象自己驾着龙车上升，去追求理想的浪漫情景。“路漫漫其修远兮，吾将上下而求索”两句，表达理想的道路虽然漫长遥远，但自己为追求理想不畏任何艰难险阻。其后写上求天帝，下求美女的求索过程。“路漫漫其修远兮，吾将上下而求索”，今已成为人们勉励自己坚持不懈、努力奋斗的金句。

路	漫	漫	其	修	远	兮	，
吾	将	上	下	而	求	索	。

荆轲（？—前 227），战国末期卫国朝歌（今河南省鹤壁市淇县）人，后入燕，燕人称呼他为荆卿，在燕与高渐离友善，被燕太子丹尊为上卿。后为太子丹刺杀秦王，图穷匕见，不成功被杀。事迹见《战国策》《史记·刺客列传》。

易水歌

风萧萧兮易水寒，壮士一去兮不复还。①

（第三季 1 次）

① 萧萧：指风声。易水：河流名，源出河北省易县，是当时燕国的南界。壮士：勇士，这里指荆轲。

《易水歌》是荆轲的绝命诗，创作背景是荆轲准备去刺杀秦王，在易水和太子丹分别时。全诗仅两句：上句写环境，一个“寒”字把氛围烘托得悲凉、凄婉；下句是写诀别的情怀，纵使此去必死无疑，也绝不后悔，毅然前往，表达出了诗人慷慨赴死的壮烈情怀。

风萧萧兮易水寒，
壮士一去兮不复还。

项羽（前 232—前 202），名籍，字羽，秦末下相（今江苏宿迁）人，世为楚将。秦二世元年（前 209）跟随叔父项梁起义。曾在灭秦的巨鹿之战中破釜沉舟，灭秦后称“西楚霸王”，后与刘邦进行了四年的楚汉战争，公元前 202 年兵败于垓下，自刎于乌江边。

垓下歌[①]

力拔山兮气盖世。时不利兮骓不逝。[②]
骓不逝兮可奈何！虞兮虞兮奈若何！[③]

（第三季 2 次）

① 垓（gāi）下：古地名，在今安徽省灵璧县南沱河北岸。
② 骓（zhuī）：项羽的骏马，名骓。逝：奔跑。
③ 可奈何：怎么办。虞：项羽的美人，名虞。奈若何：拿你怎么办。若，你。

项羽的《垓下歌》作于被刘邦军队围困在垓下的时候，是项羽的绝命诗。项羽虽然武功盖世，但如今兵败垓下，连自己最心爱的美人和骏马都保护不了，“可奈何”“奈若何”表达了对虞美人和骓的深沉的、刻骨铭心的爱。“力拔山兮气盖世”是项羽戎马一生的写照，后也成为形容勇猛英雄人物力气强大或志向远大的名句，又缩减为成语“拔山盖世”。

力拔山兮气盖世。

刘邦（前256—前195），即汉高祖，沛县（今属江苏徐州）人，汉朝开国皇帝，中国历史上杰出的政治家、战略家和指挥家。对汉族的发展，以及中国的统一和强大有突出贡献。

大风歌①

大风起兮云飞扬，
威加海内兮归故乡，②
安得猛士兮守四方！③

（第三季4次，第四季1次）

①《大风歌》出自《史记·高祖本纪》，原无题，后世称为《大风歌》。
② 威：威望，权威。加：施加。海内：四海之内，即“天下”。
③ 安得：怎样得到。守：守护，保卫。四方：指代国家。

汉高祖刘邦击破英布军后回长安，途经沛县，邀请父老乡亲饮酒，并亲自击筑（一种打击乐器），唱了这首歌。诗歌共三句，首句是最令人拍案叫绝的名句“大风起兮云飞扬”，并没有直面抒写平定英布的战场厮杀，而是写风云变幻，气概远大，号称“英雄之语”。第二句一个“威”字写出了刘邦威名天下，四海臣服，此时正衣锦还乡。第三句体现刘邦居安思危，如今天下已定，希望求得猛士良臣为他稳固江山。刘邦之所以赢得了天下，正是靠着知人善任，求贤若渴，麾下聚集了张良、韩信、萧何等一大帮人才。

大风起兮云飞扬

刘彻（前156—前87），即汉武帝，西汉皇帝，在位54年，是中国历史上帝王有年号之始，杰出的政治家、战略家、诗人。

秋风辞①

秋风起兮白云飞，草木黄落兮雁南归。②
兰有秀兮菊有芳，怀佳人兮不能忘。③
泛楼船兮济汾河，横中流兮扬素波。④
箫鼓鸣兮发棹歌，欢乐极兮哀情多。⑤
少壮几时兮奈老何！⑥

①《秋风辞》出自《文选》。辞：韵文的一种。

② 黄落：变黄而枯落。

③ 秀：开花。芳：香气。兰、菊：这里比拟佳人。“兰有秀”与“菊有芳”，互文见义，意为兰和菊均有秀、有芳。

④ 泛：浮。楼船：上面建造楼的大船。济：渡。汾河：黄河第二大支流，在山西省中部。中流：河中央。扬素波：激起白色波浪。

⑤ 发：这里是唱的意思。棹（zhào）歌：行船时所唱的歌。棹，船桨，代指船。极：尽。

⑥ 奈老何：年老怎么办呢？

汉武帝刘彻在我国历史上是一代明君，同时也是一位优秀诗人。鲁迅称赞他的《秋风辞》：“缠绵流丽，虽词人不能过也。”（《汉文学史纲要》）诗歌先描绘了秋天的种种景象，秋风白云、草木枯黄、大雁南飞。之后写作者因景物联想，怀念佳人。最后写舟中宴饮，乐极生哀，感慨人生易老，无可奈何。末句“少壮几时兮奈老何”是悲秋伤时的名句，后世引用很多，缩减为“少壮几时奈老何”。

少壮几时兮奈老何！

李延年（？—前87），西汉音乐家，中山（今河北省定州市）人，父母兄弟妹均通音乐，都是以乐舞为职业的艺人。后被汉武帝诛杀。代表作《佳人歌》。

佳人歌①

北方有佳人，绝世而独立。②
一顾倾人城，再顾倾人国。
宁不知倾城与倾国，佳人难再得。③

（第二季1次，第四季1次）

①《佳人歌》出自《汉书·传·外戚传上》，本无题目，《文选补遗》卷三十五作《佳人歌》。
② 佳人：貌美的女子。独立：特立、超群。
③ 倾城、倾国：原指因女色而亡国，后多形容妇女容貌极美。

这首诗描绘的是一位绝世美女，但是并没有具体描写美人的相貌，而是从侧面描写，美到看她一眼城邦就会倾覆，再看她一眼国家就会沦亡。中国古代有“美女亡国”之说，最早见于《诗经·大雅·瞻印》“哲夫成城，哲妇倾城”。最后两句反弹琵琶，说纵然美人美到“祸国殃民”的地步，但是这样千古难得一遇的美女一旦错过可就再也难得到了。李延年献舞时唱了这首歌。汉武帝听后不禁感叹道，世间哪有这样的佳人呢？汉武帝的姐姐平阳公主就推荐了李延年的妹妹。从此，李延年之妹成了武帝的宠姬李夫人。李延年也更加得到宠幸。后来，形容人绝世容颜的名句“一顾倾人城，再顾倾人国”成了成语“倾国倾城”，由贬义词转变成褒义词。“绝世独立”也用为成语，形容卓然出众，无人能比。

一顾倾人城，
再顾倾人国。

汉乐府是汉代的乐舞机构，负责采集民间歌谣或文人的诗来配乐。魏晋以后，将汉代乐府机关所搜集演唱的诗歌，统称为“乐府诗”，简称“乐府”。主要分为两部分：一部分是供执政者祭祀祖先神明使用的效庙歌辞，其性质与《诗经》中“颂”相同；另一部分则是采集民间流传的无主名的民歌，世称乐府民歌。汉乐府属五言诗，语言自然流畅，生活气息浓厚。北宋郭茂倩所编《乐府诗集》，是现存收集汉魏到唐五代乐府诗最完备的一部，其中汉乐府民歌 40 余篇。名篇如《孔雀东南飞》《陌上桑》等。

长歌行①

青青园中葵，朝露待日晞。②
阳春布德泽，万物生光辉。③
常恐秋节至，焜黄华叶衰。④
百川东到海，何时复西归。⑤
少壮不努力，老大徒伤悲。⑥

（第二季 1 次，第三季 4 次，第四季 2 次）

① 长歌行：汉乐府曲题。这首诗选自《乐府诗集》卷三十，属于《相和歌·调曲》。

② 葵：葵菜，中国古代重要蔬菜之一。李时珍《本草纲目》说“葵菜古人种为常食，今之种者颇鲜。有紫茎、白茎两种，以白茎为胜。大叶小花，花紫黄色，其最小者名鸭脚葵。其实大如指顶，皮薄而扁，实内子轻虚如榆荚仁”。朝露：清晨的露水。晞（xī）：晒干。

③ 阳春：温暖的春天。布：布施，给予。德泽：恩惠。

④ 秋节：秋季。焜（kūn）黄：形容草木凋落枯黄的样子。华（huā）：同“花”。衰（cuī）：衰败。

⑤ 百川：河流的总称。

⑥ 少壮：指青少年时代。老大：年纪大。徒：白白地。

南宋·无名氏《荷塘按乐图》

《长歌行》是一首劝人珍惜时光，及早努力的诗歌。诗歌托物起兴，借景抒情，先写园中葵因担心秋天到来，在阳春时期努力生长。之后写时间像流水一样，没有办法回流。物尚如此，人何以堪。最后感慨，劝人们更应该趁着青春年少，及早努力，不然老了再后悔伤悲也没有用了。“少壮不努力，老大徒伤悲”，成为奉劝人们珍惜时光，及早奋斗的金句，也已用为成语。

少壮不努力，
老大徒伤悲。

饮马长城窟行①

青青河畔草，绵绵思远道。②
远道不可思，夙昔梦见之。③
梦见在我傍，忽觉在他乡。
他乡各异县，辗转不可见。④
枯桑知天风，海水知天寒。⑤
入门各自媚，谁肯相为言？⑥
客从远方来，遗我双鲤鱼。⑦
呼儿烹鲤鱼，中有尺素书。⑧
长跪读素书，书中竟何如？⑨
上有加餐食，下有长相忆。⑩

（第四季 2 次）

①《饮马长城窟行》在《文选》《乐府诗集》中载为“乐府古辞”。《玉台新咏》署蔡邕作。饮（yìn）马：给马喝水。

② 绵绵：这里语义双关，由看到连绵不断的青青春草，而引起对征人的缠绵不断的思念。

③ 夙昔：同“宿昔”，指昨夜。

④ 傍（páng）：同“旁”。辗转：转移；经过许多地方。

⑤ 枯桑：落了叶的桑树。这两句说征人在外经受风寒。

⑥ 自媚：自寻乐趣。

⑦ 遗（wèi）：赠送。双鲤鱼：历代解释不一。唐朝人（《六臣注文选》）解释为真鲤鱼，用鱼腹藏书表示隐晦不泄露。明朝人又有两种解释：一说指刻成鲤鱼形的两块木板，一底一盖，把书信夹在里面；一说将写着书信的绢结成鱼形。

⑧ 烹：煮。尺素书：古人写书信用长一尺左右的绢帛，称为“尺素”。书，信。

⑨ 长跪：伸直了腰跪着。古人席地而坐，坐时两膝着地，臀部压在脚后跟上。跪时将腰伸直，上身就显得长些，所以称为“长跪”。

⑩ 上、下：指书信的前部与后部。相忆：相思、思念。

明·夏芷《枯木竹石图》

古代男子离家远出，或求取功名，或服兵役，或经商游学。家中只剩下妇孺留守。这首诗表达的就是丈夫离家长期未归，独守的妇人思念丈夫的愁苦。诗歌采用思妇的第一视角，开头采用比兴，之后虚实描写结合，梦与现实的对比，他人家庭的相聚与自己独守的对比，美好的幻灭，期盼终成失望。即使到最后收到书信，也未知丈夫何时归来。诗歌语言朴素流畅，情真意切，感人肺腑。

青青河畔草，
绵绵思远道。

上　邪

上邪！我欲与君相知，长命无绝衰。[①] 山无陵，江水为竭，冬雷震震，夏雨雪，天地合，乃敢与君绝！[②]

（第二季 1 次，第四季 1 次）

① 上邪（yé）：天啊。相知：相爱。命：使。衰（shuāi）：衰减、断绝。

② 山无陵（líng）：大山变成平地。陵，山头，即地平线以上的山体。雨（yù）雪：降雪。雨，名词活用作动词。乃：才。绝：断绝，指分手。

《上邪》是一首誓词，表达了女主人公对坚贞专一爱情的追求。先写女子指天发誓，以天为证，要永远与相爱之人厮守。接着，为了证实她的矢志不渝，她列举了五种不可能发生的自然现象：山平了、江水干了、冬天打雷、夏天大雪飘飘、天地合二为一。只有这五种自然现象出现，才能与相爱之人分手。表明了生死不渝的爱，真是深情奇想。为何只能是“山无陵”，而不能是“山无棱”，因为“山无陵”是不可能出现的，而“山无棱”的“棱”指棱角，经过长期的风化，没有棱角的圆顶山、平顶山还是较常见的，可见“山无棱”不合理。

山无陵，江水为竭，冬雷震震，夏雨雪，天地合，乃敢与君绝！

南北朝人称汉诗为古诗。梁昭明太子萧统编《文选》，从汉代无名氏诗歌中选取了十九首，命名《古诗一十九首》，后人称之为《古诗十九首》。十九首诗都没有题目，后人选每首诗的第一句为题目。《古诗十九首》被认为是五言诗之祖。

行行重行行

行行重行行，与君生别离。①
相去万余里，各在天一涯。②
道路阻且长，会面安可知！③
胡马依北风，越鸟巢南枝。④
相去日已远，衣带日已缓。⑤
浮云蔽白日，游子不顾返。⑥
思君令人老，岁月忽已晚。⑦
弃捐勿复道，努力加餐饭！⑧

（第四季1次）

① 重（chóng）：又。这句是说走个不停。生别离：难以再见的离别。
② 相去：相距，相离。涯：方。
③ 阻：艰险。
④ 胡马：泛指产在西北民族地区的马。越鸟：南方所产的鸟。这两句是借喻思念故乡。
⑤ 已：同“以”。远：久。缓：宽松。衣带变缓，意思是身体一天天消瘦。
⑥ 顾返：还返，回家。顾，返。
⑦ 老：并非实指年龄，而指消瘦的体貌和忧伤的心情，是说心力交悴，指老态，老相。晚：指行人未归，岁月已晚，表明相思又一年，暗喻青春易逝。
⑧ 弃捐：抛弃。道：说。

五代南唐・李坡《风竹图》

《行行重行行》写的是一位妇女思念离家远行的丈夫。诗歌开头即交代了情况是“生别离”，之后便描写天各一方，相会无期。马和鸟都怀念故乡，而丈夫却久久不能归来。“胡马依北风，越鸟巢南枝”是思念故乡的名句。思妇忧愁而变得憔悴，但是思妇对丈夫的爱是如此的真挚，思念是如此的强烈，最后并没有怪罪丈夫久不归家，而是希望丈夫在外保重身体多吃饭，好来日相会。“思君令人老，岁月忽已晚”，深沉的话语既道出了心中的万般思念，又勾勒出了对爱人不归、时光已逝的无奈，成为写思妇情感的典范。

思君令人老，
岁月忽已晚。

迢迢牵牛星

迢迢牵牛星，皎皎河汉女。①
纤纤擢素手，札札弄机杼。②
终日不成章，泣涕零如雨；③
河汉清且浅，相去复几许！④
盈盈一水间，脉脉不得语。⑤

（第二季 1 次，第四季 1 次）

① 迢迢（tiáo tiáo）：遥远。牵牛星：俗称“牛郎星”，在银河南，隔银河和织女星相对。皎皎：明亮。河汉：即银河。河汉女：指织女星，在银河北。织女星与牵牛星隔河相对。

② 擢（zhuó）：伸出。札札（zhá zhá）弄机杼（zhù）：正摆弄着织布机，发出札札的织布声。杼，织机的梭子。

③ 终日不成章：终日也织不成布。是化用《诗经·小雅·大东》语意：“跂彼织女，终日七襄。虽则七襄，不成报章。”《诗经》原意是织女徒有虚名，不会织布；这里则是说织女因相思而无心织布。零：落。

④ 几许：多少。这两句是说，织女和牵牛二星彼此只隔着一条银河，相距没多远。

⑤ 盈盈：清澈、晶莹的样子。间：相隔。脉脉（mò mò）：凝视的样子。

《迢迢牵牛星》选材是中国著名的牛郎织女神话故事，是借助神话故事来反映人间爱情。描绘了牛郎织女之间因银河的相隔，无法见面，只能每日思念。诗歌六句都运用了叠词，这些叠词令诗歌读起来朗朗上口，清丽质朴，情趣盎然。“盈盈一水间，脉脉不得语”使一个忧愁而深情的少妇形象跃然纸上，意蕴深沉，风格浑成，是难得的写情佳句。

盈盈一水间，
脉脉不得语。

佚名

无　题[1]

吴王好剑客，百姓多疮瘢。[2]

楚王好细腰，宫中多饿死。

（第二季1次，第四季2次）

① 此篇最早见于《后汉书·马援列传》，作为谣谚，所以没有题目，作者也不知何人。

② 吴王：指阖闾。疮瘢：创伤或疮疡的疤痕。

春秋时楚灵王喜欢大臣有个细腰身，大臣们就被迫减肥，每天只吃一顿饭，先屏住气再束紧腰带，站起来的时候要扶住墙壁，一年之后大家都饿得脸色黑黄。这个故事出自《墨子·兼爱》。2016 年 8 月 22 日至 24 日，习近平主席在青海考察座谈会上引用了这首诗。习主席在座谈会上就正风肃纪问题讲道："一把手作风影响一个地方和单位风气。上有所好，下必甚焉，'楚王好细腰，宫中多饿死'。领导干部要时刻注意自己的行为。"这首诗所表达的意义放至今日依然适用。以史为鉴，可以正衣冠。

楚王好细腰，

宫中多饿死。

曹操（155—220），字孟德，小名阿瞒，沛国谯（今安徽亳州）人。东汉末年杰出的政治家、军事家、文学家，三国时期曹魏政权的奠基人。曹丕称帝后，追尊为武帝，庙号太祖。其诗今存20多首，都是乐府，多抒发政治抱负，反映东汉末人民苦难，辞气慷慨。

短歌行[①]

对酒当歌，人生几何？譬如朝露，去日苦多。[②]
慨当以慷，忧思难忘。何以解忧？唯有杜康。[③]
青青子衿，悠悠我心。但为君故，沉吟至今。[④]
呦呦鹿鸣，食野之苹。我有嘉宾，鼓瑟吹笙。[⑤]
明明如月，何时可掇？忧从中来，不可断绝。[⑥]
越陌度阡，枉用相存。契阔谈讌，心念旧恩。[⑦]
月明星稀，乌鹊南飞。绕树三匝，何枝可依？[⑧]
山不厌高，海不厌深。周公吐哺，天下归心。[⑨]

（第二季2次，第三季2次）

①《短歌行》是汉乐府旧题，属于《相和歌·平调曲》。

② 对酒当歌：对着酒对着歌，即有酒有歌，指人生美好的时光。当，对。李白名句“唯愿当歌对酒时，月光长照金樽里”即是此意。一说是面对着酒应当高歌。几何：多少。朝露：早晨的露水，用来比喻上一句中的“人生”。去日：过去了的日子。苦多：太多。

③ 慨当以慷，忧思难忘：意谓在感叹时光飞逝之余，应当慷慨高歌，无奈忧思重重，难以释怀。杜康：相传古代最初造酒的人。这里作为酒的代称。

④ 青青子衿（jīn），悠悠我心：两句出自《诗经·郑风·子衿》。原写姑娘思念情人，这里用来比喻渴望得到有才学的人。沉吟：原指小声叨念，这里指对贤人的思念和倾慕。

⑤ “呦呦（yōu yōu）鹿鸣，食野之苹”这两句和接下来两句“我有嘉宾，鼓瑟吹笙（shēng）”均出自《诗经·小雅·鹿鸣》。呦呦：

鹿叫的声音。苹：艾蒿。嘉宾：尊贵的客人。鼓：弹。

⑥ 掇：拾取，摘取。

⑦ 越陌度阡：指贤人远道而来。陌、阡，田间小路。南北为阡，东西为陌。枉用相存：屈驾来访。存，问候、探望。契阔：久别。讌（yàn）：通“宴”。旧恩：往日的情谊。

⑧ 乌鹊：乌鸦。匝（zā）：周，圈。

⑨ 海不厌深：这里是借用《管子·形势解》中的话：“海不辞水，故能成其大；山不辞土石，故能成其高；明主不厌人，故能成其众……”意思是表示希望尽可能多地接纳人才。吐哺：把口中咀嚼的食物吐出来。相传古代周公因忙于接待天下贤士，有时连吃饭都要吃吃停停。《韩诗外传》说周公“一沐三握发，一饭三吐哺，犹恐失天下之士”。

古往今来感叹时光易逝、人生流逝，都透露出一股令人悲伤的气息，从而劝人及时行乐。曹操这首诗也是感伤时光流逝，但是更进一层的是诗人感慨时光易逝，贤人难得，担忧自己大业尚未成，抱负没有实现，从而渴求贤人来帮助自己早日实现理想。诗歌体现曹操积极进取的精神和礼贤下士、求贤若渴的宽广胸怀。“对酒当歌，人生几何”两句原意是人生美好的时光不多，应当及时有所作为，后指沉湎于酒色之中及时行乐。“对酒当歌”已为成语。

对酒当歌，
人生几何？

龟虽寿[1]

神龟虽寿，犹有竟时。[2]
腾蛇乘雾，终为土灰。[3]
老骥伏枥，志在千里。[4]
烈士暮年，壮心不已。[5]
盈缩之期，不但在天；[6]
养怡之福，可得永年。[7]
幸甚至哉，歌以咏志。[8]

（第三季 1 次，第四季 1 次）

①《龟虽寿》是曹操所作乐府组诗《步出夏门行》中的第四章。

② 竟：终结，这里指死亡。

③ 腾（téng）蛇：飞蛇，传说能乘云雾升天。

④ 骥（jì）：良马，千里马。伏：趴，卧。枥（lì）：马槽。

⑤ 烈士：有抱负、志向高远的男子。暮年：晚年。已：停止。

⑥ 盈缩：指人的寿命长短。盈，满，引申为长。缩，亏，引申为短。

⑦ 养怡：指调养身心，保持身心健康。怡，愉快、和乐。永年：长寿，活得长。

⑧ 幸甚至哉，歌以咏志：这两句是乐府诗的一种形式性结尾。意思是，太值得庆幸了！就用诗歌来表达心志吧。

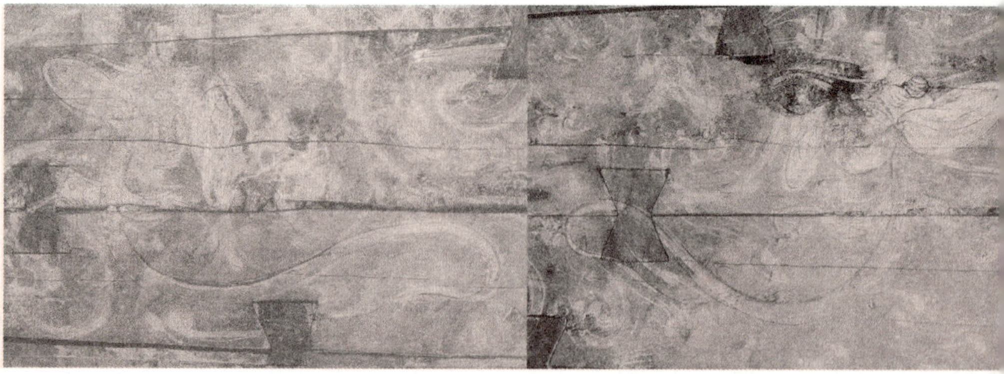

魏晋・彩绘

写此诗时，曹操击败了袁绍，平定了北方乌桓，正是春风得意之时，乐观自信，抱负远大，充满豪情壮志。诗歌先写生命是有限的，即使神龟和螣蛇那样的神物也难逃一死，之后并不是感时伤怀，而是胸中的志向抱负却不能死。大丈夫生于天地间，志向当存高远，不能因年老而消沉。表现出诗人老当益壮、自强不息、积极进取的精神面貌，体现了诗人英雄豪杰的气概。曹操诗歌的爽朗刚健、慷慨激昂的风格也成为“建安风骨”的代表。“老骥伏枥，志在千里。烈士暮年，壮心不已”四句是千古传诵的名句，笔力遒劲，气韵沉雄，内蕴着一股自强不息的豪迈气概，激励着后世人们奋发向上。

老骥伏枥，
志在千里。

观沧海[①]

东临碣石，以观沧海。[②]
水何澹澹，山岛竦峙。[③]
树木丛生，百草丰茂。[④]
秋风萧瑟，洪波涌起。[⑤]
日月之行，若出其中；
星汉灿烂，若出其里。[⑥]
幸甚至哉，歌以咏志。

（第二季 1 次，第三季 1 次）

①《观沧海》是曹操乐府组诗《步出夏门行》中的第一章。建安十二年（207）曹操北征乌桓得胜回师途中，行军到海边，途经碣石山，登山观海，一时兴起所作。
② 临：登上，有游览的意思。碣（jié）石：山名。碣石山，在今河北昌黎。
③ 何：多么。澹澹（dàn dàn）：荡漾的样子。竦峙（sǒng zhì）：耸立。
④ 丛生：指草木聚集在一处生长。丰茂：指茂盛，茂密。
⑤ 萧瑟：形容风吹树木的声音。洪波：汹涌澎湃的波浪。
⑥ 星汉：银河，天河。

曹操，其文学功绩不亚于政治上的作为。建安文学是我国诗歌史上创作的第一个高潮，开创者正是曹操。他开辟了建安诗歌所特有的梗概多气、慷慨悲凉的风貌，史称“建安风骨”。本诗是“建安风骨”的代表，诗人站在碣石山上，面朝波涛汹涌的大海，横槊赋诗，所描绘大海的壮丽，气吞山河，抒发了诗人胸怀天下的进取精神。“日月之行，若出其中；星汉灿烂，若出其里”四句，表现出诗人的胸襟包罗万象，真英雄也！

日	月	之	行	，	若	出	其	中	；
星	汉	灿	烂	，	若	出	其	里	。

曹植（192—232），字子建，沛国谯（今安徽亳州）人，曹操第四子，曹丕同母弟，生前曾为陈王，去世后谥号“思”，因此又称陈思王。曹植是三国时期曹魏著名文学家，建安文学的代表人物。其代表作有《洛神赋》《白马篇》《七哀诗》等。后人因其文学上的造诣而将他与曹操、曹丕合称为“三曹”。

七步诗①

煮豆燃豆萁，豆在釜中泣。②

本是同根生，相煎何太急！③

（第二季 1 次）

①《七步诗》出自《世说新语·文学》。

② 豆萁：豆秸。釜：古代的一种锅。

③ 煎：煎熬，这里指迫害。

自古有“生不愿在帝王家”一说，为争夺继承权，常会滥杀无辜，骨肉相残。曹丕和曹植是亲兄弟，曹植才高，曹丕怕曹植威胁到自己的地位，便召曹植，命令他七步之内作诗一首，否则就处死他。于是就有了这首《七步诗》。诗歌以豆萁和豆子比喻兄弟，豆萁煮着豆子，比喻亲兄弟现在却要自相残杀。表达了诗人心中的悲愤。曹丕听过这首诗后“深有惭色”。“本是同根生，相煎何太急”成为人们劝诫避免兄弟反目、自相残杀的名句，流传极广。“相煎何急”也用为成语。

本是同根生，

相煎何太急！

白马篇[1]

白马饰金羁，连翩西北驰。借问谁家子，幽并游侠儿。[2]
少小去乡邑，扬声沙漠垂。宿昔秉良弓，楛矢何参差。[3]
控弦破左的，右发摧月支。仰手接飞猱，俯身散马蹄。[4]
狡捷过猴猿，勇剽若豹螭。边城多警急，胡虏数迁移。[5]
羽檄从北来，厉马登高堤。长驱蹈匈奴，左顾凌鲜卑。[6]
弃身锋刃端，性命安可怀？父母且不顾，何言子与妻！[7]
名编壮士籍，不得中顾私。捐躯赴国难，视死忽如归。[8]

（第二季 1 次，第三季 2 次，第四季 2 次）

①《白马篇》是乐府歌辞，《齐瑟行》曲调。

② 金羁（jī）：金饰的马笼头。连翩（piān）：连续不断，原指鸟飞的样子，这里用来形容白马奔驰的俊逸形象。幽并：幽州和并州，在今河北、山西一带。

③ 去乡邑（yì）：离开家乡。扬声：扬名。垂：同“陲”，边境。宿昔：一直。秉：执、持。楛（hù）：木名，茎可以做箭杆。

④ 控弦：开弓。的：箭靶。月支：一种箭靶，又名素支。接：接射。飞猱（náo）：飞奔的猿猴。散（sàn）：分散，指击碎。马蹄：射帖（箭靶）名。

⑤ 狡捷：灵活敏捷。勇剽（piāo）：勇敢剽悍。螭（chī）：传说中一种没有角的龙。胡虏：指北方少数民族军队。数（shuò）迁移：指经常进兵入侵。数，经常。

⑥ 羽檄（xí）：军事文书，插鸟羽以示紧急，必须迅速传递。厉马：扬鞭策马。长驱：向前奔驰不止。蹈：践踏。左顾：斜视，怒视。凌：压制。鲜卑：中国东北方的少数民族，东汉末成为北方强族。

⑦ 弃身：舍身。怀：爱惜。

⑧ 籍：名册。中顾私：心里想着个人的私事。中，内心。捐躯：献身。赴：奔赴。忽如：犹如，如同。

明 · 胡聪《柳荫双骏图》

曹植这首诗是他前期的代表作品，描写的是一个英姿飒爽、武艺高强的青年英雄。诗中的英雄形象是诗人的自我写照，抒发的是诗人的满腔报国热情。诗歌开头描绘了一位白马少年奔赴战场的场景，之后一大段描写少年的骁勇善战，最后四句照应开头，升华主题，从个人英雄主义上升到精忠报国的大义。诗歌语言气势如虹、风格豪放，“捐躯赴国难，视死忽如归”成为名句，说尽千古多少爱国志士的壮志豪情。

捐躯赴国难，
视死忽如归。

刘琨（271—318），字越石，中山魏昌（今河北省无极县）人，西晋政治家、军事家、文学家和音乐家。刘琨有两个著名典故：闻鸡起舞和吹笳退敌。“永嘉之乱”时任并州刺史，守太原孤城抵御匈奴刘渊、刘聪和羯人石勒十余年，后兵败投奔鲜卑人段匹磾（dī），欲与鲜卑合力匡辅晋室，被段匹磾猜忌杀害。

重赠卢谌①

握中有悬璧，本自荆山璆。②
惟彼太公望，昔在渭滨叟。③
邓生何感激，千里来相求。④
白登幸曲逆，鸿门赖留侯。⑤
重耳任五贤，小白相射钩。⑥
苟能隆二伯，安问党与雠？⑦
中夜抚枕叹，想与数子游。⑧
吾衰久矣夫，何其不梦周？⑨
谁云圣达节，知命故不忧。⑩
宣尼悲获麟，西狩涕孔丘。⑪
功业未及建，夕阳忽西流。
时哉不我与，去乎若云浮。⑫
朱实陨劲风，繁英落素秋。⑬
狭路倾华盖，骇驷摧双辀。⑭
何意百炼刚，化为绕指柔！⑮

（第二季1次）

① 卢谌（chén）：曾为刘琨主簿，转从事中郎，后为段匹磾别驾，与刘琨有诗歌赠答。刘琨被段匹磾所拘后，自知必死，曾写诗激励卢谌。然而，卢谌的答诗并未体会刘琨的诗意，只以普通之词酬和。于是，刘琨再以诗赠之，故称“重赠”。诗中抒发了自己为国出力的志愿和事业经受挫折，抱负无法施展的悲哀。

② 悬璧：用悬黎制成的璧。悬黎是美玉名。荆山：在今湖北省南漳县西。

楚国卞和曾在此得璞玉。璆（qiú）：玉。以上两句以璆璧比喻卢谌。

③ 太公望：姜尚年老隐于渭水滨。周文王姬昌出猎时遇见他，谈得十分投机，姬昌高兴道“吾太公望子久矣”，因号“太公望”。

④ 邓生：指东汉邓禹，他从南阳北渡黄河，追到邺城投奔东汉光武帝刘秀。感激：感动奋发。

⑤ 白登：山名，在山西省大同县东。汉高祖刘邦曾在此被匈奴所围，用陈平的奇计脱险。陈平封曲逆侯。鸿门：地名，在今陕西临潼东。赖：依靠。留侯：指张良，刘邦的谋士。项羽曾在鸿门宴请刘邦，范增使项庄舞剑，要乘机杀刘邦。留侯张良事先结交了项伯，让项伯也起来舞剑将身体遮护刘邦使项庄不得下手。

⑥ 五贤：指狐偃、赵衰、颜颉、魏武子和司空季子。五人辅佐晋文公重耳有功。射钩：射钩者的省语，指管仲。管仲先是公子纠部下，公子纠和小白（即后来的齐桓公）争君位，管仲射中小白的带钩，后来小白不计前嫌，用管仲为相。

⑦ 苟：假如。二伯：指重耳和小白。党：指五贤。雠（chóu）：同“仇”，指管仲。

⑧ 数子：指太公望以及管仲等。

⑨ 吾衰：典出《论语·述而》：“子曰：‘甚矣吾衰也，久矣，吾不复梦见周公。’”

⑩ 圣达节：圣人通达节义。见于《左传·成公十五年》：“圣达节，次守节，下失节。”知命：懂得天命。《周易·系辞上》：“乐天知命，故不忧。”

⑪ 宣尼：即孔丘，汉平帝追谥孔丘为褒成宣尼公。西狩（shòu）：《春秋》记鲁哀公十四年“西狩获麟”。西，指鲁国之西。狩，冬猎。《公羊传》载孔丘听到获麟的事，说：“吾道穷矣。”

⑫ 若云浮：像云飘过一样疾速。

⑬ 朱实：红色的果实。陨：落。繁英：繁茂的鲜花。素秋：秋季。

⑭ 华盖：泛指高贵者所乘之车。骇驷：受惊吓的驾车之马。辀（zhōu）：车辕。

⑮ 何意：怎么会想到。绕指柔：能缠绕手指的柔软之物。末二句自叹经历破败，从坚刚变为软弱。

东晋·顾恺之《洛神赋图卷》（传为顾恺之作，一说宋摹本）

刘琨的这首诗在生还无望的情况下写于狱中，是一首绝命诗。表达诗人身陷囹圄，无可奈何的悲凉。诗歌开头称赞卢谌是美玉。之后举了古代许多任用贤能的例子，说明自己忠贞不贰。最后感觉自己落入如此田地，处境凄惨，心生悲凉，感慨自己经历太多不幸，硬生生把一个铮铮铁骨的汉子变得如此委曲求全了。“何意百炼刚，化为绕指柔”是诗人最后身不由己、无可奈何的哀鸣，成为流传后世的名句。

何意百炼刚，
化为绕指柔！

陶渊明（365—427），字渊明（一说名渊明，字元亮），号五柳先生，私谥“靖节”，东晋末南朝宋初诗人、辞赋家、散文家。浔阳柴桑（今江西九江）人。曾任江州祭酒、建威参军、镇军参军等职，最末一次出仕为彭泽令，80多天便弃职而去，从此归隐田园。他是中国第一位田园诗人，被称为“古今隐逸诗人之宗”，有《陶渊明集》。

饮　酒（其五）[①]

结庐在人境，而无车马喧。[②]
问君何能尔？心远地自偏。[③]
采菊东篱下，悠然见南山。[④]
山气日夕佳，飞鸟相与还。[⑤]
此中有真意，欲辩已忘言。[⑥]

（第二季1次，第三季2次，第四季1次）

① 陶渊明爱喝酒，辞官退隐后，时常酒后诗兴大发，杂抒感慨，这年秋天共得二十首诗，他把这一组诗题为《饮酒二十首》。
② 结庐：建造住宅，这里指居住。车马喧：车马的喧闹声，此指世俗交往的喧扰。
③ 君：指作者自己。尔：这样。
④ 悠然：悠闲的样子。见（jiàn）：看见，动词。南山：指庐山。
⑤ 山气：山间的云气。日夕：傍晚。相与还：结伴还山。
⑥ 真意：指鸟与人皆有归还之意。欲辩已忘言：化用《老子》“大辩若讷”及《庄子》“大辩不言”之意。

《饮酒》（其五）是陶渊明诗歌艺术风格的一个典范代表。诗歌描写陶渊明归隐后的闲适生活，表达怡然自得的心境。小隐隐于林，大隐隐于市。诗人住在车马喧闹的地方，内心平静得宛如在偏远的深山老林。采菊的陶渊明已经脱离了尘世打扰，一切景物与人都是那么和谐，

明·张鹏《渊明醉归图》

人与自然达到了融合的境界。这其中的"真意"大概是回归自然。诗中名句"采菊东篱下，悠然见南山"写隐士采菊服食的生活，本自采菊，无意望山，举头见到山就在眼前，表达了诗人悠然自在，忘情山水的趣味，意境高远。

采菊东篱下，
悠然见南山。

归园田居（其一）[1]

少无适俗韵，性本爱丘山。[2]
误落尘网中，一去三十年。[3]
羁鸟恋旧林，池鱼思故渊。[4]
开荒南野际，守拙归园田。[5]
方宅十余亩，草屋八九间。[6]
榆柳荫后檐，桃李罗堂前。[7]
暧暧远人村，依依墟里烟。[8]
狗吠深巷中，鸡鸣桑树颠。
户庭无尘杂，虚室有余闲。[9]
久在樊笼里，复得返自然。[10]

（第三季3次，第四季3次）

①《归园田居》组诗共五首，是陶渊明弃官归隐后所作。
②少：指少年时代。适俗韵：适应世俗的情趣。
③尘网：尘世的罗网，指仕途。意谓仕途有如罗网，使人不得自由。三十年：有人认为当作“十三年”，因从陶氏初仕江州祭酒至辞彭泽令归田，前后恰为十三年。
④羁（jī）鸟：被束缚于笼中之鸟。池鱼：池塘之鱼。此两句以“羁鸟”“池鱼”比自己过去仕途生活的不自由，以“旧林”“故渊”比田园。
⑤守拙：安于愚笨。指不善为官，也就是不会取巧逢迎之意。
⑥方宅：宅地方圆。
⑦荫（yìn）：遮盖。罗：罗列。
⑧暧暧（ài ài）：模糊隐约的样子。依依：轻柔而缓慢地飘升。墟里：村落。
⑨户庭：门庭。尘杂：尘俗杂事。虚室：空室。余闲：闲暇。
⑩樊（fán）笼：关鸟兽的笼子，比喻官场生活。返自然：指归耕田园。

唐·无名氏《雪景图》

《归园田居》组诗是描写陶渊明逃离官场，重归田园后的生活和感受。这是组诗中的第一首，表达了对官场的厌恶和对田园生活的惬意。“误落”表达陶渊明对做官的后悔。官场的黑暗让陶渊明感觉就像生活在牢笼中一般，不能做真我。诗人庆幸自己归隐田园的生活，虽然物质上不及官场上富裕，但是做回了真正的自己，简单快乐。陶诗语言平淡而有味，让人读罢如品茶，余味不尽。“羁鸟恋旧林，池鱼思故渊”寓情于景，用巧妙的比喻表达了诗人回归田园的愉悦心情，现在常用来表达对故乡的深厚感情。

羁鸟恋旧林，

池鱼思故渊。

移居二首（其一）①

昔欲居南村，非为卜其宅。②
闻多素心人，乐与数晨夕。③
怀此颇有年，今日从兹役。④
敝庐何必广，取足蔽床席。⑤
邻曲时时来，抗言谈在昔。⑥
奇文共欣赏，疑义相与析。⑦

（第三季1次，第四季2次）

① 《移居二首》是陶渊明约于东晋义熙十一年（415）迁至南村不久后所作。

② 南村：一般认为在浔阳城（今江西九江）下。卜宅：占卜问宅之吉凶。这两句是说早就想迁居南村，并不是因为那里的住宅好。

③ 素心人：指心地纯洁的人。数晨夕：朝夕相处。数（shuò），亲近。

④ 怀此：抱着移居南村这个愿望。颇有年：已经有很多年了。兹役：

明·仇英《松溪论画图》

这种活动，指移居。

⑤ 敝庐：破旧的房屋，这里是谦辞。何必广：不必求宽大。取足蔽床席：能放得下坐卧用具就足够了。蔽，遮蔽。床席，指坐卧用具。

⑥ 邻曲：邻居。抗言：高声谈论。在昔：指往事。

⑦ 析：剖析文意。这两句是说共同欣赏奇文，一起剖析疑难文意的理趣。

《移居二首》描写的是陶渊明搬到南村后的感受，这是第一首，写搬家求友的初衷和邻里之间交往的愉快。陶渊明很早就听说南村人心性纯洁，想搬去住，而今搬来住，虽然住所不大，但没有官场上的钩心斗角，平日里和好友高谈阔论，共赏奇文，生活很惬意。只要最低的物质条件，追求的是能与心性纯洁的友人交往，尤其是共赏诗文，多么高洁的情志啊！“奇文共欣赏，疑义相与析”两句诗中“奇文共赏”四字后来成为成语，意为少见的好文章大家一同欣赏。这个成语现在也常常反用，用来对荒唐无稽或者狗屁不通文章的嘲讽。

奇文共欣赏，
疑义相与析。

杂诗十二首（其一）[①]

人生无根蒂，飘如陌上尘。[②]
分散逐风转，此已非常身。[③]
落地为兄弟，何必骨肉亲！[④]
得欢当作乐，斗酒聚比邻。[⑤]
盛年不重来，一日难再晨。[⑥]
及时当勉励，岁月不待人。

（第二季 1 次，第三季 3 次，第四季 2 次）

① 这是陶渊明《杂诗十二首》的第一首。杂诗：随感而作的诗。
② 根蒂（dì）：植物的根及瓜果的把儿，比喻事物的根基或基础。陌：东西的路，这里泛指路。
③ 非常身：不是经久不变的身，即此时之身已非旧时之身。“人生无根蒂”四句来自《古诗十九首》“人生寄一世，奄忽若飙尘”。
④ 落地：刚生下来。
⑤ 斗：酒器。比邻：近邻。
⑥ 盛年：青壮年。

诗歌前四句先表达人生无常，飘忽不定，生命短暂。中四句写既然人生苦短，何必分彼此，应当及时行乐。后四句陶渊明的本意是劝人珍惜时光，及时行乐。诗中佳句迭出，如“人生无根蒂，飘如陌上尘”“落地为兄弟，何必骨肉亲”“盛年不再来，一日难再晨”。最后两句“及时当勉励，岁月不待人”本意并不是鼓励人奋发学习，却成为后人勉励自己及他人奋发向上、努力学习的金句。

及	时	当	勉	励	，
岁	月	不	待	人	。

陆凯（生卒年不详），东晋至南朝宋时江南人，与范晔友善。东晋义熙十三年冬至十四年春（417—418），范晔随檀道济北伐军在长安，陆凯从江南寄梅花一枝给范晔，传为佳话。

赠范晔①

折花逢驿使，寄与陇头人。②

江南无所有，聊赠一枝春。③

（第四季2次）

① 范晔（398—445）：南朝宋史学家，字蔚宗，顺阳（今河南淅川）人，著有《后汉书》。

② 驿使：传递公文、书信的人。陇头人：北方边塞的朋友，指范晔。

③ 聊：姑且。一枝春：指梅花，人们常常把梅花作为春天的象征。

这首五言绝句意趣盎然，表达了诗人对友人的思念和祝福，是写友情的名篇。诗人在江南春天梅花开放的时候赏梅花、折梅花时正好碰到驿使，于是就想到托驿使捎带一枝美丽的梅花给北方好友，并写了这首诗一并捎去。“江南无所有，聊赠一枝春”是写梅花和友情的名句，颇有情趣。江南没什么崇高、美好的礼品可以送给你，就把一枝代表春天的梅花送给你吧。用借代手法，以具体的一枝梅花来代替抽象的春天，让北方边塞的友人感受到春天的来临，高洁的梅花也象征他们之间的崇高友谊。“驿使”“一枝春”后来都成为梅花及赠别的代称了。“驿使梅花”也作为成语，表示对亲友的问候及思念。

江南无所有，

聊赠一枝春。

谢灵运（385—433），陈郡阳夏（今河南太康）人，生于会稽始宁（今浙江上虞），东晋名将谢玄之孙，小名“客儿”，人称谢客。晋时袭封康乐公，人称“谢康乐”。他是文学史上山水诗派的开创者，被誉为中国山水诗鼻祖。诗与颜延之齐名，并称“颜谢”。

登池上楼①

潜虬媚幽姿，飞鸿响远音。②
薄霄愧云浮，栖川怍渊沉。③
进德智所拙，退耕力不任。④
徇禄反穷海，卧疴对空林。⑤
衾枕昧节候，褰开暂窥临。⑥
倾耳聆波澜，举目眺岖嵚。⑦
初景革绪风，新阳改故阴。⑧
池塘生春草，园柳变鸣禽。
祁祁伤豳歌，萋萋感楚吟。⑨
索居易永久，离群难处心。⑩
持操岂独古，无闷征在今。⑪

（第三季 1 次，第四季 1 次）

① 池：指谢公池，在今浙江永嘉县西北三里。谢灵运受到南朝宋新贵集团的排挤，迁为永嘉太守。来永嘉后的第一个冬天，他长久卧病，至第二年春病愈，于是登楼观景，写下《登池上楼》，抒写郁闷之情。
② 潜虬：潜游的虬龙。飞鸿：飞翔的鸿雁。
③ 薄：迫近，靠近。愧：惭愧。栖川：（虬龙）栖息在深渊中。怍（zuò）：惭愧。
④ 进德：增进道德，指仕途上的进取。任（rén）：担当，承受。
⑤ 徇禄：追求禄位。疴（kē）：同“疴”，病。
⑥ 衾（qīn）枕昧节候：卧病衾枕之间分不清季节变化。衾，被子。昧（mèi）：不清楚。褰（qiān）开：揭开帷帘，打开窗子。窥临：

临窗眺望。

⑦ 岖嵚（qū qīn）：山势险峻的样子。

⑧ 初景：初春的阳光。革：消除。绪风：余风，指冬季残留下来的寒风。新阳：新春。故阴：指残冬。

⑨ 豳（bīn）歌：指《诗经·豳风·七月》“春日迟迟，采蘩祁祁。女心伤悲，殆及公子同归”的句子。萋萋感楚吟：指《楚辞·招隐士》“王孙游兮不归，春草生兮萋萋”的句子。

⑩ 索居：独居。群：朋友。

⑪ 持操：保持节操。无闷：没有烦闷。出自《易经·乾卦》：“遁世无闷。”意为贤人能避世而没有烦恼。征：验证。

诗歌所描绘的是谢灵运登池上楼后的所见所感，表达了诗人政治失意后的苦闷心情。诗歌前八句是写诗人官场失意后进退两难的矛盾心情，诗人本是朝廷贵族，有极大的政治抱负，如今被逐出京都不免有龙困浅滩之感。接着八句为第二层次，主要写诗人登楼远眺看见的春景。诗人拉开窗帘远眺，满目春光尽收眼底，万物复苏，令人神清气爽。大病初愈的诗人此时也如重获新生一般。第三层是最后六句，诗人审视自己的处境，借用典故来表示自己的感慨，情绪又转向忧伤，最后两句也表明了诗人即使现在处境艰难也坚守节操的坚定意志。此诗写景名句“池塘生春草，园柳变鸣禽”历来为诗论家所称道，从细微的变化写春天的到来，清新自然，浑然天成。池塘水中生春草，一般人不易察觉，从园中柳树上禽鸟叫声的变化来判断鸟的种类变化，一般人亦不易做到。

池塘生春草，
园柳变鸣禽。

谢朓（464—499），字玄晖，陈郡阳夏（今河南省太康县）人。南朝齐时山水诗人，与“大谢”谢灵运同族，世称“小谢”。为竟陵王萧子良门下的“竟陵八友”之一。任宣城太守，人称“谢宣城”。后遭诬陷，下狱死，时年36岁。曾与沈约等共创“永明体”诗歌。今存诗200余首，多描写自然景物，诗风清新。

晚登三山还望京邑①

灞涘望长安，河阳视京县。②
白日丽飞甍，参差皆可见。③
余霞散成绮，澄江静如练。④
喧鸟覆春洲，杂英满芳甸。⑤
去矣方滞淫，怀哉罢欢宴。⑥
佳期怅何许，泪下如流霰。⑦
有情知望乡，谁能鬒不变？⑧

（第四季1次）

① 三山：山名，在今南京市西南长江南岸。还望：回头眺望。京邑：指南朝齐都城建康，即今南京市。

② 灞涘（bà sì）望长安：借用汉末王粲《七哀诗》“南登霸陵岸，回首望长安”诗意。灞涘，灞水边。灞水源出陕西蓝田，流经长安城东。河阳视京县：借用西晋潘岳《河阳县诗》“引领望京室”诗意。河阳，在今河南孟州市西。京县，指西晋都城洛阳。两句以古人的望京比自己的望京。

③ 丽：使动用法，意为“照射使……色彩绚丽”。飞甍（méng）：上翘如飞翼的屋脊。参差：高低不齐的样子。

④ 散：读sàn。绮：有花纹的丝织品。澄江：清澈的江水。练：洁白的绸子。意为：澄清的江水平静得如同一匹白练。

⑤ 覆春洲：形容鸟儿众多。覆，盖。杂英：各色的花。甸：郊野。

⑥ 去：离开。方：将。滞淫：久留。怀：想念。

⑦ 佳期：指归来的日期。怅：惆怅。何许：何时。霰（xiàn）：雪珠。

⑧鬒（zhěn）：黑发。

谢朓是南朝齐著名诗人，擅长山水诗。李白最欣赏谢朓，他现存直接提到谢朓的诗有十多首，并且都表现他的仰慕之情。谢朓的这首诗是他的代表作之一，作于建武二年（495）夏天被任命为宣城太守离开京城时，抒写的是诗人傍晚登上三山回望京城时看到的美景和不舍之情。他把京城建康当作自己的故乡，一步三回头地离开了。诗中“余霞散成绮，澄江静如练”一联已是流传千古的写景名句，用两个巧妙比喻来进行远景描绘，“绮”“练”二字既包含视觉，又包含触觉，写出了丝绸般的柔滑之感。李白《金陵城西楼月下吟》有“解道澄江净如练，令人长忆谢玄晖”的赞许。今有成语“余霞散绮”“余霞成绮”，形容彩霞景象绚丽，也用来比喻文章的结尾有含蓄不尽的妙趣。成语“澄江如练”常用来赞美鸟瞰的江景。

余霞散成绮，
澄江静如练。

王籍（？—约 547），南朝梁诗人，字文海，祖籍琅邪临沂（今属山东）。博学有才气，官至中散大夫，自感仕途不得志。学谢灵运作诗，名句“蝉噪林逾静，鸟鸣山更幽”曾传入北朝，引起南北朝文人争辩。

入若耶溪①

艅艎何泛泛，空水共悠悠。②
阴霞生远岫，阳景逐回流。③
蝉噪林逾静，鸟鸣山更幽。④
此地动归念，长年悲倦游。⑤

（第二季 1 次，第三季 2 次）

① 若耶溪：河名，出浙江绍兴市若耶山，北流入运河。相传为西施浣纱之所。
② 艅艎（yú huáng）：原是吴王大舰名，这里指大船。泛泛：船行无阻。
③ 阴霞：山北面的云霞。若耶溪流向自南而北，诗人溯流而上，故曰“阴霞”。远岫（xiù）：远处的高山。阳景：阳光。回流：曲折的溪流。
④ 噪：许多鸟或虫子乱叫。逾（yú）：同“愈”，更加。幽：宁静、幽静。
⑤ 归念：归隐的念头。倦游：厌倦游宦生涯。

诗歌描绘了诗人泛舟若耶溪所见美景，从而引起辞官归隐的念头。前六句写景，后两句抒情。语言清新秀丽。“蝉噪林逾静，鸟鸣山更幽”是千古传诵的名句，以动写静，更加突出环境的幽静，写法新颖。但北朝文人认为这两句不好，也没说原因，可能因为有“合掌”之嫌。王维《鸟鸣涧》“人闲桂花落，夜静春山空。月出惊山鸟，时鸣春涧中”就是模仿这一写法。王安石曾改写成“一鸟不鸣山更幽”，被黄庭坚嘲笑。

蝉噪林逾静，
鸟鸣山更幽。

南北朝乐府民歌是继汉乐府民歌之后又一批民间诗作。南朝乐府民歌以写男女恋情内容为多，北朝乐府民歌除了歌咏爱情的篇章之外，还有一些反映民生疾苦、边塞风光和歌颂英雄人物的诗篇。

敕勒歌①

敕勒川，阴山下。天似穹庐，笼盖四野。②

天苍苍，野茫茫，风吹草低见牛羊。③

（第二季 1 次，第三季 1 次，第四季 1 次）

① 敕勒（chì lè）：我国古代北方民族名，北齐时居住在朔州（今山西北部）一带。

② 敕勒川：敕勒族居住的地方，在现在的山西、内蒙古一带。川，平原。阴山：在今内蒙古境内。穹庐（qióng lú）：用毡布搭成的帐篷，即蒙古包。笼盖：笼罩，覆盖。四野（yǎ）：草原的四面八方。

③ 苍苍：青色。茫茫：辽阔无边的样子。见（xiàn）：同“现”，显露。

《敕勒歌》是北朝游牧民族的民歌，原是鲜卑语，被人翻译成汉语。诗歌一开始四句采用鸟瞰的视角，给人以辽阔的感觉，无边无际，尽收眼底，描绘了大草原壮阔的景象。而后三句宛如一幅壮丽的草原全景图，生机勃勃，境界开阔，也反映了游牧民族热爱生活、胸怀宽广、豪放坦荡的精神品质。全诗采用自由的杂言体，被认为有一种“天然豪迈”的风格。“天苍苍，野茫茫，风吹草低见牛羊”是传诵的名句，成为大草原的代名词。

天苍苍，野茫茫，

风吹草低见牛羊。

折杨柳歌辞（其五）[1]

健儿须快马，快马须健儿。[2]
铋跋黄尘下，然后别雄雌。[3]

① 折杨柳：乐府歌曲名，属于《横吹曲》，后来演变为《杨柳枝》。折杨柳是古代送别的习俗，送者、行者常折柳以为留念。《折杨柳歌辞》共五首，这里选的是第五首。
② 健儿：勇士，壮士。
③ 铋跋（bì bá）：快马飞奔时马蹄击地声。黄尘：指快马奔跑时扬起的尘土。别雄雌：分高低，决胜负。

这首民歌描写的是北方民族赛马场上激烈比赛的场景，马儿飞奔的马蹄声和扬起的尘土都是为了突显场面的紧张气氛。诗歌风格刚健简练，展现出一种好男儿的阳刚之美。“健儿须快马，快马须健儿”是赞美英武之才的名句，后来我们说宝马配英雄也是从此而来。

健儿须快马，
快马须健儿。

木兰诗[①]

唧唧复唧唧，木兰当户织。不闻机杼声，唯闻女叹息。[②]
问女何所思，问女何所忆。女亦无所思，女亦无所忆。
昨夜见军帖，可汗大点兵，军书十二卷，卷卷有爷名。[③]
阿爷无大儿，木兰无长兄，愿为市鞍马，从此替爷征。[④]
东市买骏马，西市买鞍鞯，南市买辔头，北市买长鞭。[⑤]
旦辞爷娘去，暮宿黄河边。不闻爷娘唤女声，但闻黄河流水鸣溅溅。[⑥]
旦辞黄河去，暮至黑山头。不闻爷娘唤女声，但闻燕山胡骑鸣啾啾。[⑦]
万里赴戎机，关山度若飞。朔气传金柝，寒光照铁衣。[⑧]
将军百战死，壮士十年归。归来见天子，天子坐明堂。[⑨]
策勋十二转，赏赐百千强。可汗问所欲，木兰不用尚书郎，愿驰千里足，送儿还故乡。[⑩]
爷娘闻女来，出郭相扶将。阿姊闻妹来，当户理红妆。[⑪]
小弟闻姊来，磨刀霍霍向猪羊。开我东阁门，坐我西阁床。[⑫]
脱我战时袍，著我旧时裳。当窗理云鬓，对镜帖花黄。[⑬]
出门看火伴，火伴皆惊忙。同行十二年，不知木兰是女郎。[⑭]
雄兔脚扑朔，雌兔眼迷离。双兔傍地走，安能辨我是雄雌。[⑮]

（第二季 1 次，第三季 3 次，第四季 3 次）

①《木兰诗》又称《木兰辞》，北宋郭茂倩《乐府诗集》归入《横吹曲辞·梁鼓角横吹曲》。

② 唧唧（jī jī）：叹息声，意思是木兰无心织布，停机叹息。当户（dāng hù）：对着门。机杼（zhù）声：织布机发出的声音。

③ 军帖（tiě）：征兵的文书。可汗（kè hán）：古代西北地区民族对君主的称呼。十二，表示很多，不是确指。下文的“十二转”“十二年”，用法与此相同。爷：和下文的“阿爷”一样，都指父亲。

④ 为：为此。市：买。鞍马：马和鞍子。

⑤ 鞯（jiān）：马鞍下的垫子。辔（pèi）头：驾驭牲口用的嚼子和缰绳。

⑥ 旦：早晨。辞：离开，辞行。溅溅（jiān jiān）：流水声。

⑦ 胡骑（jì）：胡人的战马。啾啾（jiū jiū）：马叫的声音。

⑧ 戎机：指战争。度：越过。朔（shuò）气：北方的寒气。传金柝（tuò）：传送着打更的声音。金柝，即刁斗。古代军中用的一种铁锅，白天用来做饭，晚上用来报更。铁衣：铠甲。

⑨ 明堂：皇帝用来祭祀、接见诸侯等所用的殿堂。

⑩ 策勋十二转（zhuǎn）：记很大的功。策勋，记功。转，勋级每升一级叫一转。十二转，不是确数，形容功劳极高。赏赐百千强（qiáng）：赏赐很多的财物。百千，形容数量多。强，有余。千里足：千里马。

⑪ 郭：外城。扶将：扶持。姊（zǐ）：姐姐。理：梳理。

⑫ 霍霍（huò huò）：磨刀时发出的声音。阁：内室。

⑬ 著（zhuó）：同“着”，穿。裳（cháng）：下身穿的衣服。云鬓（bìn）：指女子的头发，形容头发漂亮柔软，像云一样。帖（tiē）花黄：当时流行的一种化妆款式，把金黄色的纸剪成星、月、花、鸟等形状贴在额上，或在额上涂成黄色的半月形。帖，同“贴”。

⑭ 火伴：同伍的士兵。当时规定若干个士兵同一个灶吃饭，所以称“火伴”。“火”同“伙”。

⑮ “雄兔”两句：提着兔子的耳朵悬在半空时，雄兔两只前脚时时动弹，雌兔两只眼睛时常眯着，所以容易辨认。扑朔，爬搔。迷离，眯着眼。双兔傍地走，安能辨我是雄雌：两只兔子贴着地面跑，怎能辨别哪个是雄兔，哪个是雌兔呢？

北朝民歌《木兰诗》描述的是我国著名的木兰替父从军故事。诗歌产生于民间，记述了木兰女扮男装，代父从军，征战沙场，凯旋回朝，建功受封，辞官还家的故事，充满传奇色彩。诗歌塑造了巾帼英雄木兰的经典形象，忠孝两全。诗歌语言保留了民歌的易朗诵特色，多对仗排比，读来朗朗上口。木兰姓花是从明代徐渭的杂剧《四声猿·雌木兰》出现

元·刘贯道《元世祖出猎图》(局部)

并开始流传开来的。“将军百战死，壮士十年归”两句采用了互文和对仗手法，表达了战争的残酷无情，将士们生死无常，是传诵的名句。由“雄兔脚扑朔，雌兔眼迷离”两句生出成语“扑朔迷离”，用来形容事物错综复杂，难以明了真相。

将军百战死，

壮士十年归。

虞世南（558—638），字伯施，余姚人，南北朝至隋唐时著名书法家、文学家、政治家，凌烟阁二十四功臣之一。唐太宗称他德行、忠直、博学、文辞、书翰为五绝。善书法，与欧阳询、褚遂良、薛稷合称“初唐四大家”。

蝉

垂緌饮清露，流响出疏桐。[1]
居高声自远，非是藉秋风。[2]

（第三季 1 次，第四季 2 次）

① 緌（ruí）：古时帽带打结后下垂的部分，这里指蝉头部的触须。流响：连续不断的蝉鸣声。疏桐：疏落的梧桐树。
② 藉（jiè）：同“借”。

这是一首咏物诗。前两句描写蝉的独特形象，在梧桐树上饮露鸣叫，后两句借这一形象说理，蝉鸣声能传播远方，并不是因为借助了秋风的力量，而是蝉本身站得高。有人说是诗人以蝉自喻，比喻自己立身品格高洁，不必要借外在的帮助，自然声名远播。有人将“居高声自远，非是藉秋风”和骆宾王“露重飞难进，风多响易沉”及李商隐“本以高难饱，徒劳恨费声”称为唐代“咏蝉”诗三绝。

居高声自远，
非是藉秋风。

李世民（599—649），即唐太宗，唐朝第二位皇帝，在位23年，年号贞观。陇西成纪（今甘肃省天水市秦安县）人。李世民不仅是著名的政治家、军事家，还是一位书法家和诗人。他开创了著名的贞观之治，为后来唐朝全盛时期的开元盛世奠定了重要基础，为后世明君之典范。死后葬于昭陵。

赐萧瑀[1]

疾风知劲草，板荡识诚臣。[2]

勇夫宁识义，智者必怀仁。[3]

（第三季3次）

唐·李思训《江帆楼阁图》

① 萧瑀（574—647）：唐朝宰相。高祖父是南朝梁武帝萧衍，曾祖父是昭明太子萧统，祖父萧督，是后梁宣帝，父亲名岿，是后梁明帝。降唐后受封宋国公，任光禄大夫。李世民即位后六次担任宰相，又因故六次被罢免。贞观十七年（643）二月成为凌烟阁二十四功臣的第九位。唐太宗十分欣赏萧瑀的品德，曾赞扬他说：“卿之忠直，古人不过。”又作此诗深加勉慰，夸奖其忠直。

② 板荡：《板》《荡》都是《诗经·大雅》中讥刺周厉王无道而导致国家败坏、社会动乱的诗篇。后指政局混乱或社会动荡。

③ 勇夫：勇敢的人。宁（níng）：必定。原作“安”，语义不通，据《全唐诗》注改。

这是唐太宗李世民赠送给宰相萧瑀的一首诗，称赞萧瑀的高尚人格。前两句采用比兴手法，只有在疾风下才知道什么样的草是坚韧不拔的，只有在朝廷动荡的情况下才知道哪个人是忠臣，夸赞萧瑀忠贞不贰。后两句说勇敢的人必定懂得道义，有大智慧的人必定心怀仁爱，夸赞萧瑀道义、仁爱。如此高度的赞美，可见唐太宗多么喜爱他这位贤相。“疾风知劲草”这一成语出自《东观汉记》，范晔《后汉书》加以引用，李世民又用为诗句，遂广为流传，比喻在艰难困苦的环境下，才能考验出人的坚强意志和节操。

疾风知劲草，

板荡识诚臣。

骆宾王（约638—？），字观光，婺州义乌（今浙江义乌）人。唐初诗人，与王勃、杨炯、卢照邻合称“初唐四杰”，四人中他年辈最老，但排名最后。“四杰”都是官小名大，性格浪漫，都喜欢自我表现，争名好胜。光宅元年（684），骆宾王随徐敬业起兵讨伐武则天，写出著名的《讨武曌檄》，传遍天下，当年兵败被杀，也有传闻说他逃命后当了和尚。

咏 鹅

鹅、鹅、鹅，曲项向天歌。①

白毛浮绿水，红掌拨清波。

（第一季2次，第三季2次）

①曲（qū）项：弯曲着脖子。

这是骆宾王七岁时习作的一首咏物小诗，流传很广，几乎妇孺皆知。这首诗语言通俗易懂，读起来朗朗上口，通常作为学龄儿童的启蒙诗歌。全诗内容十分简单，用纯白描的手法描绘了一幅白鹅戏水图。“白毛浮绿水，红掌拨清波”尤为人们所喜爱，两句一静一动，用了几种对比强烈的色彩词突出了画面效果。

白毛浮绿水，

红掌拨清波。

在狱咏蝉

西陆蝉声唱，南冠客思深。①
那堪玄鬓影，来对白头吟。②
露重飞难进，风多响易沉。③
无人信高洁，谁为表予心！④

（第四季2次）

① 西陆：指秋天。南冠：楚国人的帽子，借指囚犯。客思（sì）：远离家乡者的思绪。

② 那（nǎ）堪：怎能忍受。玄鬓：本指黑色的鬓发，古代妇女的一种发式叫“蝉鬓”。这里指黑色的蝉。这一联是流水对，一语双关。表层意思是，我不能忍受有如玄鬓的蝉对着我这白发人长吟。深层意思是，我对着黑蝉吟诵委屈哀伤的《白头吟》。《白头吟》是古乐府曲名。

③ 露重：秋露浓重。飞难进：是说蝉难以高飞。响：指蝉声。沉：沉没，被掩盖。

④ 高洁：清高洁白。古人认为蝉栖高饮露，是高洁之物。作者用来自喻。予：我。

这首咏物诗是诗人遭诬陷入狱，在狱中所作的。全诗以蝉喻己，用蝉的高洁品性来比喻自己的坚贞。诗歌前两联，都是一句写蝉，一句写自己，通过对比来突显自己的颓唐境地。第三联“露重飞难进，风多响易沉”是全诗的名句，表面上写蝉，实际上写诗人自己受到外部势力的打压，无法施展抱负，无法抒发己见。诗人这首咏物诗，以其高超的写作技巧和情感表达做到了物我合一的境界。

露重飞难进，
风多响易沉。

卢照邻（约630—680后），字昇之，自号幽忧子，幽州范阳（今属河北）人。望族出身，曾为王府典签，又出任益州新都（今四川成都附近）尉。他是“四杰”中最悲苦的一位，屈沉下僚，患风疾，手足痉挛，自投颍水而死。

长安古意[①]

长安大道连狭斜，青牛白马七香车。[②]
玉辇纵横过主第，金鞭络绎向侯家。[③]
龙衔宝盖承朝日，凤吐流苏带晚霞。[④]
百尺游丝争绕树，一群娇鸟共啼花。[⑤]
啼花戏蝶千门侧，碧树银台万种色。
复道交窗作合欢，双阙连甍垂凤翼。[⑥]
梁家画阁天中起，汉帝金茎云外直。[⑦]
楼前相望不相知，陌上相逢讵相识。
借问吹箫向紫烟，曾经学舞度芳年。[⑧]
得成比目何辞死，愿作鸳鸯不羡仙。[⑨]
比目鸳鸯真可羡，双去双来君不见。
生憎帐额绣孤鸾，好取门帘帖双燕。[⑩]
双燕双飞绕画梁，罗帏翠被郁金香。[⑪]
片片行云着蝉鬓，纤纤初月上鸦黄。[⑫]
鸦黄粉白车中出，含娇含态情非一。
妖童宝马铁连钱，娼妇盘龙金屈膝。[⑬]
御史府中乌夜啼，廷尉门前雀欲栖。[⑭]
隐隐朱城临玉道，遥遥翠幰没金堤。[⑮]
挟弹飞鹰杜陵北，探丸借客渭桥西。[⑯]
俱邀侠客芙蓉剑，共宿娼家桃李蹊。[⑰]
娼家日暮紫罗裙，清歌一啭口氛氲。
北堂夜夜人如月，南陌朝朝骑似云。
南陌北堂连北里，五剧三条控三市。[⑱]

弱柳青槐拂地垂，佳气红尘暗天起。
汉代金吾千骑来，翡翠屠苏鹦鹉杯。[19]
罗襦宝带为君解，燕歌赵舞为君开。
别有豪华称将相，转日回天不相让。[20]
意气由来排灌夫，专权判不容萧相。[21]
专权意气本豪雄，青虬紫燕坐春风。[22]
自言歌舞长千载，自谓骄奢凌五公。[23]
节物风光不相待，桑田碧海须臾改。
昔时金阶白玉堂，即今惟见青松在。
寂寂寥寥扬子居，年年岁岁一床书。[24]
独有南山桂花发，飞来飞去袭人裾。

（第二季 1 次，第三季 3 次，第四季 2 次）

① 古意：“古意”是六朝以来诗歌中常见的标题，表示这是拟古之作。

② 狭斜：指小巷中的妓院。七香车：用多种香木制成的华美小车。

③ 玉辇：本指皇帝所乘的车，这里泛指一般豪门贵族的车。主第：公主府第。第，房屋。络绎：往来不绝，前后相接。

④ 龙衔宝盖：车上张着华美的伞状车盖，支柱上端雕作龙形，如衔车盖于口。古时车上张有圆形伞盖，用以遮阳避雨。凤吐流苏：车盖上的立凤嘴端挂着流苏。流苏，以五彩羽毛或丝线制成的穗子。

⑤ 游丝：春天虫类所吐的飘扬于空中的丝。

⑥ 复道：宫苑中用木材架设在空中的通道。交窗：有花格图案的木窗。合欢：这里指复道、交窗上的合欢花形图案。甍（méng）：屋脊。垂凤翼：双阙上饰有垂翅的金凤。

⑦ 梁家：本指东汉外戚梁冀家，这里指豪门之家。金茎：铜柱。

⑧ 吹箫：用春秋时萧史吹箫引来凤凰的故事。向紫烟：指飞入天空。紫烟，指云气。

⑨ 比目：鱼名。古人用比目鱼、鸳鸯鸟比喻男女相伴相爱。

⑩ 帐额：帐子前的横幅。孤鸾：象征独居。鸾，传说中凤凰一类的神鸟。好取：好将。双燕：象征自由幸福的爱情。

⑪ 郁金香：一种名贵的香料。这里是指罗帐和被子都用郁金香熏过。

⑫ 行云：形容发型蓬松美丽。蝉鬓：古代妇女的一种类似蝉翼的发式。初月上鸦黄：额上用黄色涂成弯弯的月牙形，是当时女性面部化妆的一种样式。鸦黄，化妆用的黄粉。

⑬ 妖童：泛指浮华轻薄子弟。铁连钱：指马的毛色青而斑驳，有连环的钱状花纹。娼妇：妓女。盘龙：钗名。此指金屈膝上的雕纹。屈膝：这里是指车门上的铰链。

⑭ “御史”两句：写权贵骄纵恣肆，御史、廷尉都无权约束他们。御史，官名，掌弹劾。乌夜啼，与下句“雀欲栖”均暗示执法官门庭冷落。廷尉，官名，掌刑法。

⑮ 翠幰（xiǎn）：妇女车上镶有翡翠的帷幕。金堤：坚固的河堤。

⑯ 杜陵：在长安东南，汉宣帝陵墓所在地。探丸借客：指行侠杀吏，助人报仇等蔑视法律的行为。

⑰ 桃李蹊：指娼家的住处。桃李喻美色，暗示这里是吸引游客纷至沓来的地方。蹊，小径。

⑱ 北堂：指娼家。北里：即唐代长安平康里，是妓女聚居之处，因在城北，故称北里。五剧：交错的路。三条：通达的道路。控：引，连接。三市：泛指闹市。“五剧”“三条”“三市”都是用前人成语，其中数字均非实指。

⑲ 金吾：泛指禁军军官。“翡翠”一句：写禁军军官在娼家饮酒。翡翠，本为碧绿透明的美玉，这里形容美酒的颜色。屠苏，美酒名。鹦鹉杯，即海螺盏，用南洋出产的一种状如鹦鹉的海螺加工制成的酒杯。

⑳ 转日回天：极言权势之大，可以左右皇帝的意志。天：喻皇帝。

㉑ 灌夫：汉武帝时期的一位将军，勇猛任侠。萧相：指汉丞相萧何。

㉒ 青虬、紫燕：均指良马。

㉓ 五公：汉代五位权贵，这里泛指权贵。

㉔ 扬子：汉代扬雄，字子云，在长安时仕宦不得意，曾闭门著《太玄》《法言》。一床书：指以诗书自娱的隐居生活。裾（jū）：衣服的前后部分。

这首诗在写法用语上不脱齐梁宫体诗的浮艳秾丽，但在思想内容上已经与无聊的宫体诗截然不同，虽托名“古意”，实际上讽刺了当时骄奢淫逸、铺张浪费的社会风气以及纲纪紊乱的朝廷现状。全诗可分为四部分，第一部分（从“长安大道连狭斜”到“娼妇盘龙金屈膝”）

极力描写权贵之家奢侈享乐的生活，用大量笔墨描写了市道街景，构成全诗的背景；第二部分（从“御史府中乌夜啼”到“燕歌赵舞为君开”）主要以市井娼家为中心，写形形色色人物醉生梦死的夜生活；第三部分（从“别有豪华称将相”至“即今惟见青松在”）写长安上层社会对权力的渴望追逐，使得文武权臣互相倾轧，但终将化为乌有，嘲讽力度更加强烈。最后四句是诗的第四部分，诗人以扬雄自比，与长安城里所有权豪划清界限，以著书立说自我期许。全诗情感充沛，重点突出。“得成比目何辞死，愿作鸳鸯不羡仙”一联掷地有声，感情真挚，成为写爱情的名句。

得成比目何辞死，
愿作鸳鸯不羡仙。

李峤（644—713），字巨山，赵州赞皇（今属河北）人。官至宰相。他与杜审言、崔融、苏味道并称“文章四友”，又与苏味道并称“苏李”。李峤善作咏物诗，对唐代律诗和歌行的发展有一定的推动作用。

风

解落三秋叶，能开二月花。①
过江千尺浪，入竹万竿斜。②

（第二季 1 次，第四季 1 次）

① 解：懂得，知道。三秋：农历九月，也泛指秋季。二月：指农历二月，也泛指春季。
② 过：经过。斜：倾斜。

唐代启蒙教育中，流行一种“避题字”的咏物小诗。题目是谜底，诗歌正文是谜面，正文中不能出现谜底（即题目）字，这就叫“避题字”。本篇就是这类小诗的代表。风是什么？风能吹落秋天的叶子，能吹开春天的花，能刮过江面掀起千尺巨浪，也能吹进竹林使万竿倾斜。这是将看不见摸不着的风，变成具体的形象，让人会心一笑，茅塞顿开。“过江千尺浪，入竹万竿斜”描绘出了风的动态和能量，不失为佳句。

过江千尺浪，
入竹万竿斜。

苏味道（648—705），赵州栾城（今属河北）人。官至宰相，但名声不佳。少时与李峤并称“苏李”，后又与李峤、崔融、杜审言合称“文章四友”。宋代“三苏”为其后裔。

正月十五夜

火树银花合，星桥铁锁开。①
暗尘随马去，明月逐人来。②
游伎皆秾李，行歌尽落梅。③
金吾不禁夜，玉漏莫相催。④

① 火树银花：比喻元宵灯火之辉煌。星桥：星津桥，在洛阳。铁锁开：指取消宵禁。唐朝都城都有宵禁，但在正月十五这天取消宵禁，连接洛水南岸的里坊区与洛北禁苑的天津桥、星津桥、黄道桥上的铁锁打开，任平民百姓通行。

② 暗尘：夜间看奔马扬起的尘土，故称暗尘。逐人来：追随人流而来。

南宋・杨威《耕获图》

③ 游伎：指出游的歌妓。秾李：指观灯歌妓打扮得艳若桃李。落梅：即《梅花落》歌曲。

④ 金吾：指金吾卫，守卫京城、禁人夜行的武官。不禁夜：指取消宵禁。唐时，京城每天晚上都要戒严，对私自夜行者处以重罚。一年只有三天例外，即正月十四、十五、十六。玉漏：古代用玉做的计时器皿，即滴漏。

这首诗描写唐朝洛阳正月十五上元节看灯的热闹场面。读这首诗，仿佛自己置身于千百年前那个亮如白昼的夜晚，跟着众人一起载歌载舞，沉浸在欢乐的节日气氛中。诗人在首联里总写灯火辉煌的节日氛围，成语“火树银花”即由此而来。第二、第三两联具体描绘都城热闹的场面。尾联表达对这个美好夜晚的珍惜与不舍之情。“明月逐人来”写出月亮跟人走的特殊错觉，是全篇的传神之句，宋以后成为流行的词调名。

明月逐人来。

王勃（650—676），绛州龙门（今山西河津）人。祖父王通是隋代大儒，叔祖王绩是唐初诗人。自幼聪明过人，17 岁开始做官。上元二年（675），王勃到交趾（今越南）探望父亲，途经南昌，写出著名骈文《滕王阁序》，从交趾返回时，渡海溺水而死，年仅 27 岁。王勃与杨炯、卢照邻、骆宾王齐名，号“初唐四杰”，王勃的才名又是四杰之最。

送杜少府之任蜀州

城阙辅三秦，风烟望五津。①
与君离别意，同是宦游人。②
海内存知己，天涯若比邻。③
无为在歧路，儿女共沾巾。④

（第一季 2 次，第二季 2 次，第三季 5 次，第四季 2 次）

① “城阙”一句：长安以三秦为辅。是说送别地点。城阙指都城长安，一说指蜀州。三秦，泛指长安附近。项羽灭秦后曾将秦地分为三国，故称三秦。风烟：风尘、烟雾。一说指风景。五津：泛指蜀地。长江自湔堰至犍为一段五大渡口合称五津，皆在蜀中，因用以泛指蜀地。

② 宦游：在外求官或做官。

③ 存：挂念。也可理解为“存在”。这两句化用曹植诗句“丈夫志四海，万里犹比邻”。

④ 无为：不要。歧路：分手的岔路口。儿女共沾巾：像青年男女一样哭哭啼啼。

送别诗是唐诗中的一大类，大多数送别诗（包括王勃的许多首）都写得比较感伤。这首诗别开生面，友情深重而又开朗旷达，很受人们喜爱，成为千古名篇。第一联没有直接点明离别，而是描绘送别地点“长安”以及杜少府上任地点“蜀州”的地势风貌，为“壮别”奠定了基调。杜

明·杜堇《祭月图》

少府是谁？作者与他有何关系？为什么能有如此深厚的感情？在第二联中作者给出了答案："同是宦游人。"因"宦游人"所产生的情感共鸣深化了二人之间的友情。"海内存知己，天涯若比邻"两句尤其写出了大丈夫的洒落胸怀，有别于传统送别的消极感伤，境界宏大，情调豪迈，是广为传诵的名句。

海内存知己，

天涯若比邻。

刘希夷（651—约679），字庭芝，汝州（今河南省汝州市）人。上元二年（675）进士及第，善弹琵琶。其诗以歌行见长，多写闺情，辞意柔婉华丽，且多感伤情调。闻一多把他的诗比作“卢骆的狂风暴雨后宁静爽朗的黄昏”“离绝顶不远”（《唐诗杂论》）。

代悲白头翁①

洛阳城东桃李花，飞来飞去落谁家？
洛阳女儿惜颜色，坐见落花长叹息。
今年花落颜色改，明年花开复谁在？
已见松柏摧为薪，更闻桑田变成海。②
古人无复洛城东，今人还对落花风。
年年岁岁花相似，岁岁年年人不同。
寄言全盛红颜子，应怜半死白头翁。③
此翁白头真可怜，伊昔红颜美少年。
公子王孙芳树下，清歌妙舞落花前。④
光禄池台文锦绣，将军楼阁画神仙。⑤
一朝卧病无相识，三春行乐在谁边？
宛转蛾眉能几时？须臾鹤发乱如丝。⑥
但看古来歌舞地，唯有黄昏鸟雀悲。

（第二季1次，第三季1次）

① 代：拟。白头翁：白发老人。这首诗有两个题目：作为诗歌，题为《代悲白头翁》；作为乐府歌曲，题为《白头吟》或《代白头吟》。

② 松柏摧为薪：松柏被砍伐作柴薪。《古诗十九首》：“古墓犁为田，松柏摧为薪。”桑田变成海：沧海桑田，变化巨大。《神仙传》：“麻姑自说：‘接待以来，已见东海三为桑田……’”

③ 红颜子：指少年。

④ “公子”两句：白头翁年轻时曾和公子王孙在树下花前共赏清歌

妙舞。

⑤ 光禄：东汉光禄勋马防，马援之子。《后汉书·马援列传》载，马防在汉章帝时拜光禄勋，生活很奢侈。文锦绣：指以锦绣装饰池台中物。将军：指东汉贵戚梁冀，他曾为大将军。《后汉书·梁统列传》载，梁冀大兴土木，建造府宅。

⑥ 宛转蛾眉：本为年轻女子的面部化妆，此代指青春年华。须臾：一会儿。鹤发：白发。

这首诗慨叹岁月无情，富贵难以长久。构思奇特，语言优美，富有哲理。《红楼梦》中的《葬花吟》即模仿本篇。全诗主要分为两个部分，前五联写洛阳女儿感伤落花，抒发红颜易老、青春易逝的感慨。第六联过渡，将笔锋转到白发老翁，用四联概括了白发老翁沦落潦倒的过程，抒发富贵变幻、人世无常的感叹。作者用妙龄女子与白头老人进行类比，告诫世人：无论是美丽的容颜还是醉人的富贵都是转瞬即逝的东西。最后两联总结全诗，点明主旨。“年年岁岁花相似，岁岁年年人不同”一联，用寻常的语言道出了深刻的哲理，人人心中有，人人口中无，一经说出，发人深思，韵味无穷。

年年岁岁花相似，
岁岁年年人不同。

宋之问（656—713），字延清，弘农（今河南灵宝）人。身材魁梧，能言善辩，20岁时就被武则天召进宫。武后游龙门，令群臣赋诗，宋之问得第一，被赐锦袍。传说宋之问曾想将外甥刘希夷的名句“年年岁岁花相似，岁岁年年人不同”夺为己有，刘不让步，宋之问派人用土袋子将刘活活压死。又因巴结奸臣，被流放钦州（今属广西），后被赐自杀。宋之问与沈佺期并称“沈宋”，为唐代律诗的成型做出了一定的贡献。

渡汉江[①]

岭外音书断，经冬复历春。[②]
近乡情更怯，不敢问来人。[③]

（第一季2次，第二季1次，第三季2次，第四季2次）

五代·西蜀滕昌祐《牡丹图》

① 汉江：汉水。长江最大支流，源出陕西，经湖北流入长江。

② 岭外：五岭以南的广东省广大地区，通常称岭南。唐代常作罪臣的流放地。书：信。

③ 怯：畏缩。来人：渡汉江时遇到的从家乡来的人。

宋之问因媚附武则天的男宠张易之，被唐中宗贬到岭南。后来冒险从岭南逃回洛阳，途经汉江时写下了此诗。这首诗简洁明了，却韵味无穷。流放岭南与亲人断绝了音信，熬过了冬天又经历新春，很长的时间没有亲人的消息了。按理说，在久未通信的情况下，回家团聚应该是高兴的，为什么会“情怯”呢？因为他是在获罪的情况下与家人分离的，所以相见之前会担心：家人是不是都平安无事？有没有不好的消息？在这种焦虑、恐惧的心态下，才会“不敢问来人”，怕从来人口中听到不幸的消息。最后一联语短情长，亲情动人，成为千百年来传诵的佳句。“近乡情怯”已为成语，意为久别故乡，再重返家园时，所产生的一种既期待又畏惧的心情。

近乡情更怯，
不敢问来人。

贺知章（659—744），越州永兴（今浙江萧山）人，幼时移家山阴（今浙江绍兴）。证圣元年（695）进士及第，做过太子宾客、秘书监等官。性情狂放，不拘礼节，自号“四明狂客”。天宝二年（743）冬，病中梦游天堂，遂请求回故乡四明山做道士，第二年唐玄宗隆重为他送行。回乡不久病逝，享年86岁。他与张旭、包融、张若虚合称“吴中四士”。

回乡偶书

少小离家老大回，乡音无改鬓毛衰。①
儿童相见不相识，笑问客从何处来。②

（第一季1次，第二季2次，第四季1次）

① 鬓毛衰（cuī）：两鬓的头发已经斑白稀疏。
② 儿童：古代没到婚龄的青少年都叫儿童。一说指贺知章自家的孙辈。

这首诗是贺知章86岁告老还乡后感慨而作。少小离家外出奋斗，而今年老回到熟悉而又陌生的故乡环境中，心情难以平静。家乡口音虽然没变，但鬓毛却已经疏落了。终于回到朝思暮想的故乡，叶落归根了，可故乡的人对自己却陌生了，反而把自己当成客人。一种无家的酸楚感顿时袭上诗人的心头。“儿童相见不相识，笑问客从何处来”，笑的背后有酸楚的内涵，有问无答，发人深思，动人心弦，千百年来被人传诵。

少小离家老大回，
乡音无改鬓毛衰。

咏　柳

碧玉妆成一树高，万条垂下绿丝绦。①

不知细叶谁裁出，二月春风似剪刀。②

（第一季 4 次，第二季 1 次，第四季 2 次）

① 碧玉：碧绿色的玉，这里比喻春天嫩绿的柳叶。妆：装饰，打扮。一：满，全。丝绦（tāo）：用丝编成的绳带，比喻像丝带一样的柳条。

② 裁：裁剪。似：如同，好像。

这是一首别出心裁的咏物诗，诗人用晓畅的语言，生动形象的比喻，写出早春二月柳树的美丽姿态，显得清新隽永，不落俗套。前两句抓住了柳树的特征：像碧玉一样的嫩叶，像美人一样亭亭玉立的树干，像丝带一样柔软的枝条，给人具体、真切的美感。“不知细叶谁裁出，二月春风似剪刀”新颖巧妙，诗人突发奇想，将乍暖还寒的二月春风比喻成裁缝的剪刀，剪出了这么精美的细叶，想象奇妙，既赞美了春风的神奇，又歌颂了春天的美好，让人眼前一亮。

不知细叶谁裁出，

二月春风似剪刀。

张若虚（660—720），扬州（今属江苏）人。曾任兖州兵曹。唐中宗神龙（705—707）年间，以文辞俊秀驰名京都，与贺知章、张旭、包融并称“吴中四士”。诗仅存两首，其中《春江花月夜》是一篇脍炙人口的名作。

春江花月夜

春江潮水连海平，海上明月共潮生。
滟滟随波千万里，何处春江无月明！①
江流宛转绕芳甸，月照花林皆似霰。②
空里流霜不觉飞，汀上白沙看不见。③
江天一色无纤尘，皎皎空中孤月轮。④
江畔何人初见月？江月何年初照人？
人生代代无穷已，江月年年只相似。⑤
不知江月待何人，但见长江送流水。
白云一片去悠悠，青枫浦上不胜愁。⑥
谁家今夜扁舟子？何处相思明月楼？⑦
可怜楼上月徘徊，应照离人妆镜台。
玉户帘中卷不去，捣衣砧上拂还来。⑧
此时相望不相闻，愿逐月华流照君。
鸿雁长飞光不度，鱼龙潜跃水成文。
昨夜闲潭梦落花，可怜春半不还家。
江水流春去欲尽，江潭落月复西斜。⑨
斜月沉沉藏海雾，碣石潇湘无限路。⑩
不知乘月几人归，落月摇情满江树。⑪

（第一季 2 次，第二季 2 次，第三季 1 次，第四季 1 次）

① 滟（yàn）滟：波光荡漾的样子。

② 芳甸（diàn）：芳草丰茂的原野。甸，郊外之地。霰（xiàn）：空中降落的白色不透明的小冰粒，形容月光下春花晶莹洁白。

③ 流霜：飞霜，古人以为霜和雪一样，是从空中落下来的，所以叫流霜。这里说因为月光皎洁，所以没察觉有霜霰飞扬。汀（tīng）：水边沙地。

④ 纤尘：微细的灰尘。月轮：指月亮，因为月圆时像车轮，所以称为月轮。

⑤ 穷已：穷尽。只相似：另一种版本为“望相似”。

⑥ 青枫浦：地名，今湖南浏阳市境内有青枫浦。这里泛指游子所在的江边。“浦”在这里隐含离别之意。

⑦ 扁（piān）舟子：指乘船在外的游子。扁舟，小舟。明月楼：月夜下的闺楼，这里指闺中思妇。用曹植诗意：“明月照高楼，流光正徘徊。上有愁思妇，悲叹有余哀。”

⑧ 玉户：形容楼阁华丽，以玉石镶嵌。捣衣砧（zhēn）：捣衣石、捶布石。

⑨ 复西斜：此中“斜”应为押韵读作“xiá”。

⑩ 碣（jié）石、潇湘：碣石与潇湘一北一南，指路途遥远。碣石，碣石山，在河北省昌黎县北。潇湘在湖南。无限路：极言相距之远。

⑪ 乘月：趁着月光。摇情：激荡情思。

这首诗与刘希夷《代悲白头翁》一样，是一首文人拟作的乐府诗。如果说《代悲白头翁》是感叹时间之悲，那么《春江花月夜》就是在感叹空间之悲，抒写游子、思妇因空间相隔而产生的思念，以及由此引发的对人生的哲理思考。全诗分两大部分，从开头到“但见长江送流水”是第一部分，写春江花月夜的美好情景，以及由此引发的对宇宙人生的思考。第二部分写这一完美世界中的唯一缺陷，美好宇宙中的唯一不美好，那就是游子、思妇相隔千里的相思之苦。这首诗的特色是洗去了宫体诗的浓脂艳粉，给人以澄澈空明、清丽自然的感觉，诠释了唐诗兴象玲珑的意境美，全诗共三十六句，每四句换一韵，使得整首诗读起来流转如珠，具有高度的语言美和音乐美。难怪闻一多称之为“这是诗中的诗，顶峰上的顶峰”。“人生代代无穷已，江月年年只相似”一联包含了诗人对人生真谛的思考以及对大自然奥秘的探索，也使得情、景、理三者融为一体，增强了艺术性和哲理性。

人生代代无穷已，
江月年年只相似。

陈子昂（659—700），字伯玉，梓州射洪（今属四川）人。历任麟台正字、右拾遗等官职。曾通过炒作"摔琴"一事获取名声。圣历元年（698），以父亲年老为由辞官回乡。在家乡被县令段简所害，死在狱中，年仅42岁。陈子昂是初唐复古派的代表人物。

登幽州台歌[①]

前不见古人，后不见来者。[②]
念天地之悠悠，独怆然而涕下。[③]

（第一季2次，第二季1次）

① 幽州台：传说战国燕昭王筑黄金台（幽州台），招揽贤才，故址在今北京市西南。

② 古人：指古代像燕昭王那样的贤君。来者：指未来的贤君。

③ 怆（chuàng）然：悲伤的样子。涕：眼泪。

陈子昂怀着一腔建功立业、报效国家的热情，36岁这年随建安王武攸宜讨伐契丹。武攸宜不懂军事，不但不听陈子昂的建议，还降了他的官职。陈子昂满怀悲愤，登上幽州台，有感于燕昭王的故事，写下这首诗。诗人登台而不写景，全诗只在抒发诗人生不逢时，怀才不遇的悲愤心情。"前不见古人，后不见来者"两句表现的"伟大孤独感"，千百年来引起无数失意文人的共鸣：诗人看不见古代爱惜人才的贤君，也看不见以后的贤君，这个时代又偏偏容不下自己。面对无限悠远的时空，人生显得短暂而渺小，对于一个壮志难酬的人来说，更感孤寂悲伤，生不逢时的痛苦在悠远的时空中被无限放大。诗歌特意采用远古的骚体，节奏、语言皆与主流唐诗不同。

前不见古人，
后不见来者。

张旭（675—750），字伯高，吴（今江苏苏州）人。与贺知章、包融、张若虚并称“吴中四士”。张旭性格最狂放，擅长草书，被称为“草圣”，常醉后呼叫狂走而后下笔，故又称“张颠”。又与李白等合称“饮中八仙”。他的草书与李白诗歌、裴旻剑舞合称唐代“三绝”。

桃花溪

隐隐飞桥隔野烟，石矶西畔问渔船。[①]
桃花尽日随流水，洞在清溪何处边？[②]

① 石矶：河流中露出的石堆。
② 洞：指《桃花源记》中武陵渔人找到的洞口。

唐朝有不少诗人都翻写过陶渊明的《桃花源记》，比如王维就写过《桃源行》，这首诗也是借陶渊明《桃花源记》的意境而创作的写景诗。在云雾迷蒙的深山里，一座高桥隔着云烟影影绰绰，诗人站在桃花溪边的石矶西侧，向溪中渔船里的渔夫打听：桃花整日随着流水四处流淌，那么桃源仙洞到底在桃花溪的哪个方向？诗人在梦幻般的景色中生出奇想，巧妙借用《桃花源记》的意境，表达对世外桃源的向往之情，意境深邃，余味深长。

桃花尽日随流水，
洞在清溪何处边？

张九龄（678—740），曲江（今广东韶关）人。唐玄宗开元年间做过三年宰相，后罢相，为荆州长史。为相期间，曾力劝玄宗杀安禄山，玄宗说他误害忠良；玄宗要选李林甫为宰相，他说必将祸害国家。张九龄是一位有胆识、有远见的著名政治家、文学家、诗人、名相。他兼擅古近体诗，诗风清淡。

赋得自君之出矣[1]

自君之出矣，不复理残机。[2]
思君如满月，夜夜减清辉。[3]

（第三季2次）

① 赋得：凡摘取古人成句为题之诗，题首多冠以“赋得”二字。“自君之出矣”出自汉末徐干《室思》，后成为乐府杂曲题目。君之出：夫君离家。
② 不复：不再。理残机：料理残破的织布机。
③ 满月：农历每月十五夜的月亮。减：减弱，消减。清辉：指皎洁的月光。

这是用“赋得体”写的一首思妇诗。首句是古人已有的句子，诗人借此开头，重新构造布局。开头两句交代了思妇的处境：丈夫离家远行，妻子在家苦等，没有心思再去动那部破旧的织布机。寥寥数语勾勒出一个思念丈夫、孤独寂寞的妻子形象。“思君如满月，夜夜减清辉”一联借满月一夜一夜减弱月光这样美妙而贴切的比喻，委婉、含蓄地表露妻子因思念而日渐消瘦的身体状况。这样的表述不仅使全诗显得清丽动人，而且也让思妇的形象愈加突出，令人印象深刻，不愧为传诵的名句。

思君如满月，
夜夜减清辉。

望月怀远[1]

海上生明月，天涯共此时。
情人怨遥夜，竟夕起相思。[2]
灭烛怜光满，披衣觉露滋。[3]
不堪盈手赠，还寝梦佳期。

（第一季 2 次，第三季 2 次，第四季 2 次）

① 怀远：思念远方的人。
② 情人：相恋之人。遥夜：长夜。竟夕：终夜。
③ “灭烛”两句：写自己在满月之夜从室内走到室外的活动。

这是唐诗中望月思人的名篇，景色幽美、情致动人。诗人望见明月，立刻想到远方的亲人此时此刻正与我同望这一轮明月。有情之人都怨恨月夜太过漫长，整夜辗转反侧难以成眠。月光是如此的明亮，即使熄掉蜡烛也能感受到满屋的月光，让人不禁生起怜爱的感情。披衣步出门庭，露水不知不觉打湿了衣裳。这些描写细致入微地道出了诗人月夜不眠的实景实情。最后一联是说诗人因为久久地望月，便想到要捧一把月光赠给远方的情人，现实无法做到，所以不如回房做个美梦，或许能和思念的人儿相会。“海上生明月，天涯共此时”已成为千古佳句，意境雄浑，感情豁达。

海上生明月，
天涯共此时。

感　遇（其一）

兰叶春葳蕤，桂华秋皎洁。①
欣欣此生意，自尔为佳节。②
谁知林栖者，闻风坐相悦。③
草木有本心，何求美人折！④

（第四季6次）

① 葳蕤（wēi ruí）：枝叶茂盛而纷披。桂华：桂花，“华”通“花”。
② 自尔：自然。佳节：美好的季节。
③ 坐：深。
④ 本心：本性、天性。美人：品德美好的人。指上文“林栖者”。

此诗是张九龄由宰相贬为荆州长史后所作《感遇》十二首中的第一首。诗用拟人手法来咏物言志，把自己比作春兰、秋桂，抒发诗人孤芳自赏、气节清高、不求荐引的高尚情怀。前四句是说春兰和秋桂只有在相应的季节里才会充满生命的活力，含蓄、婉转地表达了贤人志士只有在政治清明的时候才能一展抱负。后四句是说春兰、秋桂散发出来的香气吸引了林中隐士的喜爱，这是草木纯粹的本性，并不需要借助隐士的折取来表现自己的价值。“草木有本心，何求美人折”两句是说正人君子自有人格魅力，不需要靠名人引荐，流露出诗人清高自守的品质，富有生活哲理，成为唐诗中的名句。

草木有本心，
何求美人折！

王翰（生卒年不详），并州（今山西太原）人。唐睿宗景云元年（710）进士及第。王翰贪恋歌舞酒色，狂妄自大但富有侠气，在当时诗名很大。其诗善写边塞生活，尤以《凉州词》二首为著名。其集不传，诗仅存十多首。

凉州词[①]

葡萄美酒夜光杯，欲饮琵琶马上催。[②]

醉卧沙场君莫笑，古来征战几人回！[③]

（第一季 3 次，第二季 1 次，第三季 5 次）

① 凉州词：即乐府歌曲《凉州曲》的歌词，王翰、王之涣等人都为《凉州曲》作过歌词。凉州在今甘肃武威市。唐代《凉州词》皆泛写边塞主题，未必是写凉州。

② 催：催人出征。一说是以音乐劝人饮酒。

③ 醉卧沙场：战死沙场的浪漫说法。

这首诗是咏边塞将士的名篇。首联描绘一幅“边疆醉饮图”，描绘了征人们在出征前开怀痛饮的场面。喝的是葡萄美酒，举的是夜光宝杯，奏的是悲壮的琵琶声！如此热闹、盛大的宴会和即将到来的作战简直让人热血沸腾。战士们开怀畅饮，忘记了战争的残酷，只有视死如归的决心！“醉卧沙场君莫笑，古来征战几人回！”把横尸沙场想象成“醉卧”，既然赴沙场就有为国捐躯的准备，两句洋溢着乐观如归的英雄主义精神，道出了边塞军人的特有情感，是流传不衰的名句。

醉卧沙场君莫笑，
古来征战几人回！

王之涣（688—742），绛州（今山西新绛）人，和王昌龄、高适是诗友。有一次，他们三人到酒楼相聚，看到几个歌女在唱诗，就通过被唱诗歌的数量来比诗名大小，最后王之涣胜出。这个故事叫“旗亭赌唱”（见薛用弱《集异记》）。存诗仅六首，全为绝句，多豪迈刚健之风。

登鹳雀楼[①]

白日依山尽，黄河入海流。
欲穷千里目，更上一层楼。

（第一季 4 次，第二季 2 次，第三季 3 次）

① 鹳雀楼：在蒲州（今山西永济）西南黄河中，传说常有鹳雀栖息在上面，故名。

这是一首登高望远的写景诗。诗的头两句就描绘了一幅壮阔辽远的山河美景图，使人神往。诗人用“白日”而不用“红日”，说明太阳“依山尽”时，时候还很早，是因为这里的山太高了所以没到傍晚太阳就落山了，写出了山的高峻。“黄河入海流”一句从近处写出了黄河水势滔滔，气势磅礴。“欲穷千里目，更上一层楼”，表现了诗人要追求更高更远美景的愿望，充满积极向上的乐观进取精神，富有哲理，后人把它作为追求理想境界的座右铭，流传千古。“更上一层楼”现在已用作成语，比喻工作上或学习上的提高一步，也简化为“更上层楼”。

欲	穷	千	里	目	，
更	上	一	层	楼	。

凉州词[1]

黄河远上白云间，一片孤城万仞山。[2]
羌笛何须怨杨柳，春风不度玉门关。[3]

（第一季 3 次，第二季 1 次，第三季 6 次）

① 题目一作《出塞曲》。参见王翰《凉州词》注。
② 黄河：一作“黄沙”。万仞：形容山很高。一仞相当于现在的八尺。
③ 羌笛：传说笛子是古代羌族人制造的。杨柳：双关语，既指杨柳树，又指《折杨柳》歌曲。《折杨柳》简称《杨柳》，笛子曲，是表达离别哀怨的曲调，因为古代有折柳送别的习俗。玉门关：在今甘肃省敦煌市西南，是古代通往西域的关口。

这首诗抒发了镇守在玉门关外的戍边将士的思乡之情，也渲染了将士有家不得回的悲怨之情。第一联写景，突出边疆现实环境的荒僻险恶。在这种艰苦的环境中，长年戍边的战士们自然特别想家，同时也很悲怨。于是有了第二联“羌笛何须怨杨柳，春风不度玉门关”，表面上是说，羌笛呀，你何必抱怨杨柳不长枝叶，不让战士们折柳寄情呢，因为春风吹不到玉门关外来，叫它怎么长呢。实际上是说，羌笛呀，你何必吹奏哀伤离别的《折杨柳》曲子，惹人烦恼呢，皇上的恩泽从来就不送过玉门关到我们这里来呀！这首诗的主旨是一个“怨”字，写作特色是含蓄。

春风不度玉门关。

王湾（生卒年不详），洛阳人。唐玄宗先天元年（712）进士及第，开元初年往来于吴楚间，写下了一些歌咏江南山水的作品，其“海日生残夜，江春入旧年”两句，受到当时宰相张说的极度赞赏，并亲自书写悬挂于宰相政事堂上，让文人学士作为学习的典范。直到唐末诗人郑谷还说“何如海日生残夜，一句能令万古传”。今存诗十首，全为五言律，内容多描写江南山水风景，是王孟山水田园诗的先驱。

次北固山下[①]

客路青山外，行舟绿水前。
潮平两岸阔，风正一帆悬。[②]
海日生残夜，江春入旧年。
乡书何处达？归雁洛阳边。[③]

（第一季 4 次，第二季 1 次，第三季 2 次，第四季 2 次）

南宋·李嵩《夜月看潮图》

① 题目一作《江南意》。次：停留。北固山：在今江苏省镇江市长江岸边。

② 风正一帆悬：正好顺风，远看一只帆船好像悬在天上。

③ “乡书”两句：家信寄到哪里？归雁（带着家信）飞到洛阳。

这首诗是作者在冬末近年关的时候，旅行江中，即景生情创作的诗篇。诗人细致地描绘了长江两岸早春的景象，表达了诗人对故乡和亲人的思念之情。诗的前四句描写了周围的环境，突出涨潮后江水和两岸连成一片，显得特别开阔。“一帆悬”不是说船上悬起一张船帆，而是说，因为水面开阔，远看一只帆船好像悬在空中。“海日生残夜，江春入旧年”一联写江上行舟，即将天亮时的情景：红日已经出海，但天还没亮；江上已有春意，但旧年还没过完。诗人感到昼夜和季节急迫地交替，时光不等人，在外漂泊又是一年，思乡的情绪更加浓烈。同时，新事物在向人招手，让人惊喜，更让人充满希望。

海日生残夜，
江春入旧年。

常建（生卒年不详），开元十五年（727）和王昌龄同榜进士及第。他才高官小，在盛唐诗名极大。《河岳英灵集》选盛唐诗二十四家，选其诗数量第一。诗风与王维、孟浩然较近。

题破山寺后禅院[①]

清晨入古寺，初日照高林。
曲径通幽处，禅房花木深。[②]
山光悦鸟性，潭影空人心。
万籁此俱寂，但余钟磬音。[③]

（第一季1次，第二季1次，第四季1次）

① 破山寺：即兴福寺，今江苏省常熟市北。

② 曲径：常建原作是“竹径”，宋代有人引作“曲径”，特别是影响巨大的《千家诗》《唐诗三百首》两书皆作“曲径”，遂广为流行。

③ 钟磬（qìng）：佛寺中召集众僧的打击乐器。磬：古代用玉或金属制成的曲尺形的打击乐器。

这是常建最有名的一首诗。诗人赞美破山寺后禅院景色的幽静，抒发自己寄情山水的隐逸情趣。诗的前六句写看，最后两句写听。通过视觉与听觉结合来烘托寺院的幽静，也让作者的心灵得到了洗涤和净化。“曲径通幽处，禅房花木深”两句意境幽美，亲切有味，欧阳修特别喜爱这两句，想模仿几句终究不成功。有宋人把常建原作“竹径通幽处”引作“曲径通幽处”，于是产生了“曲径通幽”的成语，意为弯曲的小路，通到幽深僻静的地方，形容景色雅致迷人。

曲径通幽处

金昌绪（生卒年不详），杭州余杭人。主要活动在武则天至唐玄宗开元年间。今仅存《春怨》诗一首，历代称赏。

春　怨①

打起黄莺儿，莫教枝上啼。
啼时惊妾梦，不得到辽西。②

（第一季 1 次）

① 春怨：指女子春日的愁绪、怨情。本篇在盛唐曾被谱曲，名《伊州歌》，西凉节度使盖嘉运曾向朝廷进此曲。

② 辽西：辽河以西的地区，今辽宁省的西部。这里指唐与契丹作战的地方。自武则天万岁通天元年（696）契丹反唐，直到唐玄宗开元五年（717），唐与契丹在辽西一带交战长达 21 年。

这首诗用一个妇女的口吻来反映一种社会现实。她吩咐侍女赶走树上的黄莺，不让它们鸣嗓。因为黄莺不停地鸣叫，会惊醒她的美梦，因而不能在梦中到辽西去会晤她的从军远征的丈夫。辽西是和契丹作战的地方。当时契丹屡次入侵，唐朝征发了许多士兵去作战，军事连年不解，使无数夫妻长期离别。诗人作此诗，反映了人民的厌战情绪。“辽西”是此诗的关键，当时人读了这首诗，立刻就体会到作者的用意，因为这正是人人都怕去的地方。这首诗向来被作为绝句一气连贯章法的代表。

打起黄莺儿，
莫教枝上啼。

孟浩然（689—740），襄阳（今湖北省襄阳市）人。长期隐居襄阳鹿门山、万山、岘山，一生中两次到京城谋官都失败，只好回乡闲居，终生没做官，世称“孟襄阳”。孟浩然与王维齐名，并称“王孟”，同是盛唐山水田园诗派的代表作家。今存诗200多首，不事雕饰，清淡简朴，感受亲切真实，生活气息浓厚，富有超妙自得之趣。

春　晓

春眠不觉晓，处处闻啼鸟。[1]
夜来风雨声，花落知多少？

（第一季次）

① 不觉：没有发觉，不知不觉。

这是一首惜春诗，可谓家喻户晓，妇孺皆知。春天温暖而夜短，很好睡觉，直到耳边传来阵阵鸟语，才知道原来是天亮了啊。多可爱的春天！只可惜昨夜的风雨不知吹落了多少美丽的花朵。诗人没有直接描写春天的一草一木，而是通过春天清晨刚刚睡醒的一刹那的感受和联想传达春天的气息。诗人只用耳朵，不用眼睛，就构想出一幅雨打花落的想象图。全诗明白晓畅，通俗易懂，表达了诗人对美好春天的喜爱以及对春天易逝的惋惜之情。

春眠不觉晓

宿建德江[①]

移舟泊烟渚，日暮客愁新。[②]

野旷天低树，江清月近人。

（第一季 2 次，第二季 1 次，第三季 3 次）

① 建德江：在浙江省，新安江流经建德市的一段。

② 烟渚（zhǔ）：弥漫雾气的沙洲。客愁新：旅途中新添的愁思。

这首诗写诗人在外漂流，夜宿江上的愁思。天黑了，就自己一个人在江边的小船上，宁静的田野一望无际，只有江上的一轮孤月跟自己很亲近。在这安静休憩的时刻，一股淡淡的哀愁猛然袭上心头。但诗人没有放任这种愁思，而是在一幅意象鲜明的图画中，自我排解掉了，语言清新隽永，韵味悠长。“野旷天低树，江清月近人”，在野旷之中，一望无际，树外还有天，远天看起来好像比树还低，而月亮映照在清澈的江水里，和人仿似更接近了一样。两句写景很巧妙，写的是人片刻间的心理感受，是经典名句。

野旷天低树，
江清月近人。

望洞庭湖上张丞相

八月湖水平，涵虚混太清。[①]
气蒸云梦泽，波撼岳阳城。[②]
欲济无舟楫，端居耻圣明。[③]
坐观垂钓者，徒有羡鱼情。[④]

（第一季1次，第二季1次，第四季1次）

① 涵虚：包含天空，指天倒映在水中。混太清：与天混成一体。
② 云梦泽：古时云泽和梦泽包括今湖北南部、湖南北部一带低洼地区。云梦泽在洞庭湖的北部。
③ 济：渡洞庭湖，比喻进官场。端居：闲居。
④ 羡鱼情：比喻自己想做官的愿望。

这是孟浩然写给丞相张九龄的一首干谒（求官）诗。诗前四句将洞庭秋色写得波澜壮阔，景象宏大，象征开元的清明政治。后四句抒发个人求官无路，闲居有愧的苦衷，希望得到张九龄的任用。“气蒸云梦泽，波撼岳阳城”一联是咏洞庭湖的名句，用夸张的手法，写出了洞庭湖气雾缭绕，将云梦泽都遮蔽了，波涛汹涌，能摇晃岳阳城的壮观景象。这首诗的主旨非常含蓄婉转，将自己比作鱼，将张九龄比作垂钓者，表达了孟浩然想让张九龄将自己这尾鱼钓上岸，请求汲引的渴望之情。

气蒸云梦泽，
波撼岳阳城。

过故人庄[1]

故人具鸡黍，邀我至田家。[2]
绿树村边合，青山郭外斜。
开轩面场圃，把酒话桑麻。[3]
待到重阳日，还来就菊花。[4]

（第一季 3 次，第二季 1 次，第四季 4 次）

① 过：拜访。故人：老友。
② 具：准备。鸡黍：指为客准备的饭菜。首句来自《文选》“恨不具鸡黍，得与故人挥”，暗用“范张鸡黍”典故，表示自己守信赴约。
③ 场圃：晒谷场和菜园子。桑麻：泛指农作物或农事。
④ 就：主动亲近。就菊花：有两种解释，一说是观赏菊花，一说是饮菊花酒。九九重阳这一天，古代习俗要饮菊花酒。

这是一首田园诗，描写农家恬静安乐的生活情景，以及农民朋友的热情好客。诗写得亲切自然，富有浓厚的农家生活气息，很让人向往。整首诗用省净的语言、平常的字眼、亲切的口吻叙述了一件平淡的小事。但“语淡而味终不薄”，整首诗有其内在的韵味，显得淳厚隽永、浑然一体。“绿树村边合，青山郭外斜”两句是写农村景物的名句，给人一种清新愉悦的感受，既写出了别有一番天地的近景，又写出了一片开阔的远景，使整个村落既幽静又不孤僻。

把酒话桑麻。

李颀（690—754），赵郡（今河北省赵县）人。开元二十三年（735）进士及第，做过新乡县尉。因久不得升迁，愤而归隐。隐居时对学佛、求仙颇为醉心。李颀为盛唐著名诗人，其边塞诗、人物素描诗、音乐诗、咏史怀古诗等均有佳作。尤擅七古、七律二体。

古从军行①

白日登山望烽火，黄昏饮马傍交河。②
行人刁斗风沙暗，公主琵琶幽怨多。③
野营万里无城郭，雨雪纷纷连大漠。
胡雁哀鸣夜夜飞，胡儿眼泪双双落。
闻道玉门犹被遮，应将性命逐轻车。④
年年战骨埋荒外，空见蒲桃入汉家。

（第一季 1 次，第二季 1 次，第四季 1 次）

① 《从军行》是乐府旧题，李颀又加了一个“古”字。行，古乐府的一种体裁。
② 烽火：古代一种警报。交河：古城名，在今新疆吐鲁番西北。
③ 刁斗：军中打更用的铜器。公主琵琶：汉武帝时乌孙公主远嫁乌孙国王，路上想家，胡人就弹琵琶给她听。
④ “闻道”两句：意思是边战还在进行，只得随着将士去拼命。遮，挡住（不让回国）。

诗人借用汉武帝穷兵黩武，视人命如草芥的行为讽刺了唐玄宗好大喜功，随意发动战争的行径。全诗以古喻今，表达了诗人反战的思想。第一、二两句写出了将士白天紧张的军旅生活。第三、四两句写夜晚恶劣的环境以及凄凉幽怨的氛围。接下来的四句诗人着意渲染边塞周围的艰苦环境，连土生土长的胡雁胡儿都忍受不了如此残酷的环境而哀鸣落泪，更不用说远道而来的戍边将士了。面对这样的情景，回家

唐·韩干《牧马图》绢本·浅设色

成了所有将士们的心声，但是所有的渴望都是无用的。那么战士们的种种牺牲能够得到什么呢？是边疆的稳定吗？是百姓的安康吗？全诗最后两句给出了答案：我们的生命换来的只是葡萄的种子罢了！多么强有力的批判和讽刺啊。这两句成为后人传诵的名句。

年年战骨埋荒外，
空见蒲桃入汉家。

送魏万之京[①]

朝闻游子唱离歌，昨夜微霜初渡河。[②]
鸿雁不堪愁里听，云山况是客中过。
关城树色催寒近，御苑砧声向晚多。[③]
莫是长安行乐处，空令岁月易蹉跎。[④]

① 魏万：李颀的朋友，比李颀晚一辈。魏万和李白是好友。之：往，到某处去。

② “朝闻”两句：早上听你唱着离别歌离去，昨晚轻霜已初次降到河这边。这两句倒装。

③ 关城：指潼关。御苑：君王居住的宫室，这里指京城。

④ 莫是：不要（把……）当作。一作“莫见”。

这首送别诗，历来评价很高，诗人将叙事、写景、抒情融为一体，长于炼字。魏万是比李颀晚一辈的诗人，然而两人像是情意十分密切的“忘年交”。李颀看到下霜了，担心天冷，看到云山，担心路远，听到鸿雁叫，担心旅途中的魏万孤独，想到长安捣衣声，又担心他此去的前途。最后叮嘱他：不要只把长安当作行乐的场所，白白消磨掉你的青春年华，含蓄地告诫他要抓住时机，成就一番事业，不能浪费光阴。由此，可以看出作者对魏万的深情厚谊。

莫是长安行乐处，
空令岁月易蹉跎。

王昌龄（698—757），字少伯，京兆长安人。开元十五年（727）进士及第，曾任江宁丞，故称“王江宁”，又被贬为龙标尉，也称“王龙标”。他的七言绝句在唐朝与李白并列第一，被后人誉为“七绝圣手”。其诗内容比较集中地表现了两类主题：一是歌唱边塞征戍者的思乡离愁，有刚健之风；二是从不同角度描写妇女的生活和内心，有深婉之美。

闺 怨

闺中少妇不知愁，春日凝妆上翠楼。①
忽见陌头杨柳色，悔教夫婿觅封侯。②

（第二季 1 次，第四季 1 次）

① 凝妆：盛妆，浓妆。
② 陌头：路旁。教（jiāo）：使，怂恿。

这是一首闺怨诗。诗人从细节入手抓住一刹那的心理变化，以“闺怨”为题，却以“不知愁”起笔，曲折婉转，更加渲染了闺中少妇悔恨的情绪，却在诗中泼墨不多，让人回味无穷。闺中少妇本来“不知愁”：开心地打扮自己，还要登上高楼去欣赏春色。可是突然看到路口的杨柳依依飘绿，就开始“愁”了：想念夫婿，悔恨当初不该鼓动他去“觅封侯”，丈夫为了“封侯”，不得不离开妻儿，远赴他方。她后悔的原因大概有：一是看到“柳”，想到“留”，二是看到这美好的春色却不能与亲爱的人共赏，三是想到柳绿又是一年春，时光在流逝，朱颜即将不在，而丈夫却不能和自己团聚，这不是浪费青春吗？这也唤起读者对于人生“得”与“失”的思考。

忽见陌头杨柳色，
悔教夫婿觅封侯。

出　塞[①]

秦时明月汉时关，万里长征人未还。
但使龙城飞将在，不教胡马度阴山。[②]

（第一季 2 次，第二季 1 次，第三季 2 次，第四季 1 次）

① 出塞：乐府旧题。
② 龙城飞将：指汉朝名将李广，匈奴畏惧他的神勇，称他为“飞将军”。不教（jiāo）：不使。阴山：阴山山脉横亘内蒙古，汉代匈奴常从阴山南侵。

这是王昌龄边塞诗中的千古名篇。诗人感叹边塞战争的经久不息给人民带来生离死别的痛苦，希望能有李广这样的将领来保卫国家的安宁。头两句写景抒情，拉开时间和空间。现在的明月还是秦汉时的明月，现在的关隘还是秦汉时的关隘，千百年来人事代谢，不管是秦汉时期的明月还是秦汉时候的关隘都没有发生改变，而且连征人远隔万里回不了家的愁苦之情也没有什么变化。后两句借用典故，有多重含义，耐人寻味。在这种时空交错又相互重叠的情况下，诗人不禁发出感叹，如果朝廷有能担大任的将军该有多好啊！边塞的人民可以平安，将士也可以回家团聚。“但使龙城飞将在，不教胡马度阴山”是诗人深切的呼唤与渴盼。

但	使	龙	城	飞	将	在	，
不	教	胡	马	度	阴	山	。

从军行[①]

青海长云暗雪山，孤城遥望玉门关。[②]
黄沙百战穿金甲，不破楼兰终不还。[③]

（第二季 1 次，第三季 1 次，第四季 3 次）

① 从军行：乐府旧题，多是反映军旅艰苦生活的。
② 青海：指青海湖，在今青海省。唐朝大将哥舒翰筑城于此，置神威军戍守。长云：层层浓云。雪山：即祁连山，山巅终年积雪，故云。玉门关：汉置边关名，在今甘肃敦煌西。
③ 楼兰：汉时西域国名，即鄯善国，在今新疆维吾尔自治区鄯善县东南一带。西汉时楼兰国王与匈奴勾通，屡次杀害汉朝通西域的使臣。此处泛指唐西北地区常常侵扰边境的少数民族政权。

这首诗是王昌龄《从军行》七首组诗里的第四首，抒发了戍边将士保家卫国的决心，对自己所担任务的自豪感、责任感，以及戍边生活的孤寂、艰苦之感。第一、二两句，诗人向我们描绘了一幅广阔的地域画面，再现了当时西北戍边将士生活、战斗的典型环境。第三、四两句由情景交融的环境描写转为直接抒情。“黄沙百战穿金甲”一句，高度概括了戍边时间之漫长，战事之频繁，战斗之艰苦，敌军之强悍，边地之荒凉的特点。“不破楼兰终不还”写出了将士虽然在艰苦卓绝地战斗，却更加坚定了保家卫国的意志，斗志也更加高昂。此句现已用为熟语，意为攻坚克难、立功报国。

黄沙百战穿金甲，
不破楼兰终不还。

芙蓉楼送辛渐[1]

寒雨连江夜入吴，平明送客楚山孤。[2]
洛阳亲友如相问，一片冰心在玉壶。[3]

（第一季 4 次，第二季 1 次）

① 芙蓉楼：在今江苏省镇江市。

② 寒雨：秋冬时节的冷雨。连江：雨水与江面连成一片，形容雨很大。吴：这里泛指江苏南部、浙江北部一带。江苏镇江一带为三国时吴国所属。平明：天亮的时候。

③ 冰心：比喻纯洁的心。玉壶：美玉制成的壶，比喻高洁的胸怀。

这是王昌龄送别诗的名篇，作于天宝元年（742），王昌龄当时因为受人诬陷被贬为江宁（今江苏南京）丞。辛渐是王昌龄的朋友，这次拟由润州（今江苏镇江）渡江，取道扬州，北上洛阳。王昌龄在芙蓉楼送别辛渐，托他给洛阳的亲友带个话，说自己的品德依然冰清玉洁，没有受到世情的玷污，更不会因为官场黑暗而自暴自弃。“一片冰心在玉壶”这个比喻很妙，早在南朝刘宋时期，诗人鲍照就用“清如玉壶冰”（《代白头吟》）来比喻高洁清白的品格。盛唐诗人如王维、崔颢、李白等都曾以冰壶自励，推崇光明磊落、表里澄澈的品格，现代作家冰心的名字就来自这句诗。成语“一片冰心”常用来比喻人冰清玉洁、恬静淡泊的性情。

洛阳亲友如相问，
一片冰心在玉壶。

送柴侍御[1]

沅水通波接武冈，送君不觉有离伤。[2]
青山一道同云雨，明月何曾是两乡！[3]

① 柴侍御：诗人的一位知己，他可能是在武冈县（今武冈市）任职。侍御：指监察御史，行使监察、弹劾等权力。唐代常为地方官所带虚衔。
② 武冈：县名，在湖南省西部，即今武冈市。不觉：没有觉得。
③ 一道：一片。

这首诗是诗人被贬到龙标（今湖南省怀化市洪江区）时的作品。这位柴侍御将要从龙标前往武冈，诗人写下这首诗为他送行。整首诗情调明快，虽是一首送别诗，却并不显得感伤，是一首“壮别”诗。主要是因为柴侍御所要去的武冈与作者所在的龙标相距很近，沅江将两地相连，雨天共享一片云雨，晴天共享一轮明月。“青山一道同云雨，明月何曾是两乡”运用灵巧的笔法，一句正说，一句反说，把两人的情感拉得很近。现在常用来表达两人的距离和关系很近。

青山一道同云雨，
明月何曾是两乡！

采莲曲①

荷叶罗裙一色裁，芙蓉向脸两边开。②
乱入池中看不见，闻歌始觉有人来。

（第三季 2 次，第四季 1 次）

① 采莲曲：乐府《清商曲》名，本于汉乐府《江南曲》。王昌龄《采莲曲》共两首，这是其二。
② 罗裙：丝绸制作的裙子。芙蓉：荷花，又名莲花。

这首诗写的是美丽的采莲少女，但全诗却没有一句正面描写，全是侧面烘托，将采莲少女放置在整个大自然中，与自然融为一体，显得生动活泼，饶有趣味。第一联写的是客观的景：采莲少女身着绿色的罗裙，与满塘的绿色荷叶仿佛融为一体了，而少女红润的脸庞与红艳艳的莲花相互映衬，正是人面荷花相映红，人花难辨。这一联不仅将采莲少女美丽的形象描写得自然生动，而且画面感极强，红绿两色对比强烈，色彩鲜明。后一联侧重主观描写：这美丽活泼的少女与满池的荷叶荷花简直让岸边远眺的人难以分辨，只有听到她悠扬的歌声才惊觉有人靠近了。诗人这种构思将人引入一个优美的意境当中，恍恍惚惚，明明灭灭，让人产生多少遐思，采莲少女的美与青春气息被无限放大了。

荷叶罗裙一色裁，
芙蓉向脸两边开。

王维（699—761），字摩诘，蒲州（今山西永济）人。他母亲好佛，给他取的名和字都出自佛教《维摩诘经》中的维摩诘居士。王维是神童，8岁就会写文章，擅长书法、绘画，精通音乐，20岁进士及第，很快做到给事中的官职。安史之乱时，王维被叛军俘虏，接受了伪职，但他吃药装成哑病，又写诗哀伤百官被安禄山强迫听音乐。所以，安史之乱后他只受到降职的处分，后来又升到尚书右丞的高官，世称“王右丞”。王维今存诗400多首，和李白、杜甫并称为盛唐三大诗人，和孟浩然并称“王孟”。王维诗歌的禅意与画意，在盛唐诗歌中具有鲜明的特征。宋朝苏轼称赞他“诗中有画，画中有诗”。

山居秋暝①

空山新雨后，天气晚来秋。
明月松间照，清泉石上流。
竹喧归浣女，莲动下渔舟。②
随意春芳歇，王孙自可留。③

（第一季2次，第二季2次，第三季2次，第四季1次）

① 暝（míng）：天黑。
② 浣女：河边洗衣服的女子。
③ “随意”两句：反用《楚辞·招隐士》里的“王孙兮归来，山中兮不可以久留”两句，强调任他春天的花草枯萎，秋景仍然很美，王孙公子自可留居山中。歇，尽，枯萎。

这是王维居辋川时所作，是他最有名的山水诗之一，描绘了一幅“山居秋暝图”，虽是秋景，却胜似春光，寄托了诗人的高洁情怀和对隐居生活的热爱，向来被作为“诗中有画”的代表作。前六句全是写景，有上下，有远近，有声色，有动静，不仅“诗中有画”，还能“字字入禅”。整首诗清新自然，淡中藏美。“明月松间照，清泉石上流”一联绘声绘色，情景交融，是自然妙境。“竹喧归浣女，莲动下渔舟”一联实际上应

明·恽向《日濯清泉图》

是浣女归而竹喧，渔舟下而莲动，作者故意颠倒顺序，是以声写形的被动写景手法。

明月松间照，
清泉石上流。

竹里馆

独坐幽篁里，弹琴复长啸。[①]
深林人不知，明月来相照。
（第一季 1 次，第二季 2 次，第三季 3 次，第四季 2 次）

① 幽篁（huáng）：幽深的竹林。篁，竹林。长啸：撮口吹出清越悠长的声音，类似于吹口哨。

本篇是《辋川集》组诗二十首之一，以自然平淡的笔调，描绘出一幅清新诱人的月夜竹林弹琴图，意境幽美，有一种特殊的艺术魅力。王维很多诗中并没有"我"的存在，纯是第三者角度的客观描述，一副旁观者的态度。但这首诗是第一人称，确确实实有"我"的存在。很多人在解读这首诗时认为是王维抒发知音难觅、孤独忧愁之作，特别是"深林人不知，明月来相照"两句，诗人弹琴长啸无人知晓，只有明月是忠实的听众，虽然自得其乐，像一个仙人，但也孤寂得让人害怕。但诗人害怕吗？其实并没有，诗人的内心是平和的，能够直面孤独，以孤独为自在。整首诗的氛围不是哀怨凄楚的，而是佛家"随缘任性"淡定从容的姿态。

深林人不知，
明月来相照。

终南山[①]

太乙近天都，连山到海隅。[②]
白云回望合，青霭入看无。[③]
分野中峰变，阴晴众壑殊。[④]
欲投人处宿，隔水问樵夫。

① 终南山：在陕西省西安市长安区南，是秦岭的主峰之一。

② 太乙：亦作太一，终南山主峰。天都：天帝的住所。海隅：海边。句意是山峰连接不断，直到海边。

③ 青霭：指云气。因其色紫，故称。

④ 分野中峰变：意思是终南山很大，中峰就已跨越不同的分野。分野，古人将地上的州国与天上的星辰位置相配，叫作分野。阴晴众壑殊：意思是同一时间内，各个山谷阴晴不一。

这首诗是王维隐居终南山时所作，全诗用夸张手法渲染终南山的雄伟高大、变化万千，表达诗人流连忘返之情。前三联写景，从不同的角度描绘了终南山的壮美图画，有远景有近景，有仰视有俯视。“白云回望合，青霭入看无”一联写终南山上云雾瞬息万变，令人神往，不愧为写景名句。第二、三两联写景采用“散点透视”法，有别于通常“单点透视”和“移步换景”的写法。最后一联表达作者留恋不舍之意。沈德潜在《唐诗别裁》中评此诗：“‘近天都’言其高，‘到海隅’言其远，‘分野’二句言其大，四十字中无所不包，手笔不在杜陵下。”

白云回望合，
青霭入看无。

汉江临眺[①]

楚塞三湘接，荆门九派通。[②]
江流天地外，山色有无中。
郡邑浮前浦，波澜动远空。
襄阳好风日，留醉与山翁。[③]

（第一季 1 次，第三季 3 次，第四季 3 次）

① 临眺：登高远望。一作“临泛”。汉江：一称汉水，长江最大支流。东南流经陕西省南部、湖北省西北部和中部，在武汉市入长江。

② “楚塞”两句：说汉江可与三湘、荆门、九江相通，地域广阔。楚塞，楚国的边界，指汉江，因襄阳一带的汉江在楚国北界。三湘，泛指今湖南一带。九派，长江的九条支流。

③ 山翁：指晋代山简，“竹林七贤”之一山涛的儿子。在襄阳任征南将军，最爱饮酒，每饮必醉。

王维 40 岁时因公务途经襄阳（今湖北省襄阳市），写了这首诗。他在汉江边极目远眺，水流浩荡，地势壮阔，景色壮丽，就不想走了，希望留在襄阳像山简一样饮酒赏景。前六句写景，后两句抒情，从大处落笔，极写汉江的博大壮阔，层层推进，由远及近地写出汉江的波涛起伏。这首诗颇能反映王维“诗中有画”的特点，“江流天地外，山色有无中”两句写远景，将动态的水流以静态的方式呈现在画面上，远望山色在若有若无之中，淡雅而传神，不愧为千古名句。宋朝欧阳修和苏轼都非常喜欢这两句。

江流天地外，
山色有无中。

终南别业[①]

中岁颇好道，晚家南山陲。[②]
兴来每独往，胜事空自知。[③]
行到水穷处，坐看云起时。
偶然值林叟，谈笑无还期。[④]

（第一季 1 次，第二季 1 次，第三季 2 次，第四季 2 次）

① 终南别业：王维在终南山的别墅。诗题一作《入山寄城中故人》。
② 中岁：中年。陲：边。
③ 胜事：快意的事。空：只。
④ 值林叟：遇见居住在山林中的老人。

这是王维受到称赞最多的诗之一。王维安家在终南山的辋川别墅，心情非常宽松，实现了一桩心愿。他随性而游，随遇而安，闲适之乐只有他自己才能体会。沿着山溪往上走到水的尽头没路了，就坐下来仰看白云从山中涌起的情景。偶然在林中遇到一个老头，与他谈得很开心，竟然不知不觉间忘了回家。王维已完全达到了超然物外、神与物游的境界。后人称赞“行到水穷处，坐看云起时”两句达到化境，通常与另一名句“雨中山果落，灯下草虫鸣”作为王维诗禅意和哲理的代表。全诗语言平淡自然，却能在朴素明净的语言中渗透哲理，仿佛在谈笑间就道完了也许一生都无法参透的禅意，韵味无穷。

行到水穷处，
坐看云起时。

辋川闲居赠裴秀才迪[①]

寒山转苍翠，秋水日潺湲。[②]
倚杖柴门外，临风听暮蝉。
渡头余落日，墟里上孤烟。[③]
复值接舆醉，狂歌五柳前。[④]

（第二季1次）

① 辋（wǎng）川：在今陕西蓝田县，王维在那里有别墅，他晚年隐居于此，与裴迪赋诗唱和。
② 潺湲（chán yuán）：水缓缓地流。
③ 墟里：村庄。
④ 接舆：楚国隐士，人称“楚狂”，曾劝孔子不要做官。这里借指裴迪。五柳：原指陶渊明，陶渊明自称五柳先生。这里比王维自己。

王维的辋川别墅景色非常幽美：已经是萧瑟的秋天了，山却转还成青色，水长流不断，傍晚不仅可以听到蝉鸣，还可以观赏落日和炊烟，除此之外，还可以听到裴迪的歌声。真是令人陶醉呀！在这里闲居真是情趣盎然！所以最后一联直接道出了王维对隐逸生活的向往。“渡头余落日，墟里上孤烟”一联写出了落日留在水面，孤烟直上天空的瞬间动景，是写景名句。在前面已经提到过王维不仅是一位诗人，更是一位画家，作为画家的王维非常注重线条，“渡头余落日”，落日是圆的，落在直线条的水面上，勾勒出简洁的画面，“墟里上孤烟”一句更是用画家的角度描摹了线条，这里的“孤烟”和“大漠孤烟直”的“孤烟”不同，因为这是炊烟不是狼烟，因而能轻飘飘地“上”，而不是硬朗的“直”。从这也能窥见王维写诗的炼字功夫。

渡头余落日，
墟里上孤烟。

送 别

下马饮君酒，问君何所之？[①]
君言不得意，归卧南山陲。[②]
但去莫复问，白云无尽时。

（第一季 1 次，第四季 1 次）

① 饮君酒：请你喝酒。何所之：去哪里。
② 归卧：隐居。南山陲：终南山边。

这是一首送友人归隐的诗。表面看来，一问一答，语句平淡无奇，但细细品味，觉得十分婉转含蓄。妙在最后两句，意味深长：你只管去吧，我不再追问你了，那无边的白云会给你带来无穷的乐趣，不要说“不得意”了。两句既是对友人的安慰，也表达了自己对隐居的羡慕。这首诗的最后一联有点禅意的味道，“但去莫复问”这一句还可以接上联，但是下一句“白云无尽时”却像是顾左右而言他，为什么突然从“莫复问”转到一个看似不相关的“白云”上面呢？白云这个意象在王维诗歌里经常出现，因为它不断生灭，仿佛无穷无尽，带有一定的禅意，和王维随缘任性的人生观相吻合。隐居的人在林间望天上云卷云舒，会对人生有不一样的感悟，也许会更加超脱。

但去莫复问，
白云无尽时。

鹿 柴[1]

空山不见人，但闻人语响。

返景入深林，复照青苔上。[2]

（第一季 2 次，第二季 1 次，第三季 2 次）

① 鹿柴（zhài）：养鹿的圈。鹿柴是王维辋川别墅的一景。柴，圈、栅栏。

② 返景：夕阳返照的光。景，阳光。

王维有《辋川集》组诗二十首，分别写辋川别墅周围的二十个景点。本书选了《鹿柴》《竹里馆》两首。这首诗描写傍晚时分，鹿柴附近空山的幽静景色，不见人，却听到人语响，人肯定在远处，远处的人声更能反衬出空山的寂静。“返景入深林，复照青苔上”两句，傍晚的余晖与青苔的颜色相互交融在一起，形成一种独特的颜色，诗人用画家的眼光和敏感度捕捉到了光影一刹那的变化，深林更显得静谧、幽暗。王维不仅是一个诗人，还是一名出色的画家，所以苏轼在评价王维时说“诗中有画，画中有诗”。这首诗也很能代表苏轼的这个观点。

空山不见人，

但闻人语响。

相　思[1]

红豆生南国，春来发几枝？[2]
愿君多采撷，此物最相思。[3]

（第一季 2 次，第二季 1 次）

① 诗题又作《江上赠李龟年》，疑非是。此诗应作于安史之乱之前。
② 红豆：又名相思子，相思木所结之子。李时珍《本草纲目》记载："相思子生岭南，树高丈余，白色，其叶似槐，其花似皂荚，其荚似扁豆，其子大如小豆，半截红色，半截黑色，彼人以嵌首饰。"
③ 采撷（xié）：采摘。

这首诗借红豆寄托相思之情，但并没有直接点出相思之意，而是借助一个具有丰富内涵的意象含蓄地透露出来。红豆之所以称为相思子，一个重要的原因是它颜色鲜艳且经久不褪，寄托着人与人之间的情感像相思豆一样能够历久弥新的美好愿望。这首诗历来被读者解读成恋人之间的情语，但这首诗里的红豆象征友情，所以诗人很关心红豆的生长情况，"春来发几枝？"种得越多采得越多，采得越多就表示思念越多，所以才会"愿君多采撷"。短短的二十个字浓缩了诗人最真挚的情感，将离愁相思的情意最大限度地呈现在读者眼前，显得举重若轻。据说安史之乱后，音乐家李龟年流落江南，经常演唱这首歌，听者无不感动落泪。成语"红豆相思"就出自本篇，今多用来比喻男女相思。

愿君多采撷，
此物最相思。

杂　诗①

君自故乡来，应知故乡事。
来日绮窗前，寒梅著花未？②

（第一季 2 次，第二季 1 次，第四季 2 次）

① 本组诗共有三首，此是第二首。
② 绮窗：雕刻着花纹的窗子。著花未：开花没有。著，读 zhuó。

这首诗抒发了游子思念家乡的感情，是组诗的第二首。第一首是乡人主动问抒情主人公：“家住孟津河，门对孟津口。常有江南船，寄书家中否。”本诗是主人公问乡人的话。第三首是乡人回答游子的话：“已见寒梅发，复闻啼鸟声。愁心视春草，畏向玉阶生。”整个组诗是对话体的形式，亲切自然，感情朴素，却很真实。难得见到从家乡来的人，应该带来了故乡的许多新鲜事，可这位游子什么大事都不问，只问自己窗前的那棵梅树开花了没有。由此，可以牵引出读者进一步的思考：那棵梅树过去是不是陪伴着他长大？他如此喜爱梅花，是不是和他的品性有关？就是通过这么小的细节，游子思乡之情，跃然纸上。

君自故乡来，
应知故乡事。

九月九日忆山东兄弟[1]

独在异乡为异客，每逢佳节倍思亲。
遥知兄弟登高处，遍插茱萸少一人。[2]

（第一季 4 次，第二季 1 次，第四季 2 次）

① 山东兄弟：山东指现在华山以东的山西省，因为王维家乡在蒲州（今山西永济），蒲州在华山以东，而作者当时独自一人在华山以西的长安（今陕西西安），故称故乡的兄弟为“山东兄弟”。

② 登高：农历九月九日重阳节，民间有登高避邪的习俗。插茱萸（zhū yú）：传说重阳节把茱萸插在头上，可以除掉恶气而御寒。

王维 15 岁就离开家乡在外漂泊，游子常年在外很想念家乡，到了重阳节就更加思念亲人。这首诗没有直接写“我”怎么样思念家乡的亲人，却反过来想象远在蒲州的兄弟们在登高时一个一个插茱萸，就缺少了自己一人。这种内心的落差比作者直接写自己的思念来得更加强烈，并且王维写的并不是他一个人的感情，而是千千万万个在外漂泊的游子共同的心声。一首诗、一句话能流传千古肯定是其中蕴含了人类共同的情感，引发了无数人的共鸣。“每逢佳节倍思亲”，千百年来成为游子思亲的名言，打动了多少游子离人的心。

每逢佳节倍思亲。

使至塞上[①]

单车欲问边，属国过居延。[②]
征蓬出汉塞，归雁入胡天。[③]
大漠孤烟直，长河落日圆。[④]
萧关逢候骑，都护在燕然。[⑤]

（第一季2次，第二季1次，第四季4次）

① 737年夏，王维出使河西，慰问战胜吐蕃的河西节度使崔希逸，并在那里任节度判官，此诗即初至凉州时所作。使：出使。塞：边塞。

② 单车：单车独行，不带随从。欲：方、正。问：慰问，访问。属国：附属于唐的少数民族政权。居延：汉置县名，在今甘肃张掖西北。

③ 征蓬：随风远飞的蓬草，自喻。汉塞：汉代的关塞，此指唐朝的关塞。

④ 孤烟：古时战争时以狼烟为信号，孤烟表示平安，双烟表示报警。

⑤ 萧关：在今宁夏回族自治区固原市原州区东南。候骑（jì）：骑马的侦察兵。都护：指河西节度使崔希逸。燕（yān）然：古山名，即今蒙古国杭爱山，此指战斗前线。

这首诗是王维除了典雅清丽诗风外另一种刚健骨气风格的代表作，是一首边塞诗。王维从令人郁闷的官场解脱到无限美好风光的塞外，诗人郁结的心胸一扫而空，诗中充满了豪情，颂扬了边塞将士的忠勇。“大漠孤烟直，长河落日圆”是独绝千古的边塞名句，这一联仅用了白描的手法，看似平淡无奇，像是诗人随手涂抹，但是“看似寻常最奇崛”，其中的炼字功夫是值得玩味的。“直”和“圆”两个字就点出了边塞奇异开阔的景象，像是一个画师的简笔画，随手就勾勒出边塞的苍茫、雄浑与壮丽，让人如在眼前，并且印象深刻。

大漠孤烟直，
长河落日圆。

鸟鸣涧[1]

人闲桂花落，夜静春山空。[2]
月出惊山鸟，时鸣春涧中。

（第一季1次，第二季1次，第三季2次，第四季2次）

① 鸟鸣涧：王维《皇甫岳云溪杂题五首》的第一首。皇甫岳：王维友人，具体生平未详。云溪是皇甫岳别墅的名称和所在地。鸟鸣涧是云溪游玩景点之一。

② 桂花：桂花有春桂花和秋桂花，这里是春桂花。

这首小诗写山中春天的月夜景色，是王维许多脍炙人口的山水诗之一。这首诗写月色笼罩下的山林景色，给人一种幽美的感受。猜想当年，王维在写这首诗时，也许正独自走在皇甫岳的别墅里，夜很深了，万物寂静，人闲静地看着桂花飘飘落落。忽然，一轮明月破云而出，将幽柔的清光洒满了整个深山，连鸟儿都从睡梦中惊醒，适应了月亮的光辉后，自在地在山涧中啼叫。王维用短小的篇幅描绘出一幅仿佛看得见、摸得着的片刻景象，具有高度的形象性。

人闲桂花落，
夜静春山空。

送元二使安西[①]

渭城朝雨浥轻尘，客舍青青柳色新。[②]
劝君更尽一杯酒，西出阳关无故人。[③]

（第一季 2 次，第二季 2 次，第三季 2 次，第四季 1 次）

① 元二：人名，未详。安西：唐朝安西都护府，今新疆库车县。本诗被谱曲传唱后，称《渭城曲》，又称《阳关三叠》。“三叠”指的是第一句不叠，二、三、四句每句唱两遍。

② 渭城：即咸阳，旧址在今陕西省咸阳市东北，离西安很近。浥（yì）：湿润。客舍：旅馆。

③ 阳关：古关名，在甘肃省敦煌西南。

这是一首送别诗，被谱曲后成为传唱的名曲，曲谱从唐朝一直流传至今，如今我们还能听到“阳关三叠”的悠悠琴音，表达了朋友之间依依惜别的深厚情谊。清晨雨过后，路正好走；旅馆前的杨柳依依留人（“柳”谐音“留”），正好折柳送别。已经喝了很多酒了，一杯又一杯，真的不想你走啊！但是没有办法，最后再干这一杯，因为出了阳关就没有像我这样的老朋友了，就让这杯酒载着我的友情伴你长行，让你不感到寂寞。“劝君更尽一杯酒，西出阳关无故人”，感情深长，情意绵绵。

劝君更尽一杯酒，
西出阳关无故人。

高适（700—765），字达夫，洛阳（今河南省洛阳市）人，郡望渤海蓨县（今河北省景县）。少时孤贫，潦倒失意，长期客居梁宋（今河南开封、商丘一带），以耕钓为业。安史之乱以后，官运亨通，青云直上，官至散骑常侍，世称“高常侍”，又封渤海县侯，是唐代诗人中唯一封侯的。曾和李白、杜甫结成旅行三人团，又曾和王之涣、王昌龄一起“旗亭赌唱”。高适是唐代边塞诗的代表作家，和岑参并称“高岑”，一生三次出塞，对边塞征战生活有亲身的体验，所写边塞诗多是有感而发，针对性强，笔力雄健，气势奔放，洋溢着盛唐时期所特有的奋发进取、蓬勃向上的时代精神。

燕歌行并序

开元二十六年，客有从元戎出塞而还者，作《燕歌行》以示适。[①]感征戍之事，因而和焉。

汉家烟尘在东北，汉将辞家破残贼。
男儿本自重横行，天子非常赐颜色。[②]
摐金伐鼓下榆关，旌旗逶迤碣石间。[③]
校尉羽书飞瀚海，单于猎火照狼山。[④]
山川萧条极边土，胡骑凭陵杂风雨。[⑤]
战士军前半死生，美人帐下犹歌舞。
大漠穷秋塞草腓，孤城落日斗兵稀。
身当恩遇常轻敌，力尽关山未解围。
铁衣远戍辛勤久，玉箸应啼别离后。[⑥]
少妇城南欲断肠，征人蓟北空回首。
边风飘飖那可度，绝域苍茫更何有。
杀气三时作阵云，寒声一夜传刁斗。[⑦]
相看白刃血纷纷，死节从来岂顾勋。[⑧]
君不见沙场征战苦，至今犹忆李将军。[⑨]

（第一季 1 次，第三季 2 次，第四季 5 次）

① 元戎：主帅，指幽州节度使张守珪。
② 横行：无人可挡地冲杀。
③ 拟（chuāng）金：打锣。榆关：山海关。碣石：碣石山，在今河北。
④ 羽书：插羽毛的紧急文书。瀚海：指大沙漠。单（chán）于：匈奴首领。狼山：狼居胥山的简称，在今内蒙古自治区中部。这里泛指敌我交战处。
⑤ 极边土：直到边境的尽头。凭陵：侵犯。
⑥ 铁衣：指远征战士。玉箸（zhù）：比喻妇女的眼泪。
⑦ 三时：这里指一天的早、中、晚。刁斗：军中打更用的铜器。
⑧ 死节：为国而死。顾勋：为了功名利禄。
⑨ 李将军：汉代名将李广，能与战士同甘共苦。

从诗前的序文看，这是高适 39 岁时有感于边戍之事而写下的一首和诗，也是高适边塞诗的代表作。全诗以简练的语言，描写了从出征到战斗失败再到被围后艰苦支撑的战争经过。分为四个部分，前八句写出师，中间八句描写战斗危急失败，后八句写围困中将士的心情，最后四句写战斗结局和感想。诗人的感情是复杂的：一方面，歌颂了士兵们爱国杀敌、视死如归的精神，同情他们艰苦的环境和两地相思的遭遇；另一方面，也讽刺了将军们作战无能，谴责他们只知享乐邀功，不像名将李广那样爱惜士卒。“战士军前半死生，美人帐下犹歌舞”，是谴责将帅享乐的名句。将战士作战的残酷场面与将军贪图享乐的嘴脸进行鲜明对比，深刻揭露将军和战士之间的苦乐悬殊，歌颂了士兵的善良和勇敢，讽刺了将军的贪功冒进和不爱士卒。虽是乐府古体，却讲究平仄对仗。

战士军前半死生，
美人帐下犹歌舞。

别董大①

千里黄云白日曛，北风吹雁雪纷纷。②
莫愁前路无知己，天下谁人不识君。③

（第一季1次，第二季2次，第三季2次，第四季1次）

① 董大：唐玄宗时著名琴师董庭兰，在兄弟中排行第一，故称“董大”。《别董大》组诗有两首。

② 千里：一作“十里”。曛：昏暗。

③ 君：指董大。

这是一首著名的送别诗，有别于传统送别诗的萧瑟悲愁，全诗境界阔大，语调豪迈，充满盛唐人积极进取的精神和开朗的胸襟。上联用白描的手法描绘了送别时的凄惨景象：北风呼啸，黄沙千里遮蔽了天日，云似乎变成了黄色，灰蒙蒙的一片，阳光也昏暗失色。大雪纷纷扬扬地飘落，群雁向南飞去。在这样寒冷凄惨的天气里送别郁郁不得志的友人，诗人并没有消沉颓唐，而是以振奋人心的口吻劝勉朋友：此去你不用担心遇不到像我这样的知己，天下哪个不知道你董庭兰啊！慷慨激昂的语言给予友人信心和力量，是此时最好的临别赠言！“莫愁前路无知己，天下谁人不识君”，常用来表达对朋友的信心和称赞。

莫愁前路无知己，
天下谁人不识君。

除夜作[①]

旅馆寒灯独不眠，客心何事转凄然。[②]
故乡今夜思千里，霜鬓明朝又一年。[③]

（第二季 1 次）

① 除夜：除夕之夜。
② 客心：自己的心事。转：更。虚词，不是动词。凄然：凄凉悲伤。
③ 霜鬓：白色鬓发。明朝（zhāo）：明天。

诗题《除夜作》，内容却不是我们记忆中家人共度除夕的情景，而是描写诗人除夕之夜客居旅馆，形单影只的凄苦场面。在这样一个家家团聚的日子里，诗人却漂泊他乡，更加凸显诗人的孤苦凄凉。前两句渲染了旅馆的凄清和诗人内心的孤寂，触景生情，辗转难眠，连灯都是寒冷的了。“故乡今夜思千里”一句，没有从自身角度直接回答“客心何事转凄然”，而是调转笔锋描写故乡的家人在思念我这个千里之外的游子，实际上正是表达诗人自己对故乡亲人的思念之情。这种写法显得更有意味，也更加含蓄动人。“霜鬓明朝又一年”是说诗人在漫漫的思念中又要增添白发了，思念之情跃然纸上。“独”“转”“又”三个虚词使得全诗婉转一气，是诗中之眼。后两句与戴叔伦的“一年将尽夜，万里未归人”以及崔涂的“乱山残雪夜，孤烛异乡人”，都是唐诗中写除夕漂泊的名句。

故乡今夜思千里，
霜鬓明朝又一年。

李白（701—762），字太白，陇西成纪（今甘肃省天水市秦安县）人，祖先隋末流寓碎叶（今吉尔吉斯斯坦托克马克城），李白即出生于此。唐中宗神龙元年（705）随家迁居绵州昌隆县（今四川省江油市）青莲乡，号青莲居士。曾任翰林供奉，因称“李翰林”。被贺知章誉为“谪仙人”，后人因称“李谪仙”。天宝三载（744）在洛阳结识杜甫，二人在诗坛并称“李杜”。安史乱起，入永王李璘幕府，王室内讧，李璘兵败被杀，李白被捕下浔阳狱，长流夜郎。中途遇赦东还，依族叔当涂令李阳冰，不久病卒。李白一生自比大鹏，志向远大，又深受道教思想影响，曾当道士。李白是唐朝最伟大的理想主义诗人，也是我国古代最有才华的诗人，被誉为“诗仙”。他的诗有雄奇飘逸的风格，他和杜甫一起成为我国诗歌成就的最高代表。

送友人

青山横北郭，白水绕东城。①
此地一为别，孤蓬万里征。②
浮云游子意，落日故人情。③
挥手自兹去，萧萧班马鸣。④

（第一季 2 次、第二季 2 次、第三季 2 次，第四季 1 次）

① 郭：古代在城外修筑的外墙。白水：清澈的河。似指宣城句溪河。
② 一：一旦。别：告别。孤蓬：随风飘转的蓬草，常比喻漂泊无定的孤客。征：远行。
③ 浮云：飘动的云，比喻游子四方漂游。典故出自曹丕《杂诗》：“西北有浮云，亭亭如车盖。惜哉时不遇，适与飘风会。吹我东南行，行行至吴会。”游子：离家远游的人，此指李白所送的友人。故人：李白自称。
④ 兹：此。萧萧：马的嘶叫声。班马：离群的马。

这首送别诗大约是天宝末期李白住在宣城时所作，表达对友人的真

唐·李昭道的《春山行旅图》的局部画面

挚情感。首联写送别地点，在城外句溪河边。颔联把友人比作孤蓬，这一别飘行万里，也不知何时才能再相见。颈联又连用两个比喻，分别比喻友人和自己。我的送别之情，如这落日下山般不舍。友人骑马挥手道别，离群的马儿不住地嘶叫，也不愿离别，进一步衬托出诗人的不舍之情。全诗语言明丽流畅，颔联用流水对，极其自然，看不出是对仗。“浮云游子意，落日故人情”是传颂的名句，情景交融，用以表达两人之间的深厚友谊。

浮云游子意，
落日故人情。

静夜思①

床前明月光，疑是地上霜。②

举头望明月，低头思故乡。③

（第一季1次）

①《静夜思》是乐府旧题，一作《夜思》。

② 床：井栏，与“绕床弄青梅”的“床”意思相同。明：李白原作“看”，明朝人改为“明”。

③ 明月：李白原作“山月”，明朝人改为“明月”。两个“明”字，因《千家诗》《唐诗三百首》两书而广为流传。

李白的《静夜思》传诵度极广，妇孺皆知。诗歌描写的是一个秋冬清冷的夜晚，诗人在庭院中望月思乡的情景。诗歌的头两句营造出夜晚诗人孤独清冷的氛围，一个“疑”一个“霜”把夜晚的气候冷，诗人的心冷写了出来。而后抬头望见一轮皓月，想到快到年终了应该与家人团圆，于是思乡之情油然而生。“举头望明月，低头思故乡”是诗人的真情流露，自然动人，引起千百年来独处他乡游子的共鸣。

举头望明月，

低头思故乡。

独坐敬亭山[1]

众鸟高飞尽，孤云独去闲。[2]
相看两不厌，只有敬亭山。[3]

（第一季2次、第二季2次、第四季2次）

① 敬亭山：在今安徽宣城市西北。
② 尽：没有了。去：离开。闲：形容云彩悠闲自在的样子。
③ 相看（kān）：相互注视。两：指诗人和敬亭山而言。厌：满足。作“厌倦”解也通。

这首诗是天宝末期李白南游宣城时所作，当时心情不好，登上敬亭山独坐观山，看到鸟和云都离山和诗人而去，此时只有敬亭山和诗人。诗人把敬亭山拟人化，“相看两不厌”写李白把敬亭山当成志同道合的人，怎么看都看不厌，而敬亭山也把李白当成与自己一样的山，怎么看都看不厌。敬亭山之美在于她自身的坚毅、稳重和淡定，而不需要靠“鸟”和“云”来装扮，暗中表达了李白自己的人格和敬亭山一样。“相看两不厌，只有敬亭山”，是写景名句，吸引了历代无数文人游客对敬亭山的向往。

相看两不厌

秋浦歌[①]

白发三千丈，缘愁似个长。[②]
不知明镜里，何处得秋霜！[③]

（第一季 2 次，第二季 1 次，第四季 1 次）

① 《秋浦歌十七首》是李白的组诗，创作于唐玄宗天宝年间作者再游秋浦（今安徽贵池西）时，这是第十五首。

② 缘：因为。个：如此，这般。

③ 秋霜：形容头发白如秋霜。

这首诗李白用夸张的手法表达自己的忧愁。诗人看着镜中如秋霜般的白发，有感而发。白发由愁而生，有三千丈长，说明他的愁绪也有三千丈深。一般人最多夸张说“白发两三丈”，而李白敢说“白发三千丈”，这句可以说是写忧愁之深最独特，也是最惊人的名句。李白不能一展抱负，就这样率性表达自己的忧愁和悲愤。现在有成语“白发千丈”，形容头发既白且长，表示人因愁思过重而容颜衰老。

白发三千丈

夜泊牛渚怀古①

牛渚西江夜，青天无片云。②
登舟望秋月，空忆谢将军。③
余亦能高咏，斯人不可闻。④
明朝挂帆席，枫叶落纷纷。⑤

（第一季 1 次）

① 牛渚：山名，在今安徽省当涂县西北。诗题下原注："此地即谢尚闻袁宏咏史处。"

② 西江：从南京以西到江西境内的一段长江，古代称西江。牛渚也在西江这一段中。

③ 谢将军：谢尚，东晋安西将军，镇守牛渚时，秋夜泛舟赏月，听到寒士袁宏在船上吟哦自作的《咏史》，大加赞赏。袁宏从此名声大振，后官至东阳太守。参见《晋书·袁宏传》。

④ 斯人：指谢尚。

⑤ 挂帆席：一作"洞庭去"。帆席：船帆。

这首五律是李白失意后在当涂写下的，表达了诗人空有奇才，难遇知音的落寞感。诗歌头两句交代了地点和环境。中间四句由望月到怀古，古代寒士袁宏曾在此地遇到伯乐一展抱负，而自己今也流落此地，空有才能却没人赏识。最后两句渲染了一幅寂寞冷落的场景：诗人明早坐船离开，枫叶纷纷凋零飘落。环境的凄凉感正是诗人心境的表现。名句"登舟望秋月，空忆谢将军"借古喻今，表达怀才之人对伯乐的渴望。全诗平仄合律，但无一联对仗。

登舟望秋月，
空忆谢将军。

塞下曲①

五月天山雪，无花只有寒。②
笛中闻折柳，春色未曾看。③
晓战随金鼓，宵眠抱玉鞍。④
愿将腰下剑，直为斩楼兰。⑤

（第一季 1 次，第二季 1 次）

① 《塞下曲》是唐代新乐府题，歌词多写边塞军旅生活。李白所作组诗共六首，此为第一首。

② 天山：唐时称伊州（今新疆哈密）、西州（今吐鲁番盆地一带）以北一带山脉为天山。

③ 折柳：即《折杨柳》，古乐曲名。看，读 kān。

④ 金鼓：指铜锣。

⑤ 楼兰：汉时西域国名，即鄯善国，在今新疆维吾尔自治区鄯善县东南一带。西汉时楼兰国王与匈奴勾通，屡次杀害汉朝通西域的使臣。此处泛指唐西北地区常常侵扰边境的少数民族政权。

诗歌前两句写了边塞夏天的独特气候和风景，一个“寒”字，把边塞恶劣的环境特征写了出来。第三、四句写折柳，实际上没有柳可折，只能从笛声中听到《折杨柳》曲，春色从来不曾看见。第五、六句写边塞的战事紧张，一个“抱”字，写出将士们时刻准备战斗。最后两句赞美将士们即使环境恶劣，辛苦卓绝，也毫无怨言。也表达了诗人报效国家，为国立功的爱国激情。“五月天山雪，无花只有寒”，是写边塞环境的名句。

五月天山雪，
无花只有寒。

望庐山瀑布

日照香炉生紫烟，遥看瀑布挂前川。[①]
飞流直下三千尺，疑是银河落九天。[②]

（第一季 2 次，第二季 1 次，第三季 1 次，第四季 1 次）

① 香炉：庐山香炉峰。山峰烟云聚散，如博山香炉。遥看：从远处看。挂：悬挂。川：河流，这里指瀑布。

② 三千尺：形容山高。这里是夸张说法，不是实指。九天：古人认为天有九重，九天是天的最高层。此句极言瀑布落差之大。

李白这首《望庐山瀑布》是所有写庐山瀑布诗歌中最有名的，写得雄奇飘逸，表达对我国壮丽景色的赞美和热爱。前两句写瀑布所处的大环境，一个“挂”字化动为静，体现了遥看的特征。后两句“飞流直下三千尺，疑是银河落九天”把夸张与比喻相结合，气势磅礴，想象奇特，道出了庐山之高，瀑布之宏伟，堪称千古绝唱，这是只有李白才能写出来的气象。

飞	流	直	下	三	千	尺	，
疑	是	银	河	落	九	天	。

春夜洛城闻笛[①]

谁家玉笛暗飞声，散入春风满洛城。[②]
此夜曲中闻折柳，何人不起故园情。[③]

（第一季1次，第二季1次，第四季2次）

① 洛城：今河南洛阳。
② 玉笛：笛子的美称。暗飞声：声音不知从何处传来。
③ 折柳：即《折杨柳》笛曲，后又名《杨柳枝》，内容多唱离情别绪。
故园：指故乡，家乡。

诗歌描绘了诗人在洛阳听到笛声而引发思乡之情。东都洛阳是繁华之地，诗人在夜晚听到笛声，随着春风散播在城内。笛声吹的正是《折杨柳》，这支曲子抒写的是离别行旅之苦。此外“柳”有“留”的含义，古人送别亲友时，折柳相赠，表示留念之意。这里听到《折杨柳》之曲，联想到现在正是春天折柳时节，漂泊未归，怎能不思念故乡呢！“此夜曲中闻折柳，何人不起故园情”两句是传诵的名句，常常引起后世独处他乡游子的共鸣。

此夜曲中闻折柳，
何人不起故园情。

早发白帝城[1]

朝辞白帝彩云间，千里江陵一日还。[2]
两岸猿声啼不住，轻舟已过万重山。[3]

（第一季 4 次，第二季 1 次，第三季 1 次，第四季 2 次）

① 发：启程。白帝城：故址在今重庆市奉节县白帝山上。
② 朝：早晨。辞：告别。彩云间：因白帝城在白帝山上，地势高耸，从山下江中仰望，仿佛耸入云间。江陵：今湖北省荆州市。从白帝城到江陵约一千二百里，其间包括七百里三峡。还：归来。
③ 猿：猿猴。住：停息。轻舟：轻快的小船。万重山：指三峡两岸连绵不断的崇山峻岭。

唐肃宗乾元二年（759）春天，李白因永王李璘案，流放夜郎，取道四川赶赴被贬谪的地方。行至白帝城的时候，忽然收到赦免的消息，惊喜交加，随即乘舟东下江陵。重获自由的李白在兴奋的状态下作此诗，所以心情极其轻松愉快，比如不说“白云”说“彩云”，江陵明明不是故乡却说“还”，过三峡急流的船不可能太小却说“轻舟”。全诗把景与情非常自然地融合起来，形成美妙的意境。“两岸猿声啼不住，轻舟已过万重山”是传诵名句，两岸虽然有不想听的刺耳猿声叫个不停，但我的轻舟一瞬间已经冲过万重山了。这两句现在常被用来表达冲破险境，进入开阔安全的环境。“轻舟已过万重山”，也常作成语单独使用。

两岸猿声啼不住，
轻舟已过万重山。

望天门山①

天门中断楚江开，碧水东流至此回。②

两岸青山相对出，孤帆一片日边来。③

（第一季 2 次，第二季 1 次，第三季 1 次，第四季 1 次）

① 天门山：位于安徽省和县与当涂县长江两岸，两山东西对峙，分别叫西梁山和东梁山，中隔一江，形同天设的门户，天门由此得名。

② 中断：江水从中间隔断两山。楚江：即长江。因为古代长江中游地带属楚国，所以叫楚江。开：劈开，断开。回：转折。江水的流向在这里有一个转折。

③ 两岸青山：指东梁山和西梁山。出：突出。日边来：指孤舟从天水相接处的远方驶来，远远望去，仿佛来自日边。

这首诗大约是开元十三年（725）李白出川东下初次过天门山时所作。诗歌紧扣“望”字，描绘了一幅气势磅礴、色彩绚丽的山水图：天门山被楚江断开，碧绿的江水也因为地势的险峻而转变了流向，夹江对峙的两岸青山雄伟险要，一叶孤舟从远方驶来，仿佛来自日边。诗歌意境开阔，也是诗人胸襟开阔的写照，表达了诗人对天门市一带长江山水的热爱。“两岸青山相对出，孤帆一片日边来”气魄豪迈，语言生动形象，只有李白这样豪放不羁的诗人才能信手拈来。“孤帆一片日边来”，常用来表达对横空出世的新事物的赞美。

孤帆一片日边来。

黄鹤楼送孟浩然之广陵[1]

故人西辞黄鹤楼，烟花三月下扬州。[2]
孤帆远影碧空尽，唯见长江天际流。[3]

（第一季 5 次，第三季 6 次，第四季 1 次）

① 黄鹤楼：故址在今湖北省武汉市武昌蛇山的黄鹄矶头，传说因仙人子安驾黄鹤过此而得名，也传说三国时费祎乘黄鹤由此登仙。孟浩然：唐代著名诗人，比李白年长 12 岁，李白对他很敬佩。之：往。广陵：即扬州。

② 故人：老朋友，这里指孟浩然。西辞：黄鹤楼在广陵西面，辞别黄鹤楼去广陵，所以说西辞。烟花：指绮丽的春景，远望像浮动的烟雾。

③ 碧空尽：消失在蓝天的尽头。天际流：流向天边。

孟浩然比李白大 12 岁，李白很尊敬这位前辈。这首诗就是李白在黄鹤楼送友人孟浩然去扬州而作。友人乘的船都已经消失在江面上了，诗人还久久不愿离开，一直望着江面，表达了李白对孟浩然真挚的友情。扬州是唐代最繁华的四大都市之一，何况在这阳春三月，李白很是羡慕。名句“烟花三月下扬州”道出了暮春的扬州是天下之美，李白给扬州作了千古最大的广告，后人都因这句诗而非常憧憬这个繁华美丽的都市。

烟花三月下扬州。

北风行[1]

烛龙栖寒门，光曜犹旦开。[2]
日月照之何不及此？唯有北风号怒天上来。
燕山雪花大如席，片片吹落轩辕台。[3]
幽州思妇十二月，停歌罢笑双蛾摧。[4]
倚门望行人，念君长城苦寒良可哀。[5]
别时提剑救边去，遗此虎纹金鞞靫。[6]
中有一双白羽箭，蜘蛛结网生尘埃。
箭空在，人今战死不复回。
不忍见此物，焚之已成灰。
黄河捧土尚可塞，北风雨雪恨难裁。[7]

（第四季 1 次）

① 北风行：乐府曲调名，内容多写北风雨雪、行人不归的伤感之情。
② 烛龙：中国古代神话传说中的龙。人面龙身而无足，居住在不见太阳的北方极寒之地，衔烛照天下，故称烛龙。寒门：古代传说中北方极寒之地。
③ 燕山：山名，在河北平原的北侧。轩辕台：纪念黄帝的土台，故址在今河北怀来县乔山上。
④ 双蛾摧：双眉紧锁，形容悲伤、愁闷的样子。
⑤ 长城：这里泛指北方前线。良：实在。
⑥ 鞞靫（bǐng chāi）：也作鞴靫，箭袋。
⑦ “黄河”句：用《后汉书·朱浮传》典故，原是以捧土塞黄河比喻不自量力，这里反其意而用之。北风雨（yù）雪：语出《穆天子传》：“日中大寒，北风雨雪，有冻人。天子作《黄竹诗》三章以哀之。”这里借以衬托思妇失去丈夫之悲。裁：消除。

这首诗大约是天宝十一年（752）冬李白在幽州所作。前六句以传说和夸张的手法描述了北方的寒冷。而后写幽州思妇对为国战死的丈夫

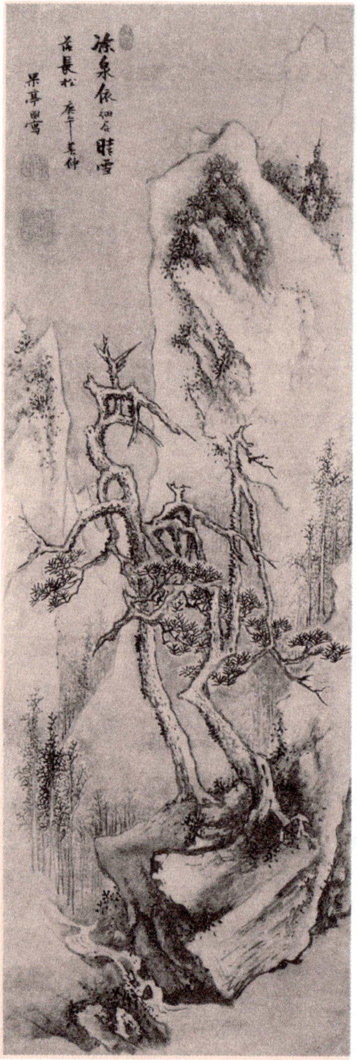

明 · 张瑞图《晴雪长松图》

的深深思念。丈夫战死，家中物是人非，丈夫的遗物箭袋、箭矢令妇人睹物思人，伤心欲绝，她的恨像北风雨雪般强烈和无法断绝，令人读罢唏嘘不已。

“燕山雪花大如席”是李白奇特想象的代表性名句，乍听似乎匪夷所思，一般人最多说雪花大如掌，由“大如席”可见燕山雪花之大，其地之奇寒，非一般寒地可比。鲁迅在《漫谈“漫画”》一文中说：“‘燕山雪花大如席’，是夸张，但燕山究竟有雪花，就含着一点诚实在里面，使我们立刻知道燕山原来有这么冷。如果说‘广州雪花大如席’，那就变成笑话了。”

嘲鲁儒[①]

鲁叟谈五经，白发死章句。[②]
问以经济策，茫如坠烟雾。[③]
足著远游履，首戴方山巾。[④]
缓步从直道，未行先起尘。[⑤]
秦家丞相府，不重褒衣人。[⑥]
君非叔孙通，与我本殊伦。[⑦]
时事且未达，归耕汶水滨。[⑧]

① 嘲鲁儒是李白在唐开元末年初游东鲁时所创作的一首讽刺诗。鲁儒：鲁地的儒生。

② 鲁叟：鲁地的老头子，指鲁儒。五经：指五部儒家经典，即《诗》《书》《礼》《易》《春秋》。章句：分析古书章节、句读。死章句：老死于章句之学中。

③ 经济策：治理国家的方略。茫：茫然不知的样子。

④ 著（zhuó）：穿。远游履（lǚ）：鞋名。方山巾：古代一种方形头巾。

⑤ 从：沿着。

⑥ 秦家丞相：指李斯。褒衣：儒生穿的一种宽大的衣服。褒衣人：指儒生。

⑦ 叔孙通：刘邦建立汉朝后，叔孙通曾在鲁地招集一批儒生，为刘邦制定朝仪。当时有两个儒生不肯去，说他的做法“不合古”。叔孙通讥笑他们是“鄙儒，不知时变”。参见《史记·叔孙通列传》。殊伦：不同类。两句意为：你不能像叔孙通那样顺应时变，和我本来不是一路人。

⑧ 汶（wèn）水：今山东大汶河。汶水滨：指鲁儒的故乡。

李白心高气傲，不容别人轻视他，这首诗就是鲁儒嘲笑他高谈阔论后，他写的一首讽刺诗。嘲讽鲁儒皓首穷经，死守章句，不懂变通，是不懂经邦治国之策的迂腐。诗歌前四句揭示了鲁儒的外强中干，不

明·李士达《竹林二老图》

会学以致用，是书呆子。而后四句写鲁儒的仪容的可笑，金玉其外，败絮其中，这种反差造成了滑稽的视觉。最后四句以古喻今，再次批评鲁儒不懂时事，只能回家种地。“问以经济策，茫如坠烟雾”，常用来批评书呆子不懂国家大事。“如坠烟雾”一词形容人茫然不得要领或认不清方向。

问以经济策，
茫如坠烟雾。

赠汪伦[1]

李白乘舟将欲行，忽闻岸上踏歌声。[2]
桃花潭水深千尺，不及汪伦送我情。[3]

（第一季 3 次，第二季 1 次，第四季 1 次）

① 汪伦：泾（jīng）县村民，李白的朋友。相传李白游泾县慕万家酒楼而来，附近村民汪伦经常用自己酿的美酒款待李白。后来有人把汪伦附会成县令。

② 踏歌：原为汉、唐时的风俗性歌舞，参与者手挽手以脚踏地而歌。唱歌时以脚踏地为节奏，参加者围成圆圈或排列成行，互相牵手，边歌边舞。

③ 桃花潭：在今安徽泾县西南一百里，以“深不可测”而著称。

李白这首赠别诗千古传诵，名气很大，也因此让大家记住了汪伦这个人。诗人表达的是自己即将乘舟离开，友人为了欢送他，用了踏歌欢送的民俗仪式，非常隆重。最后两句是表达友情之深的千古名句，“桃花潭水深千尺，不及汪伦送我情”两句以水比情，表达诗人对友人的友情之深。桃花潭水有千尺深自然是夸张，诗人对汪伦的情意却十分真挚。全诗虽用了两个真人姓名，但自然天成，情深味长。

桃花潭水深千尺，
不及汪伦送我情。

客中作[①]

兰陵美酒郁金香，玉碗盛来琥珀光。[②]
但使主人能醉客，不知何处是他乡。[③]

（第一季1次）

①题目一作《客中行》。客中：指旅居他乡。
②兰陵：今山东省临沂市兰陵县兰陵镇。郁金香：散发郁金的香气。郁金，一种香草，用以浸酒，浸酒后呈金黄色。琥珀：一种树脂化石，呈黄色或赤褐色，色泽晶莹。这里形容美酒色泽如琥珀。
③但使：假使，如果。主人：指留宿客人的房东。

诗歌写于李白客居在东鲁时。这首诗表现了李白的豪放不羁和兰陵父老乡亲的热情。前两句写兰陵的美酒的珍贵，突出其“色”和“香”与众不同。后两句“但使主人能醉客，不知何处是他乡”一反游子羁旅他乡的愁苦传统，乡愁被主人的好客和美酒化解了，从而不觉身在异乡，体现了李白的豪放本色。“但使”二字别有深意，耐人寻味。

但使主人能醉客，
不知何处是他乡。

闻王昌龄左迁龙标遥有此寄[1]

杨花落尽子规啼，闻道龙标过五溪。[2]
我寄愁心与明月，随风直到夜郎西。[3]

（第一季 2 次，第二季 1 次，第三季 2 次）

① 王昌龄：唐代诗人，唐玄宗天宝七年（748）被贬为龙标县尉。左迁：贬谪，降职。当时王昌龄从江宁丞被贬为龙标县（今湖南省怀化市洪江区）尉，李白在扬州听到好友被贬后写下了这首诗。

② 杨花：柳絮。子规：即杜鹃鸟，相传其啼声哀婉凄切。龙标：这里指王昌龄，古人常用官职或任官之地的州县名来称呼一个人。五溪：是武溪、巫溪、酉溪、沅溪、辰溪的总称，在今湖南省西部。

③ 与：给。随风：一作“随君”。夜郎：这里是指唐代在今湖南沅陵所设的夜郎县（后改名辰溪县），不是指古夜郎国。龙标县在夜郎县西面。

李白在听到王昌龄被贬龙标县尉的消息后，写下这首千古名篇，让后人感受到两位诗人间深厚的友谊。第一句烘托出悲伤凄凉的暮春氛围，第二句交代王昌龄贬谪此去的路途遥远。第三、四句“我寄愁心与明月，随风直到夜郎西”是千古流传的名句，诗人与友人此时相隔万里，只能将对朋友的一片深情寄予这千里明月，希望这情谊能够随风传达到友人那里，表达了李白对王昌龄深深的担忧与挂念。

我寄愁心与明月，
随风直到夜郎西。

长干行[1]

妾发初覆额，折花门前剧。[2]
郎骑竹马来，绕床弄青梅。[3]
同居长干里，两小无嫌猜。
十四为君妇，羞颜未尝开。
低头向暗壁，千唤不一回。
十五始展眉，愿同尘与灰。
常存抱柱信，岂上望夫台？[4]
十六君远行，瞿塘滟滪堆。[5]
五月不可触，猿声天上哀。
门前迟行迹，一一生绿苔。
苔深不能扫，落叶秋风早。
八月蝴蝶来，双飞西园草。
感此伤妾心，坐愁红颜老。
早晚下三巴，预将书报家。[6]
相迎不道远，直至长风沙。[7]

（第三季 3 次，第四季 3 次）

① 长干（gān）行：乐府曲调名。古辞写长干里的女子善弄潮，唐崔颢开始写男女感情。长干：即长干里，街巷名，在今南京市。

② 剧：游戏。

③ 床：这里指井栏。

④ 抱柱信：指坚守信约。《庄子》里说，有个叫尾生的青年，与女子相约在桥下相见，女子没来，大水来了，他不愿失信离去，抱着桥柱被淹死。

⑤ 瞿塘：三峡之一。滟滪堆：瞿塘峡口的一块大石礁。

⑥ 早晚：何时。三巴：泛指四川东部（今属重庆市）。

⑦ 不道远：不说远。长风沙：地名，在今安徽安庆市长江边上，离长干有七百里。

这是李白模仿民歌写的一首思妇诗。不过这位少妇的丈夫不是守边战士，也不是考试求官的宦游人，而是一个商人。唐代制度重农轻商，李白本人出身于商人家庭，所以他敢于蔑视封建制度，大胆歌颂商人妇的纯真爱情。

全诗以少妇的口吻回忆她的爱情经历。第一部分开头六句回忆童年时与丈夫一起游戏的幸福情景，接着四句回忆新婚时的羞涩情态，再接着四句说 15 岁就不再害羞，只想到生死与共、白头偕老，怎想到会有离别之苦？第二部分写别后相思。前四句说丈夫远行经商后，担心他能否经得住巴蜀一带的水险山高，接下来说自己等待的痛苦和孤独，又害怕自己因为忧愁而变老，期望丈夫早日回家，预先捎个信回来，我一定到七百里外的长风沙去迎接。

诗写得一往情深，活泼动人。叙事、抒情、写景融合无间。“青梅竹马”“两小无猜”已成常用成语，用来形容孩童之间真挚的感情。

郎骑竹马来，

绕床弄青梅。

赠孟浩然①

吾爱孟夫子，风流天下闻。②
红颜弃轩冕，白首卧松云。③
醉月频中圣，迷花不事君。④
高山安可仰，徒此揖清芬。⑤

（第二季 1 次，第三季 2 次，第四季 1 次）

① 孟浩然：唐代诗人，李白诗友。参前《黄鹤楼送孟浩然之广陵》孟浩然注。
② 孟夫子：指孟浩然。风流：洒脱放逸的风度。
③ 红颜：指青少年。轩冕：借指官位爵禄。白首：指老年。
④ 中(zhòng)圣："中圣人"的简称，即饮酒而醉。典故出自《三国志·魏志·徐邈传》。迷花：此指陶醉于自然美景。事君：侍奉皇帝。
⑤ 高山：说孟浩然品格高尚，令人敬仰。《诗经·小雅·车舝》："高山仰止，景行行止。"揖：拱手行礼。清芬：清香，比喻高洁的德行。

孟浩然是李白的前辈，人格诗名俱佳，且是隐逸高士，李白对他非常崇敬。这首诗塑造了孟浩然不喜为官，不事君王，风流倜傥的隐逸高人形象。"红颜弃轩冕，白首卧松云"两句是传诵的名句，赞美孟浩然不追逐名利，一直坚守初心的高风亮节。

红颜弃轩冕，
白首卧松云。

月下独酌[1]

花间一壶酒，独酌无相亲。[2]
举杯邀明月，对影成三人。[3]
月既不解饮，影徒随我身。[4]
暂伴月将影，行乐须及春。[5]
我歌月徘徊，我舞影零乱。[6]
醒时同交欢，醉后各分散。[7]
永结无情游，相期邈云汉。[8]

（第一季 4 次，第二季 1 次，第三季 4 次，第四季 2 次）

① 原诗共四首，此是第一首。
② 酌（zhuó）：饮酒。无相亲：没有亲近的人。
③ 三人：指明月、人影和我。
④ 既：已经。不解饮：不会喝酒。徒：只是。
⑤ 将：和，与。及春：趁着春光明媚之时。
⑥ 月徘徊：明月随我来回移动。影零乱：因起舞而身影纷乱。
⑦ 同交欢：一起欢乐。
⑧ 无情：忘情。相期邈（miǎo）云汉：约定在天上相见。期，约会。邈，遥远。云汉，银河。这里指遥天仙境。

天宝三年（744）春，李白在长安翰林院感到自己的抱负得不到施展，心情很苦闷，就独自一人到花间月下饮酒自醉。一人觉得孤独，他就想象邀请明月和自己的影子，三人一起喝。可是明月不会喝酒，影子也只会跟着人，还是孤独。不过，毕竟有他们两个相陪，且歌且舞，已不感到孤独，真想和他俩在天上再相聚！全诗表现了诗人怀才不遇的孤独感，也表现了他不愿与权贵为伍，向往自由天堂的狂放性格和高洁情怀，但也有及时行乐的消极思想。诗句纯粹是脱口而出，自然天成，却又自得千古奇趣，不是其他诗人能写得出来的。“举杯邀明月，

唐·李昭道《明皇幸蜀图》

对影成三人”想象奇妙，可能受到陶渊明“挥杯劝孤影”（《杂诗》）的启发，宋朝苏东坡特别喜欢这两句，经常引用它。

举杯邀明月，
对影成三人。

把酒问月[①]

青天有月来几时？我今停杯一问之。
人攀明月不可得，月行却与人相随。
皎如飞镜临丹阙，绿烟灭尽清辉发。[②]
但见宵从海上来，宁知晓向云间没？[③]
白兔捣药秋复春，嫦娥孤栖与谁邻？[④]
今人不见古时月，今月曾经照古人。
古人今人若流水，共看明月皆如此。
唯愿当歌对酒时，月光长照金樽里。[⑤]

（第一季 1 次，第二季 1 次）

南宋·无名氏《憩寂图》

① 题下作者自注："故人贾淳令予问之。"
② 丹阙：朱红色的宫殿。绿烟：指遮蔽月光的浓重的云雾。
③ 但见：只看到。宁知：怎知。没（mò）：隐没。
④ 白兔捣药：神话传说月中有白兔捣仙药。晋傅玄《拟天问》："月中何有？白兔捣药。"嫦娥：神话中的月中女神。传说她原是后羿的妻子，偷吃了后羿的仙药，成为仙人，奔入月中。见《淮南子·览冥训》。
⑤ 当歌对酒时：在唱歌饮酒的时候。曹操《短歌行》："对酒当歌，人生几何？"金樽：精美的酒具。

李白这首诗咏月抒怀，端起酒杯向月亮发问，从饮酒问月开始，以邀月照酒结束，反映了人类对宇宙的困惑不解，是一首非常有情趣、理趣的诗歌。诗人通过人与月的反复对照，由亘古不变的月亮感慨人生短暂，宇宙无穷，展现了诗人博大的胸襟。在塑造永恒美好又神秘的月亮的同时，也从侧面显露了诗人孤高的形象。名句"今人不见古时月，今月曾经照古人"用短暂和永恒之间的对比，反映了诗人强烈的宇宙意识，理趣盎然。

今人不见古时月，
今月曾经照古人。

宣州谢朓楼饯别校书叔云[①]

弃我去者，昨日之日不可留；
乱我心者，今日之日多烦忧。
长风万里送秋雁，对此可以酣高楼。[②]
蓬莱文章建安骨，中间小谢又清发。[③]
俱怀逸兴壮思飞，欲上青天览明月。[④]
抽刀断水水更流，举杯销愁愁更愁。[⑤]
人生在世不称意，明朝散发弄扁舟。[⑥]

（第二季 1 次，第三季 2 次，第四季 1 次）

① 本篇为天宝末期李白在宣城与李云相遇并同登谢朓楼时创作的一首送别诗。题目一作《陪侍御叔华登楼歌》。宣州：今安徽宣城市。谢朓（tiǎo）楼：又名北楼、谢公楼，在陵阳山上，谢朓任宣城太守时所建，并改名为叠嶂楼。饯别：以酒食送行。校（jiào）书：官名，即秘书省校书郎，掌管图书整理工作。叔云：李白族叔李云。

② 长风：远风。此：指长风秋雁的景色。酣（hān）高楼：畅饮于高楼。

③ 蓬莱：此指东汉时藏书之东观。蓬莱文章：借指李云的文章。建安骨：汉末建安年间，“三曹”和“七子”等作家所作之诗风骨遒劲，后人称之为“建安风骨”。小谢：指谢朓，字玄晖，南朝齐诗人。后人将他和谢灵运并称为大谢、小谢。这里用以自喻。清发（fā）：指清新秀发的诗风。

④ 俱怀：两人都怀有。逸兴（xìng）：飘逸豪放的兴致，多指山水游兴。壮思：雄心壮志。览：一作“揽”，摘取。

⑤ 销：一作“消”。

⑥ 称（chèn）意：称心如意。明朝（zhāo）：明天。散发（fà）：不束冠，意谓不做官。这里是形容狂放不羁。古人束发戴冠，散发表示闲适自在。弄扁（piān）舟：乘小舟归隐江湖。

李白的这首送别诗是一首千古佳篇，虽是送别诗，表达的却不都是

明·王世昌《松荫书屋图》

离愁别绪，而主要是抒发自己怀才不遇的不平与郁闷。诗人开篇即直抒胸臆，表明了自己的苦闷。而后写饯别时的壮丽美景，与族叔李云高楼饮酒，“俱怀逸兴”，都是才华横溢，但是却无处施展，怀才不遇的烦恼无法消除。最后两句诗人表达解除此忧，唯有离去仕途，散发扁舟。诗歌一波三折，音调激昂，自然与豪放和谐统一。名句“抽刀断水水更流”后来也用于形容无济于事，反会加速事态发展，也缩减为“抽刀断水”。

抽刀断水水更流

上李邕①

大鹏一日同风起，抟摇直上九万里。②
假令风歇时下来，犹能簸却沧溟水。③
世人见我恒殊调，闻余大言皆冷笑。④
宣父犹能畏后生，丈夫未可轻年少。⑤

（第一季1次，第二季2次，第三季3次，第四季5次）

① 上：呈上。李邕（678—747）：字泰和，扬州江都（今江苏扬州）人，书法家，官至北海太守，人称“李北海”。
② 抟：凭借。一作“扶”。摇：扶摇，由下而上的大旋风。
③ 假令：假使，即使。簸（bǒ）却：激起。沧溟：大海。
④ 恒：常常。闻：一作“见”。余：我。大言：言谈自命不凡。
⑤ 宣父：即孔子，唐太宗贞观年间下诏，尊孔子为宣父。畏后生：出自《论语·子罕》：“子曰：‘后生可畏，焉知来者之不如今也？’”丈夫：有所作为的成年男子，此指李邕。

李邕是《文选》注家李善之子，著名的书法家，开元初年就是一位大名士。李白去拜访这位前辈的时候，遭到了李邕的轻视，于是写下了名篇《上李邕》。前四句大鹏鸟的描绘出自《庄子·逍遥游》：“鹏之徙于南冥也，水击三千里，抟扶摇而上者九万里。”李白这里是自比大鹏鸟，有大鹏之志，绝非等闲之辈。后四句是李白的激愤之语。拜见李邕的李白此时位卑年少，凡夫俗子听到他高谈阔论，认为他口出狂言，不知天高地厚。但是李白本是天才，不拘俗礼，自信不疑。“宣父犹能畏后生，丈夫未可轻年少”是李白对李邕和世人轻视自己的强有力回应，意为圣人孔子都说过“后生可畏”，你李邕怎敢欺我李白年少位卑。言语之间，尽显李白的心高气傲，笑傲权贵，志在千里。

宣父犹能畏后生，
丈夫未可轻年少。

经乱离后天恩流夜郎忆旧游书怀赠江夏韦太守良宰[①]（节选）

……

览君荆山作，江鲍堪动色。清水出芙蓉，天然去雕饰。[②]

……

桀犬尚吠尧，匈奴笑千秋。中夜四五叹，常为大国忧。[③]
旌旆夹两山，黄河当中流。连鸡不得进，饮马空夷犹。[④]
安得羿善射，一箭落旄头？[⑤]

（第二季 1 次，第三季 2 次，第四季 1 次）

① 诗题下原注：“江夏岳阳。”“岳阳”指黄鹄山之阳。韦太守良宰：鄂州刺史韦良宰。

② “览君”两句：谓江淹、鲍照如看到韦太守荆山之作，亦必能为之动情于色。荆山，在今湖北武当山东南，汉水西岸，漳水发源于此。江、鲍，指六朝诗人江淹和鲍照。“清水”两句：赞美韦良宰的作品清新自然，不假雕饰。借用钟嵘《诗品》：“谢诗如芙蓉出水。”

③ “桀犬”句：桀，夏朝末代君主，此处以桀犬喻叛将余兵，以尧喻唐朝皇帝。按，其时安禄山已死，其部史思明、史朝义仍在作乱。“匈奴”句：此处喻指当时宰相苗晋卿、王玙等皆庸碌无能之辈。

④ “旌旆（pèi）”两句：谓黄河西岸战争仍未平息。两山，指黄河两岸的太华、首阳两山。连鸡，缚在一起的鸡，喻互相牵制，行动不能一致。夷犹，犹豫不进。

⑤ 羿：又称后羿，传说中夏代东夷族领袖，善于射箭。旄头：又作“髦头”，星宿名，即昴宿。古人认为昴宿是胡星，旄头星特别亮时，预示有胡兵入侵。此处指安史叛军。

这是李白最长的诗歌，全诗共 83 韵 830 字。诗人因受永王之败的牵连，被流放夜郎，中途遇到赦免。此诗是在他被赦免后的乾元二年（759）秋在江夏（今武昌）所作。在这个时候与韦良宰这样一个老朋友相见。

明·朱瞻基《莲蒲松荫图》（局部）

韦良宰此时已是坐镇一方的长官，而李白是被赦免的流犯，李白感慨万分，写了这一首自传体长诗。诗歌描绘了安史之乱前后自己的遭遇，抒发了自己的政见，以及如何遭受了流放等。即使当下如此落魄，李白也位卑未敢忘忧国，写出名句“中夜四五叹，常为大国忧”，始终为国家的命运担忧，真是一片丹心，日月可鉴。诗中“清水出芙蓉，天然去雕饰”是李白形容韦良宰的诗的，也是李白自己对诗歌的见解。后人经常引用这两句评价李白的诗。

清水出芙蓉，
天然去雕饰。

梦游天姥吟留别[①]

海客谈瀛洲，烟涛微茫信难求。[②]
越人语天姥，云霓明灭或可睹。[③]
天姥连天向天横，势拔五岳掩赤城。[④]
天台四万八千丈，对此欲倒东南倾。[⑤]
我欲因之梦吴越，一夜飞度镜湖月。[⑥]
湖月照我影，送我至剡溪。[⑦]
谢公宿处今尚在，渌水荡漾清猿啼。[⑧]
脚著谢公屐，身登青云梯。[⑨]
半壁见海日，空中闻天鸡。[⑩]
千岩万转路不定，迷花倚石忽已暝。[⑪]
熊咆龙吟殷岩泉，栗深林兮惊层巅。[⑫]
云青青兮欲雨，水澹澹兮生烟。[⑬]
列缺霹雳，丘峦崩摧。[⑭]
洞天石扉，訇然中开。[⑮]
青冥浩荡不见底，日月照耀金银台。[⑯]
霓为衣兮风为马，云之君兮纷纷而来下。[⑰]
虎鼓瑟兮鸾回车，仙之人兮列如麻。[⑱]
忽魂悸以魄动，恍惊起而长嗟。[⑲]
惟觉时之枕席，失向来之烟霞。[⑳]
世间行乐亦如此，古来万事东流水。
别君去兮何时还，且放白鹿青崖间，须行即骑访名山。[㉑]
安能摧眉折腰事权贵，使我不得开心颜！[㉒]

（第一季 2 次，第二季 1 次，第三季 1 次，第四季 5 次）

① 题目又作《别东鲁诸公》。梦游天姥吟：“某某吟”是歌行体裁的一种。“留别”是本篇的副标题。天姥，山名，在浙江新昌东面。

② 瀛洲：古代传说中的东海三座仙山之一（另两座叫蓬莱和方丈）。烟涛：波涛渺茫，远看像烟雾笼罩的样子。微茫：景象模糊不清。信：确实，实在。

③ 越人：指浙江一带的人。明灭：忽明忽暗。

④ 向天横：直插天空。拔：超出。五岳：指东岳泰山、西岳华（huà）山、中岳嵩山、北岳恒山、南岳衡山。赤城：和下文的“天台（tāi）”都是山名，在今浙江天台北部。

⑤ 东南倾：向东南方向倾侧。

⑥ 因之：依据越人的话。镜湖：又名鉴湖，在浙江绍兴南面。

⑦ 剡（shàn）溪：水名，在浙江嵊（shèng）州南面。

⑧ 谢公：指南朝诗人谢灵运。谢灵运喜欢游山。游天姥山时，他曾在剡溪这个地方住宿。渌（lù）：清。清猿：因其啼声凄清，故称清猿。

⑨ 谢公屐（jī）：谢灵运穿的那种木屐。《南史・谢灵运传》记载，谢灵运游山，备有一种特制的木屐，屐底装有活动的齿，上山时去掉前齿，下山时去掉后齿。木屐，以木板作底，上面有带子，形状像拖鞋。青云梯：指直上云霄的山路。

⑩ 半壁见海日：上到半山腰就看到从海上升起的太阳。天鸡：古代传说，东南有桃都山，山上有棵大树叫桃都，树枝绵延三千里，树上栖有天鸡，每当太阳初升，照到这棵树上，天鸡就叫起来，天下的鸡也都跟着它叫。

⑪ “迷花”句：迷恋着花，倚靠着石，不觉天色已经很晚了。暝（míng），日落，天黑。

⑫ “熊咆”句：熊在怒吼，龙在长鸣，岩中的泉水在震响。殷，这里用作动词，震响。栗深林，森林幽深，使人战栗。

⑬ 青青：黑沉沉的。澹澹：波浪起伏的样子。

⑭ 列缺：指闪电。

⑮ 洞天石扉，訇（hōng）然中开：仙府的石门，訇的一声从中间打开。石扉：石门。扉，一作“扇”。訇然：形容声音很大。

⑯ 青冥：指天空。浩荡：广阔远大的样子。金银台：金银铸成的宫阙，指神仙居住的地方。

⑰ 霓为衣：神仙以云为衣裳。《楚辞》有“青云衣兮白霓裳”。风为马：神仙以风为马。傅玄《吴楚歌》：“云为车兮风为马。”云之君：云中的神仙，见《楚辞・九歌・云中君》。

⑱ 虎鼓瑟：老虎弹着瑟。张衡《西京赋》：“白虎鼓瑟，苍龙吹篪。”

鸾回车：鸾鸟驾着车。鸾，传说中的如凤凰一类的神鸟。回，运转。

⑲ 恍：恍然，猛然。

⑳ 觉时：醒时。失向来之烟霞：刚才梦中所见的烟雾云霞消失了。向来，原来。

㉑ “且放”两句：暂且把白鹿放在青青的山崖间，等到要行走的时候就骑上它去访问名山。传说神仙或隐士多骑白鹿。须，等待。

㉒ 摧眉折腰：低眉弯腰。意为卑躬屈膝。

这是一首记梦诗，也是一首游仙诗。意境雄浑，变化多端，缤纷多彩的艺术形象，新奇的表现手法，向来为人传诵，被视为李白的代表作之一。诗歌分为三个部分，做梦前、梦境的描写和梦醒后。前八句写做梦前天姥山的峥嵘崔嵬。“我欲因之梦吴越”到“仙之人兮列如麻”，都是李白梦境中梦游所见。结尾写李白梦醒时的感受。李白的想象力和夸张在诗中梦游天姥部分也得到最充分的体现，仙境的描写宏伟壮阔，栩栩如生。梦醒后，梦境和现实的对比，李白感慨人生的失意。最后两句“安能摧眉折腰事权贵，使我不得开心颜”道出了千古文人的骨气，体现了李白高尚的人格魅力。“摧眉折腰”已为成语。

安能摧眉折腰事权贵，
使我不得开心颜！

蜀道难[①]

嘻吁嚱，危乎高哉！蜀道之难难于上青天！[②]
蚕丛及鱼凫，开国何茫然。[③]
尔来四万八千岁，不与秦塞通人烟。[④]
西当太白有鸟道，可以横绝峨眉巅。[⑤]
地崩山摧壮士死，然后天梯石栈相钩连。[⑥]
上有六龙回日之高标，下有冲波逆折之回川。[⑦]
黄鹤之飞尚不得过，猿猱欲度愁攀援。[⑧]
青泥何盘盘，百步九折萦岩峦。[⑨]
扪参历井仰胁息，以手抚膺坐长叹。[⑩]
问君西游何时还？畏途巉岩不可攀。[⑪]
但见悲鸟号古木，雄飞雌从绕林间。[⑫]
又闻子规啼夜月，愁空山。[⑬]
蜀道之难难于上青天，使人听此凋朱颜。[⑭]
连峰去天不盈尺，枯松倒挂倚绝壁。[⑮]
飞湍瀑流争喧豗，砯崖转石万壑雷。[⑯]
其险也如此，嗟尔远道之人胡为乎来哉！[⑰]
剑阁峥嵘而崔嵬，一夫当关，万夫莫开。[⑱]
所守或匪亲，化为狼与豺。[⑲]
朝避猛虎，夕避长蛇。磨牙吮血，杀人如麻。[⑳]
锦城虽云乐，不如早还家。[㉑]
蜀道之难难于上青天！侧身西望长咨嗟。[㉒]

（第一季 1 次，第三季 3 次，第四季 4 次）

①蜀道难：古乐府题，属《瑟调曲》，咏叹蜀道之艰难。

② 嘻吁嚱（xī）：惊叹声，蜀方言，表示惊讶的声音。

③ 蚕丛、鱼凫：传说中古蜀国两位国王的名字。何：多么。茫然：渺茫遥远的样子。

④ 尔来：从那时以来。四万八千岁：极言时间漫长，夸张之词。秦塞：秦的关塞，指秦地。通人烟：人员往来。

⑤ 当：对着，向着。太白：太白山，又名太乙山，在长安西。鸟道：指连绵高山间的低缺处，只有鸟能飞过，人迹所不能至。横绝：横越。峨眉巅：峨眉顶峰。

⑥ 地崩山摧壮士死：据《华阳国志·蜀志》记载，秦惠王想征服蜀国，知道蜀王好色，答应送给他五个美女。蜀王派五位壮士去接人。回到梓潼（今四川剑阁之南）的时候，看见一条大蛇进入穴中，一位壮士抓住了它的尾巴，其余四人也来相助，用力往外拽。不多时，山崩地裂，壮士和美女都被压死。山分为五岭，入蜀之路遂通。这便是“五丁开山”的故事。摧，倒塌。天梯，非常陡峭的山路。石栈，栈道。

⑦ 六龙：神话传说日神乘车，六条龙拉着。高标：指蜀道上成为标志的最高峰。冲波：水流冲击腾起的波浪，这里指激流。逆折：水流回旋。回川：有漩涡的河流。

⑧ 黄鹤：善飞的大鸟。尚：尚且。猿猱（náo）：蜀山中最善攀援的猴类。

⑨ 青泥：青泥岭，在今甘肃徽县南，陕西略阳县北。盘盘：曲折回旋的样子。百步九折：百步之内拐九道弯。萦：盘绕。岩峦：山峰。

⑩ 扪参历井：参（shēn）、井是两星宿名。古人把天上的星宿分别指配于地上的州国，叫作“分野”，以便通过观察天象来占卜地上所配州国的吉凶。参星为蜀之分野，井星为秦之分野。扪（mén）：用手摸。历：经过。胁息：屏气不敢呼吸。膺：胸。坐：徒，空。

⑪ 君：入蜀的友人。畏途：可怕的路途。巉（chán）岩：险恶陡峭的山壁。

⑫ 但见：只听见。号古木：在古树木中大声啼鸣。从：跟随。

⑬ 子规：即杜鹃鸟，蜀地最多，鸣声悲哀，像说“不如归去”。

⑭ 凋：凋谢。朱颜：红润美好的容颜。

⑮ 去：距离。盈：满。

⑯ 飞湍（tuān）：飞奔而下的急流。喧豗（huī）：喧闹声，这里指急流和瀑布发出的巨大响声。砯（pīng）崖：水撞石之声。壑：山谷。

⑰ 嗟：感叹声。尔：你。胡为：为什么。来：指入蜀。

⑱ 剑阁：在四川剑阁县北，是大、小剑山之间的一条栈道，长 30 余里，唐代在此设剑门关。峥嵘、崔嵬：都是形容山势高大雄峻的样子。一夫：一人。当关：守关。

⑲ 所守：指把守关口的人。或匪亲：倘若不是可信赖的人。匪，同“非”。
⑳ 朝：早上。吮（shǔn）：吸。
㉑ 锦城：成都。成都古代以产锦闻名，故称锦城或锦官城。
㉒ 咨嗟：叹息。

这首诗描绘了蜀道上惊险壮丽的山川，想象奇特瑰丽，天马行空，风格豪放不羁，是李白诗歌的代表作之一。诗歌大体按照由古至今，自秦入蜀的线索，抓住蜀地山水的特点，以展示蜀道之难。全诗分三段，从“噫吁嚱”到“然后天梯石栈相钩连”为一个段落，融合神话传说阐释蜀道之难的由来。从“上有六龙回日之高标”到“使人听此凋朱颜”为第二段落，极写山势之高危，蜀道之艰险。而后到结尾是一段落，描写蜀地的军事形势险要。“蜀道之难难于上青天”一句出现三次，回环反复，一唱三叹，既强调了蜀道之难，也体现了歌词的音乐美。李白诗歌以气盛，此诗把蜀道的气势写得淋漓尽致，使人望而生畏。“蜀道之难难于上青天”，现在也用来表达事物或世道人情的艰难险恶。

蜀道之难难于上青天！

行路难[①]

金樽清酒斗十千，玉盘珍羞直万钱。[②]
停杯投箸不能食，拔剑四顾心茫然。[③]
欲渡黄河冰塞川，将登太行雪满山。[④]
闲来垂钓碧溪上，忽复乘舟梦日边。[⑤]
行路难，行路难！多歧路，今安在？[⑥]
长风破浪会有时，直挂云帆济沧海。[⑦]

（第一季 2 次，第三季 4 次，第四季 3 次）

① 行路难：乐府旧题，多写世路艰难及离别悲伤之意。李白《行路难》共三首，这是第一首。

② 金樽（zūn）：古代盛酒的器具，以金为饰。清酒：清醇的美酒。斗十千：一斗值十千钱，形容美酒价高。玉盘：精美的食具。珍羞：珍贵的菜肴。羞：同“馐”，美味的食物。直：通“值”，价值。

③ 投箸（zhù）：丢下筷子。不能食：咽不下。茫然：无所适从。

④ 太行：太行山。

⑤ “闲来”两句：这两句暗用典故，姜太公吕尚曾在渭水的磻溪上钓鱼，得遇周文王，助周灭商；伊尹曾梦见自己乘船从日月旁边经过，后被商汤聘请，助商灭夏。这两句表示诗人自己对仕途仍有所期待。碧，一作“坐”。忽复，忽然又。

⑥ 多歧路，今安在：岔道这么多，如今身在何处？安，哪里。

⑦ 长风破浪：比喻实现政治理想。据《宋书·宗悫传》载，宗悫少年时，叔父宗炳问他的志向，他说：“愿乘长风破万里浪。”会：当。云帆：高高的船帆。济：渡。

李白《行路难》三首都是表达人生不得其出路的郁愤之情。这第一首抒发了李白怀才不遇的愤慨和迷茫，同时也表达了诗人乐观的精神和豪迈的气概，坚信自己终有出头之日。开头四句描写宴席上美酒佳肴，但是诗人却没有心情来享受。而后四句用比喻和典故来写自己怀才不遇、仕途上的不顺。最后几句表达自己的仕途虽坎坷难行，但是并没有气馁，相信终究会实现自己的政治理想。诗中“长风破浪会有时，直挂云帆济沧海”是千古名句，其乐观的精神激励后人坚信自己，努力奋进，终究会实现理想。“长风破浪”已为成语，比喻志向远大，不怕困难，奋勇前进。李白《行路难》其二、其三分别有名句“大道如青天，我独不得出”“且乐生前一杯酒，何须身后千载名”，为人所传诵。

明·戴进《仿燕文贵山水》

长风破浪会有时，

直挂云帆济沧海。

将进酒[1]

君不见黄河之水天上来，奔流到海不复回。[2]
君不见高堂明镜悲白发，朝如青丝暮成雪。[3]
人生得意须尽欢，莫使金樽空对月。[4]
天生我材必有用，千金散尽还复来。
烹羊宰牛且为乐，会须一饮三百杯。[5]
岑夫子，丹丘生，将进酒，杯莫停。[6]
与君歌一曲，请君为我侧耳听。[7]
钟鼓馔玉不足贵，但愿长醉不愿醒。[8]
古来圣贤皆寂寞，惟有饮者留其名。[9]
陈王昔时宴平乐，斗酒十千恣欢谑。[10]
主人何为言少钱，径须沽取对君酌。[11]
五花马，千金裘，呼儿将出换美酒，与尔同销万古愁。[12]

（第一季 1 次，第二季 3 次，第三季 4 次，第四季 6 次）

① 将进酒：乐府旧题，内容多写劝酒和唱歌。将（qiāng）：请。
② 君不见：乐府中常用的一种套语。天上来：黄河发源于青海，因那里地势极高，故称。
③ 高堂：高大的厅堂。青丝：黑发。
④ 得意：适意高兴的时候。
⑤ 会须：正应当。
⑥ 岑夫子：岑勋。丹丘生：元丹丘。两人均为李白的好友。
⑦ 与君：为君。侧耳：一作“倾耳”。
⑧ 钟鼓：富贵人家宴会中奏乐使用的乐器。馔（zhuàn）玉：形容食物如玉一样精美。不愿：一作“不用”“不复”。
⑨ 惟有饮者留其名：激愤之语。
⑩ 陈王：指陈思王曹植。平乐：宫观名。在洛阳西门外，为汉代富豪显贵的娱乐场所。恣：纵情任意。谑（xuè）：戏。
⑪ 径须：直须，只管。沽：买。

⑫ 五花马：毛为五色的名贵的马。千金裘：极名贵的皮裘。尔：你。销：同“消”。

李白的诗风雄浑豪放，在名篇《将进酒》中体现得淋漓尽致，诗歌宛如滔滔江水，一泻千里，读后给人酣畅淋漓之感。李白在长安放还之后，郁郁不得志，此诗是放还后与好友一起喝酒时所作。诗人借题发挥，借酒消愁，抒发自己的愤激情绪。诗歌开头是两组长句，气势非凡，感叹时光一去不复返。接下来八句劝人在有限的人生中，应当放飞自我，纵情饮酒，不必在意钱财。而后写诗人高歌一曲，表达对富贵生活的不以为然，用了曹植的典故来说饮者才能留名青史，依然是劝朋友喝酒。最后诗人酒兴大发，要把宝贵之物当了换酒喝，来消除心中的愁苦。此诗表面上看是在写劝酒享乐，实际上是在发泄政治上被排挤、打击的悲愤之情。全诗句式采用三、五、七言错杂，节奏急促，六次换韵，以配合动荡不安的情绪。“天生我材必有用”已成人生自信或赞美他人的经典名句。

天生我材必有用，

千金散尽还复来。

三五七言[1]

秋风清，秋月明。
落叶聚还散，寒鸦栖复惊。[2]
相思相见知何日？此时此夜难为情。[3]

（第一季 1 次）

① 三五七言：指诗歌格式为“三三五五七七”。
② 落叶聚还散：写落叶在风中时而聚集时而扬散的情景。寒鸦：寒天的乌鸦。
③ 难为情：思念之情难熬。

这首诗的体裁别具一格，是一首悲秋伤怀之诗。前四句写景，通过秋风、秋月、落叶、寒鸦营造了秋天悲凉萧瑟的氛围。最后两句“相思相见知何日？此时此夜难为情”抒情，也是千古佳句，表达了诗人思念的惆怅和忧伤之情。

相思相见知何日？
此时此夜难为情。

清平调词三首（其一）①

云想衣裳花想容，春风拂槛露华浓。②
若非群玉山头见，会向瑶台月下逢。③

（第三季2次，第四季3次）

① 清平调：唐教坊曲名，后用为词牌。相传开元中，李白供奉翰林，时宫中牡丹花盛开，玄宗于月夜赏花，召杨贵妃侍酒；以金花笺赐李白，命他创作新辞《清平调》，李白醉中写成三章，由李龟年歌之。
② 槛：栏杆。露华浓：牡丹花沾着晶莹的露珠更显得颜色艳丽。
③ 群玉：山名，传说中西王母所住之地。瑶台：指传说中的神仙居处。

《清平调词三首》都是李白在长安任翰林供奉时写的歌词。玄宗与杨贵妃赏牡丹花听歌，召李白作词助兴，李白才思敏捷，当场即完成三首，皆赞美杨贵妃之美。诗歌头两句“云想衣裳花想容，春风拂槛露华浓”是传诵的名句，说看见云就想起美人的衣裳，看见花就想起美人的容颜，美人的姿态就像春风夜露中的牡丹花一样，赞美杨贵妃貌美如花。后两句写这样的美人只能在仙境看到。诗歌夸赞不露痕迹，表面写云写花，实则写人，非常巧妙。

云想衣裳花想容，
春风拂槛露华浓。

清平调词三首（其二）

一枝红艳露凝香，云雨巫山枉断肠。①
借问汉宫谁得似？可怜飞燕倚新妆。②

（第一季 3 次，第三季 1 次，第四季 2 次）

① 红艳：此指红艳艳的牡丹花。云雨巫山：用宋玉《高唐赋》中巫山神女故事，说那只是梦幻，所以“枉断肠”。
② 可怜：可爱。飞燕：赵飞燕，西汉成帝的皇后，以美貌著称。倚新妆：凭借新颖别致的打扮修饰。

诗歌一开始描写牡丹花的艳丽和香气，实则以牡丹花比喻杨贵妃。而后写巫山神女是梦幻，如果一定要和美女相比的话，汉代美女赵飞燕凭借新颖别致的打扮倒可以和杨贵妃一比。赵飞燕是汉代非常出名的美女，如此美艳的美人还要依靠新妆才能与杨贵妃比肩，可见杨贵妃真是美丽无双啊。名句“借问汉宫谁得似？可怜飞燕倚新妆”现在也用来赞扬美女之美貌。

借问汉宫谁得似？
可怜飞燕倚新妆。

清平调词三首（其三）

名花倾国两相欢，长得君王带笑看。[1]
解释春风无限恨，沉香亭北倚阑干。[2]

（第二季 1 次，第三季 1 次，第四季 4 次）

① 名花：指牡丹花。倾国：此指杨贵妃。典出李延年《佳人歌》。
② 解释：消除。沉香亭：亭子名称，在唐兴庆宫龙池东。

《清平调词三首》第三首才正面描写杨贵妃，诗歌前两句写杨贵妃与牡丹花相得益彰，唐玄宗喜爱不已。第三、四句“解释春风无限恨，沉香亭北倚阑干”，表面写牡丹花消除了春风的恨意，实则写杨贵妃消除了玄宗心中的烦恼，精妙绝伦。“解释春风无限恨”，也用来赞美名花或美女令人心旷神怡。

解释春风无限恨

南陵别儿童入京[①]

白酒新熟山中归，黄鸡啄黍秋正肥。[②]
呼童烹鸡酌白酒，儿女嬉笑牵人衣。
高歌取醉欲自慰，起舞落日争光辉。[③]
游说万乘苦不早，著鞭跨马涉远道。[④]
会稽愚妇轻买臣，余亦辞家西入秦。[⑤]
仰天大笑出门去，我辈岂是蓬蒿人。[⑥]

（第一季 1 次，第二季 1 次，第三季 2 次，第四季 1 次）

① 南陵：安旗《李白研究·东鲁寓家地考》认为所指为曲阜南陵村。一说在今安徽南陵。

② 白酒：古代酒分清酒、白酒（浊酒）两种，这里指美酒。

③ 起舞落日争光辉：指人逢喜事光彩焕发，与日光相辉映。

④ 游说（shuì）：战国时代策士们劝说君主采纳其政治主张的一种活动。万乘（shèng）：君主。周朝制度，天子有车万乘，后来称皇帝为万乘。苦不早：恨不能早些年头见到皇帝。

⑤ 会稽愚妇轻买臣：用朱买臣典故。据《汉书·朱买臣传》载，会稽人朱买臣，家贫，好读书，以卖柴为生，还一边挑柴一边唱歌，他的妻子感到羞耻，要跟他离婚。朱买臣笑着说自己到 50 岁一定

唐·张萱《虢国夫人游春图》

富贵，现在已 40 多了。妻子听不进去，也瞧不起他，于是离他而去。不久朱买臣果然当上会稽太守。这里李白用“会稽愚妇”比自己的妻子，用朱买臣自比。西入秦：即从南陵动身西行到长安去。

⑥ 蓬蒿人：草野之人。用隐士张仲蔚所居之地“蓬蒿没人”的典故。

这首诗是李白寓居东鲁，听到玄宗召见入京的消息后，写下的得意之作。诗歌表达了李白的喜悦之情，认为自己时来运转，实现政治理想的时机到了。诗歌一开始就营造了庄稼丰收、儿童嬉笑、酒席歌舞的轻松愉悦氛围。而后写迫不及待入京面圣的心情，同时也抨击了那些目光短浅、轻视自己的世俗小人。名句“仰天大笑出门去，我辈岂是蓬蒿人”是李白得志时的自我肯定，体现了诗人的狂放不羁和对未来踌躇满志的心理，现在也用来表达超级自信的状态。

仰天大笑出门去，
我辈岂是蓬蒿人。

怨情[①]

美人卷珠帘，深坐颦蛾眉。[②]

但见泪痕湿，不知心恨谁。

（第四季1次）

① 怨情：悲怨的情怀。
② 颦（pín）蛾眉：皱眉。

这是一首闺怨诗，前两句描摹了一位美人坐愁的画像，紧锁眉头的美人坐着，后两句写美人泪痕斑斑，不知其恨谁，让人产生无限的遐想，是写情的佳句。全诗短短二十字将闺怨之情描绘得十分传神，含蓄有味。

宋·米芾《春山瑞松图》

但见泪痕湿，
不知心恨谁。

登金陵凤凰台①

凤凰台上凤凰游，凤去台空江自流。②
吴宫花草埋幽径，晋代衣冠成古丘。③
三山半落青天外，二水中分白鹭洲。④
总为浮云能蔽日，长安不见使人愁。⑤

（第一季1次，第三季2次）

① 凤凰台：古台名，今江苏省南京市凤台山上。
② 江：长江。
③ 吴宫：三国孙权建都时所造宫殿。晋代：指东晋，南渡后也建都于金陵。衣冠：代称士大夫、官绅。
④ 三山：山名，在金陵城西南江边，三峰并列，南北相连，故称。半落青天外：形容极远，看不大清楚。
⑤ 浮云蔽日：比喻奸臣当道，遮蔽贤良。浮云，比喻奸邪小人。陆贾《新语》：“邪臣之蔽贤，犹浮云之障日月也。”长安：这里指代朝廷和皇帝。

这首诗是李白天宝六年（747）游金陵时模仿崔颢《黄鹤楼》所作，但李白此诗的意旨比崔颢更为深远。开头四句怀古，面对金陵凤凰台凭吊历史，感慨昔日的繁华一去不复返。第五、六句描写了金陵的山水，对仗工整，气势壮阔。最后两句用浮云蔽日的比兴手法，暗示朝廷奸邪当道，遮蔽贤良，蒙蔽圣上，李白虽身在金陵，但心始终牵挂着长安，表达了李白报国无门的忧愁。“浮云蔽日”已为成语，原比喻奸佞之徒蒙蔽君主，后泛指小人当道，社会一片黑暗。

总为浮云能蔽日

金陵酒肆留别①

风吹柳花满店香，吴姬压酒劝客尝。②

金陵子弟来相送，欲行不行各尽觞。③

请君试问东流水：别意与之谁短长？

（第一季 1 次，第二季 1 次）

① 金陵：今江苏省南京市。酒肆：酒店。留别：临别留诗给送行者。

② 柳花：指柳絮。一说“柳花”指柳树开的鹅黄色花，又叫黄柳花。宋杨伯岩《臆乘·柳花柳絮》：“柳花与柳絮迥然不同。生于叶间成穗作鹅黄色者，花也；花既褪，就蒂结实，其实之熟乱飞如绵者，絮也。古今吟咏，往往以絮为花、以花为絮，略无区别，可发一笑。”满店香：指酒香。吴姬：吴地的青年女子，这里指酒店中的女招待。压酒：压糟取酒。古时新酒酿熟，临饮时才压糟取用。劝：一作“唤”。

③ 子弟：年轻人，指李白的朋友。欲行：将要走的人，指诗人自己。不行：不走的人，指金陵子弟。尽觞（shāng）：喝尽杯中的酒。觞，酒杯。

这是李白赠别诗的代表作之一，约作于开元二十四年（736）春。诗歌清丽流畅，洒脱飘逸。诗歌描写了人们欢送李白的场景，金陵酒肆中吴姬的热情和金陵子弟的好客，如在眼前。“请君试问东流水：别意与之谁短长？”李白信手拈来，已成千古名句，把难以表述的情感用源远流长的江水表达出来，使人感受到诗人深深的留恋。

请君试问东流水：
别意与之谁短长？

渡荆门送别①

渡远荆门外，来从楚国游。②
山随平野尽，江入大荒流。③
月下飞天镜，云生结海楼。④
仍怜故乡水，万里送行舟。⑤

（第二季2次，第三季3次，第四季4次）

① 荆门：山名，位于今湖北省宜都市西北长江南岸，与北岸虎牙山对峙，地势险要，自古即有楚蜀咽喉之称。渡荆门：船越过荆门山。

② 远：远自。荆门外：指蜀地。从：至。楚国：楚地，指今湖北一带，春秋时代属楚国。

③ 平野：平坦广阔的原野。江：长江。大荒：荒漠辽远的原野。

④ 月下飞天镜：明月映入江水，如同飞下的天镜。海楼：海市蜃楼，这里形容江上云霞的美丽景象。

⑤ 仍：依然。怜：怜爱。故乡水：指从蜀地流来的长江水。因诗人从小生活在蜀中，称蜀中为故乡。万里：喻行程之远。送：送李白的是故乡水。

这首诗是李白开元十三年（725）秋仗剑去国，离开家乡四川，由水路乘船越过荆门山时所作。诗歌描绘了诗人在船上所见的大自然景色，通过壮丽景色描写，感受到诗人兴致勃勃的无穷活力。李白自幼在蜀中读书学习，对家乡山水怀有真挚的感情，25岁第一次辞亲远游，自然壮志在胸，所描写景象也是开阔壮丽。“月下飞天镜，云生结海楼”两句是写景的名句，把倒映月亮的水面和天上的云彩写得浪漫奇特，艺术效果十分强烈，把李白首次出蜀的新鲜感受真切地写了出来。

月下飞天镜，
云生结海楼。

听蜀僧濬弹琴[①]

蜀僧抱绿绮，西下峨眉峰。[②]
为我一挥手，如听万壑松。[③]
客心洗流水，余响入霜钟。[④]
不觉碧山暮，秋云暗几重。[⑤]

（第四季2次）

① 蜀僧濬：即蜀地名濬的僧人。
② 绿绮（qǐ）：琴名。据传司马相如有名琴绿绮。这里以绿绮形容蜀僧濬的琴很名贵。峨眉：山名，在四川省峨眉县。
③ 挥手：这里指弹琴。万壑（hè）松：指万壑松声。这是以万壑松声比喻琴声。琴曲有《风入松》。壑，山谷。
④ “客心”句：意思是说，听了蜀僧濬弹的美妙琴声，客心中郁结的情怀，像经过流水洗了一样感到轻快。客，诗人自称。余响，指琴的余音。霜钟，指钟声。古代霜降鸣钟，故称。
⑤ “不觉”句：意思是说，因为听得入神，不知不觉天就黑下来了。

这首诗大约是天宝末期李白在宣城时所作，是李白写音乐的名篇。蜀僧弹琴的技艺高超，使李白陶醉其中，忘乎所以。诗歌主要从李白的主观感受写音乐的美妙。“为我一挥手，如听万壑松”两句是写音乐的名句，用大自然宏伟的音响比喻琴声，使人浮想联翩。

为我一挥手，
如听万壑松。

子夜吴歌[①]

秋　歌

长安一片月，万户捣衣声。[②]
秋风吹不尽，总是玉关情。[③]
何日平胡虏，良人罢远征！[④]

（第一季1次，第三季4次）

① 六朝乐府《清商曲辞·吴声歌曲》即有《子夜四时歌》，因属吴声曲，故又称《子夜吴歌》。李白的《子夜吴歌》共四首，分咏春、夏、秋、冬四季。

② 捣衣：把衣料放在石砧上用棒槌捶击，使衣料绵软以便裁缝。

③ 吹不尽：吹不散。玉关：玉门关，此代指边关。

④ 平胡虏（lǔ）：平定侵扰边境的敌人。良人：古时妇女对丈夫的称呼。罢：结束。

诗歌描写的是征夫的妻子思念远征边陲的丈夫，表达了战争给人带来的分别之苦。“长安一片月，万户捣衣声”，月光洒下，到处都是妇人的捣衣声，体现了被征去边陲打仗的人之多，征夫妻子的勤劳和对征夫的牵挂之情尽在其中。这两句之所以有名，是因为表面上纯粹在写景，实则在抒情。

长安一片月，
万户捣衣声。

关山月[1]

明月出天山，苍茫云海间。
长风几万里，吹度玉门关。
汉下白登道，胡窥青海湾。[2]
由来征战地，不见有人还。[3]
戍客望边色，思归多苦颜。[4]
高楼当此夜，叹息未应闲。[5]

（第三季2次）

① 关山月：乐府《横吹曲》调名。
② 下：指出兵。白登：今山西大同东有白登山。汉高祖刘邦领兵征匈奴，曾被匈奴在白登山围困了七天。胡：此指吐蕃。窥：有所企图，窥伺，侵扰。青海湾：即今青海省青海湖，湖因青色而得名。
③ 由来：自始以来；历来。
④ 戍客：征人也，驻守边疆的战士。边色：一作“边邑”。
⑤ 高楼：古诗中多以高楼指闺阁，这里指戍边兵士的妻子。

这首诗描绘了边塞的风光、戍卒的遭遇，更深一层转入戍卒与思妇两地相思的痛苦。开头的描绘都是为后面作渲染和铺垫，而侧重写望月引起的情思。

这首诗在内容上仍继承古乐府，但诗人笔力恢弘，又有很大的提高。诗的开头四句，主要写关、山、月三种因素在内的辽阔的边塞图景，从而表现出征人怀乡的情绪；中间四句，具体写到战争的景象，战场悲惨残酷；后四句写征人望边地而思念家乡，进而推想妻子月夜高楼叹息不止。最后四句与诗人《春思》中的“当君怀归日，是妾断肠时”属于同一笔调。而“由来征战地，不见有人还”又与王昌龄的“黄尘足今古，白骨乱蓬蒿”同步。

唐·李昭道的《春山行旅图》

明月出天山，
苍茫云海间。

长相思[①]

长相思，在长安。[②]
络纬秋啼金井阑，微霜凄凄簟色寒。[③]
孤灯不明思欲绝，卷帷望月空长叹。[④]
美人如花隔云端。
上有青冥之长天，下有渌水之波澜。[⑤]
天长路远魂飞苦，梦魂不到关山难。[⑥]
长相思，摧心肝。

① 长相思：乐府旧题，常以“长相思”三字开头和结尾。李白《长相思》共三首，这是第一首。
② 长安：今陕西省西安市。
③ 络纬：昆虫名，又名莎鸡，俗称纺织娘。金井阑：精美的井阑。簟（diàn）色寒：指竹席的凉意。
④ 帷：窗帘。
⑤ 青冥：青天。渌水：清水。
⑥ 关山难：关山难度。

诗歌描写的是相思之情。前四句通过对秋虫、秋霜、孤灯等景物的描写，营造了凄清孤独的氛围。而后写相思之苦。名句“美人如花隔云端”点出了相思的对象，写出了美人可望而不可即，高洁非凡之感。诗人只好长叹，尽管追求美人天长路远，苦不堪言，追求也没有结果，但是依然执着不舍，也体现了求之不得、辗转反侧的相思之苦。

美人如花隔云端。

菩萨蛮[①]

平林漠漠烟如织，寒山一带伤心碧。[②]
暝色入高楼，有人楼上愁。[③]
玉阶空伫立，宿鸟归飞急。[④]
何处是归程？长亭更短亭。

（第一季2次）

① 菩萨蛮：词调名。唐教坊有此曲。一本调名下有题目《题驿楼》。
② 平林：平地上的树林，与"山林"相对而言。漠漠：密布而迷蒙的样子。伤心碧：因李白此时正伤心，所以看碧绿色也伤心。一说"伤心"是万分的意思。
③ 暝色：日暮幽暗的景色。
④ 玉阶：台阶的美称。伫立：久久地站立。

这首词刻画的是游子思乡的形象，是李白在被流放夜郎途中经过朗州沧水驿（在今湖南常德市）时题写在驿站楼上的。开头用肃杀的秋景和苍茫的暮色起笔，接着写宿鸟归林从侧面烘托游子的思乡之情，最后以含蓄而有力的设问句点明了题意。全词脉络分明、跌宕有致、情景交融。作者以丰富的想象、娴熟的笔法为我们创造了高浑的艺术境界，被推为"百代词曲之祖"。

何处是归程？
长亭更短亭。

崔颢（704—754），汴州（今河南开封）人。唐开元年间进士，官至司勋员外郎。今存诗 40 多首，兼擅刚健与深婉两种格调。其《黄鹤楼》诗，严羽誉为唐人七言律诗第一，传说曾使李白折服。

黄鹤楼①

昔人已乘黄鹤去，此地空余黄鹤楼。②
黄鹤一去不复返，白云千载空悠悠。
晴川历历汉阳树，芳草萋萋鹦鹉洲。③
日暮乡关何处是，烟波江上使人愁。

（第一季 4 次，第二季 2 次，第三季 4 次，第四季 5 次）

① 黄鹤楼：故址在今湖北武汉市武昌蛇山的黄鹄矶上，传说因仙人子安驾黄鹤过此而得名，也传说三国时费祎乘黄鹤由此登仙。

② 乘黄鹤：崔颢原作“乘白云”，后人改为“乘黄鹤”，因《千家诗》《唐诗三百首》而流传开来。

③ 晴川：阳光照耀下的平川，这里指汉水平原。历历：清晰、分明的样子。鹦鹉洲：故址在今武汉市汉阳西南长江中，黄祖杀祢衡处。芳草：一作“春草”。

崔颢登黄鹤楼有所感，题此诗于楼上，抒发吊古怀乡之情，写法是模仿沈佺期《龙池篇》。美丽莫测的传说和历史悠久的黄鹤楼引起诗人诸多感慨。前四句是怀古，由黄鹤楼而感到过去许多美好的幻想都是空，流露出诗人淡淡的愁绪与失落。后四句诗人由古返今，由眼前的碧树、芳草而联想起《楚辞》中“王孙游兮不归，春草生兮萋萋”，于是思乡之情油然而生。传说李白登此楼，看到此诗，十分佩服，说：“眼前有景道不得，崔颢题诗在上头。”后来到金陵模仿此诗作《登金陵凤凰台》，后来又模仿一首《鹦鹉洲》。“黄鹤一去不复返”已为常用成语，比喻事物逝去不再重来。

明·安正文《黄鹤楼图》

黄鹤一去不复返，

杜甫（712—770），字子美，自称杜陵布衣，又称少陵野老，河南巩县（今河南巩义市）人，杜审言之孙。35岁之前主要是读书漫游，曾参加进士科考试，落榜。后居困长安近十年，以献《三大礼赋》，进入集贤院。安史之乱起，任左拾遗。晚年移家成都，建草堂于浣花溪，世称浣花草堂。后依节度使严武，获检校工部员外郎的虚职，故世称“杜工部”。永泰元年（765）春夏之交，离成都，至夔州（今重庆奉节），在夔州近两年，作诗400多首。大历三年（768）正月，出峡，辗转漂泊于湖湘之间。大历五年（770）夏五月，客居湖南耒阳，病卒。杜甫一生官职低微，生活贫苦，但忧国忧民，其诗多反映社会事件和民生疾苦，被称为“诗史”，诗风沉郁顿挫。杜甫是唐朝最伟大的现实主义诗人，被誉为“诗圣”，他与李白并称“李杜”“双子星座”，对后世影响十分深远。

赠卫八处士①

人生不相见，动如参与商。②
今夕复何夕，共此灯烛光。③
少壮能几时？鬓发各已苍。
访旧半为鬼，惊呼热中肠。④
焉知二十载，重上君子堂。
昔别君未婚，儿女忽成行。
怡然敬父执，问我来何方。⑤
问答未及已，儿女罗酒浆。
夜雨剪春韭，新炊间黄粱。⑥
主称会面难，一举累十觞。
十觞亦不醉，感子故意长。⑦
明日隔山岳，世事两茫茫。

（第二季1次，第四季1次）

① 卫八处士：杜甫年轻时的朋友。

② 动：动不动就。参（shēn）与商：参星与商星，参星在西而商星在东，

两星不同时出现。比喻人永远不能相遇。

③ 今夕复何夕：意思是：在这难忘的夜晚。“今夕何夕”是《诗经》里的话。

④ 旧：老朋友。热中肠：内心很悲痛。

⑤ 父执：父亲的好友。

⑥ 新炊：新煮的饭。间（jiàn）：掺和。

⑦ 故意：老友的情意。

这首诗作于安史之乱时。杜甫偶遇 20 年前的好友卫八处士，悲喜交集，无限感慨。想到许多老友都死了，能在这乱世中相逢实在不容易。杜甫受到了卫八处士全家的热情款待，感到非常温暖。两人一起喝了很多酒也不醉，可是明天又要分别，各人的命运又不知会怎样。诗读起来很是温暖动人，富有生活美和人情美。“人生不相见，动如参与商”“夜雨剪春韭，新炊间黄粱”都是写人情的名句。

夜雨剪春韭，

新炊间黄粱。

望 岳

岱宗夫如何？齐鲁青未了。①
造化钟神秀，阴阳割昏晓。②
荡胸生层云，决眦入归鸟。③
会当凌绝顶，一览众山小。④

（第一季2次，第二季2次）

① 岱宗：东岳泰山，别名岱宗。
② 造化：大自然。钟：聚集、集中。
③ 荡胸：使胸怀浩荡。决眦（zì）：睁大眼睛看。
④ 会当：该当，应该要去。凌：登上。

这是杜甫年轻时候写的一首写景诗。杜甫仰望东岳泰山，被它巍峨壮丽的景象所吸引，于是决心要去攀登它的最高峰，就可以俯视天下，表现了杜甫坚韧不拔的性格和远大的政治抱负。“会当凌绝顶，一览众山小”，常被用来表达一个人的志向和抱负。

会当凌绝顶，
一览众山小。

春　望

国破山河在，城春草木深。[②]
感时花溅泪，恨别鸟惊心。[②]
烽火连三月，家书抵万金。
白头搔更短，浑欲不胜簪。[③]

（第一季 6 次，第二季 1 次，第三季 2 次，第四季 3 次）

① 国：国家。城：都城长安。
② “感时”句：感叹时事，眼泪溅到花上。也可理解为拟人手法。
③ 浑：简直。不胜簪（zān）：连簪子也插不住。

这首诗是杜甫被安史叛军困于长安时写的。首联通过山河破碎、草木丛生的整体状写，反映安史之乱给社会国家带来的巨大破坏，流露诗人的无限忧伤。“感时花溅泪，恨别鸟惊心”，诗人寓情于物，托物抒情，因国破家离的悲痛，导致诗人所见一切都弥漫着伤情。花无情而有泪，实写诗人的内心在滴泪；鸟无恨而惊心，其实是诗人受时局影响闻鸟鸣而心自惊，真可谓一切景语皆情语。颔联写与亲人音讯阻隔下苦盼团圆的心情，“家书抵万金”可谓乱离中人的普遍心声。尾联写自己因战乱而造成的憔悴、衰老形象，“搔”字写出诗人无计可施、徘徊焦虑的苦闷无聊。此处专写头发白且变少，以夸张之笔来渲染内心的痛苦和愁怨，使读者更加深切地体会到诗人伤时忧国、思念家人的情怀。

感时花溅泪，
恨别鸟惊心。

佳　人

绝代有佳人，幽居在空谷。
自云良家子，零落依草木。
关中昔丧乱，兄弟遭杀戮。①
官高何足论？不得收骨肉。②
世情恶衰歇，万事随转烛。③
夫婿轻薄儿，新人美如玉。
合昏尚知时，鸳鸯不独宿。④
但见新人笑，那闻旧人哭！
在山泉水清，出山泉水浊。
侍婢卖珠回，牵萝补茅屋。
摘花不插发，采柏动盈掬。⑤
天寒翠袖薄，日暮倚修竹。⑥

明·仇英《人物故事图册》

① 关中昔丧乱：指安史之乱中长安被安史叛军占领。
② 官高：指佳人出身高官家庭。
③ 恶（wù）衰歇：嫌弃衰落失势的人。转烛：像风中的烛光摇摆不定。
④ 合昏：合欢花，早开晚合。
⑤ 采柏动盈掬：动不动就采一满把柏树叶。柏树常绿，比喻坚贞。
⑥ 修竹：长长的竹子。竹子有节，象征贞节。

这首诗是乾元二年（759）秋杜甫在秦州所作。写一个绝代佳人，在战乱时亲人被杀，自己也被丈夫抛弃，就带着侍婢在深山空谷里幽居。生活很清苦，但她没有向命运低头，仍然坚守自己的品节。杜甫同情她的悲惨命运，又赞美她的高尚情操。全诗除了首尾四句外，全是佳人的自述，读来凄凉感人。“绝代有佳人，幽居在空谷”“但见新人笑，那闻旧人哭”“在山泉水清，出山泉水浊”都是发人深思的名句。

绝代有佳人，
幽居在空谷。

旅夜书怀

细草微风岸，危樯独夜舟。①
星垂平野阔，月涌大江流。②
名岂文章著？官应老病休。③
飘飘何所似？天地一沙鸥。④

（第二季 2 次，第三季 3 次，第四季 3 次）

① 危樯：高竖的桅杆。独夜舟：是说自己孤零零的一个人夜泊江边。
② 月涌：月亮倒映，随水流涌。
③ 文章著：以诗文而著名。
④ 飘飘：飞翔的样子，此处含飘零、漂泊的意思。

大历三年（768），诗人乘舟出三峡，至荆门而作此诗。首联写途中所见，诗人此时应该是在船上，岸上所见是微风吹拂着细草，所乘之船还竖着高高桅杆，在月夜里孤独地停泊着。这两句颇有几分凄凉寂寞的基调，见出诗人的身世之悲。“星垂平野阔，月涌大江流”是写长江夜景的名句，明星低垂，平野广阔；月随波涌，大江东流。景中含情，雄浑阔大之景反衬出诗人孤苦伶仃的形象和颠沛流离的凄怆心情。颈联以反语自我解嘲，杜甫确实是以诗文而著名的，却偏说不是；休官明明是因论事见弃，却说是因自己老病所致，在矛盾的表述中见出诗人的无奈之情和不平之气。尾联写飘零无依之况，以沙鸥作喻，一字一泪，感人至深。“星垂平野阔，月涌大江流”一联，可与李白“山随平野尽，江入大荒流”相辉映。

星垂平野阔，
月涌大江流。

前出塞（其六）

挽弓当挽强，用箭当用长。①
射人先射马，擒贼先擒王。②
杀人亦有限，列国自有疆。③
苟能制侵陵，岂在多杀伤！④

（第三季2次，第四季1次）

① 挽：拉。当：应当。长：指长箭。
② 擒：捉拿。
③ 亦有限：也有个限度，有个主从。列国：大国。《左传》："列国有凶。"孔颖达疏："列国，谓大国也。"疆：边界。
④ 苟能：如果能。侵陵：侵犯。岂：难道。

杜甫一生有两次集中写过《出塞》诗，早期写成的《出塞》共九首，为与后来所写的五首《出塞》相区别，特加以"前""后"两字。这首诗为《前出塞》中的第六首，写天宝末年哥舒翰征伐吐蕃的时事，意在讽刺唐玄宗的穷兵黩武。诗的前四句，分别从弓、箭、人、马等方面写作战使用武器及策略，体现了杜甫的军事见解，很具哲理性。后四句表达克敌思想，反对杀伐，强调以"制侵陵"为限度，不能乱动干戈，更不应以黩武为能事，提出守边镇国的长远之计。"射人先射马，擒贼先擒王"，写作战时先射马、先擒王是取得胜利的关键。人们据此引申出一个道理：处理问题应关注要害，抓住问题的关键。

射人先射马，
擒贼先擒王。

后出塞（其二）

朝进东门营，暮上河阳桥。①
落日照大旗，马鸣风萧萧。②
平沙列万幕，部伍各见招。③
中天悬明月，令严夜寂寥。
悲笳数声动，壮士惨不骄。④
借问大将谁？恐是霍嫖姚。⑤

（第一季 1 次，第四季 1 次）

① 东门营：洛阳东面门有“上东门”，军营在东门，故曰“东门营”。河阳桥：在河南孟津县，为通河北的必经之道。
② 大旗：大将所用的红旗。
③ 幕：帐幕。列：整齐地排列。招：集合。
④ 悲笳：悲凉的笳声。
⑤ 霍嫖姚：汉霍去病为嫖姚校尉，百战百胜，屡建奇功，有名言“匈奴未灭，何以家为？”

这是《后出塞》的第二首。此诗从一个出征士兵的视角，写行军、驻军的所见和所感。首四句写出征路线及边地景象；中四句写驻军地的气氛与环境；后四句先写月夜军营里悲笳声动，士兵的情绪反应，以士兵对大将是谁的自问自答作结。“恐是霍嫖姚”的猜想，见出诗人对大唐国威的高度自信。“落日照大旗，马鸣风萧萧”，写出落日之下军旗在朔风中飘展，战马迎风嘶鸣的壮观景象，场面宏大壮阔，气象庄严肃穆，构成一幅颇为宏伟的行军图。

落日照大旗，
马鸣风萧萧。

饮中八仙歌

知章骑马似乘船，眼花落井水底眠。①
汝阳三斗始朝天，道逢曲车口流涎，恨不移封向酒泉。②
左相日兴费万钱，饮如长鲸吸百川，衔杯乐圣称避贤。③
宗之潇洒美少年，举觞白眼望青天，皎如玉树临风前。④
苏晋长斋绣佛前，醉中往往爱逃禅。⑤
李白一斗诗百篇，长安市上酒家眠，
天子呼来不上船，自称臣是酒中仙。⑥
张旭三杯草圣传，脱帽露顶王公前，挥毫落纸如云烟。⑦
焦遂五斗方卓然，高谈雄辩惊四筵。⑧

（第一季 1 次，第二季 1 次，第三季 1 次，第四季 1 次）

① 知章：即贺知章，自号“四明狂客”。

② 汝阳：汝阳王李琎，唐玄宗的侄子。朝天：朝见天子。曲（qū）车：酒车。移封：改换封地。酒泉：郡名，在今甘肃酒泉市。传说郡城下有泉，味如酒，故名酒泉。

③ 左相：指左丞相李适之。长鲸：鲸鱼。古人以为鲸鱼能吸百川之水，故用来形容人的酒量之大。衔杯：贪酒。圣：酒的代称。避贤：让贤。

④ 宗之：崔宗之，吏部尚书崔日用之子，袭父封为齐国公，官至侍御史。觞：大酒杯。白眼：晋阮籍能作青白眼，遇俗人视以白眼。这里喻崔宗之傲世疾俗。玉树临风：比喻崔宗之风度翩翩。

⑤ 苏晋：开元名士，官至中书舍人，深受玄宗赏识。长斋：长期斋戒吃素。绣佛：画的佛像。逃禅：这里指不守佛门戒律。

⑥ 酒中仙：李白曾酒醉后自许是酒中仙人。

⑦ 张旭：唐代著名书法家，善草书，时人称为“草圣”。脱帽露顶：写张旭狂放不羁的醉态。

⑧ 焦遂：布衣之士，以嗜酒闻名。卓然：神采焕发的样子。

这是一首刻画人物的“肖像诗”。画卷中共展示了盛唐时期八个知名的人物，他们或地位显赫，或举止不凡，或在诗文书法上独领风骚。最主要的是皆善饮酒，在风神姿态上有豪放、旷达的共性，故名“饮中八仙”。诗人以洗练之语进行人物速写，突出每个人的主要特点和个性，构成一幅栩栩如生的群像图，以人物风神展示了盛唐气象。值得注意的是，其他七位或两句或三句，只有李白用了四句，可见杜甫对李白的特殊感情。“天子呼来不上船，自称臣是酒中仙”，可谓刻画诗仙李白的千古名句，把李白豪放纵逸、傲视王侯的个性勾勒得十分传神。

天子呼来不上船，
自称臣是酒中仙。

登　高

风急天高猿啸哀，渚清沙白鸟飞回。[①]
无边落木萧萧下，不尽长江滚滚来。[②]
万里悲秋常作客，百年多病独登台。[③]
艰难苦恨繁霜鬓，潦倒新停浊酒杯。[④]

（第一季 2 次，第二季 1 次，第三季 4 次，第四季 5 次）

① 啸哀：指猿的叫声凄厉。渚（zhǔ）：水中的小洲。回：盘旋。
② 落木：秋天飘落的树叶。萧萧：草木飘落的声音。
③ 万里：形容离故乡之远。常作客：长期漂泊他乡。百年：一生。
④苦恨：甚恨，深恨。繁霜鬓：满头白发。潦倒：困顿，衰颓。新停：刚刚停止。杜甫晚年因病戒酒，故言“新停”。

此诗又题作《九日登高》，作于唐代宗大历二年（767）秋天的重阳节，为杜甫晚年寓居夔州时的作品。此诗的最大特点在于善写壮阔之景。前四句写景。首联从远处着笔，以风急、猿啸、鸟飞突出环境之萧瑟苍茫，写得有声有色。次联转向远山长江，写出落木萧萧、江水滚滚的雄浑气象。后四句抒情。依次写自己晚年的悲境，万里显离家之远，百年、繁霜显身体之衰老，停酒显疾病缠身，连唯一可解忧之酒也享用不得。“无边落木萧萧下，不尽长江滚滚来”一联，以浓缩之笔，高度概括出秋天肃杀空旷的景色，与诗人岁暮感伤、壮志难酬的心境相互衬托。成语“穷困潦倒”即出自本篇。

无边落木萧萧下，
不尽长江滚滚来。

蜀相

丞相祠堂何处寻？锦官城外柏森森。①
映阶碧草自春色，隔叶黄鹂空好音。②
三顾频烦天下计，两朝开济老臣心。③
出师未捷身先死，长使英雄泪满襟！④

（第一季 3 次，第二季 2 次，第三季 2 次，第四季 2 次）

① 丞相：与题目中“蜀相”都指三国时期的诸葛亮。丞相祠堂，即武侯祠，在今成都。锦官城：成都的别称。柏森森：柏树茂盛繁密的样子。

② 阶：台阶。空：徒然，白白的。

③ 三顾：指刘备三顾茅庐问计诸葛亮的史事。频烦：多次搅扰，多次请示。两朝开济：指诸葛亮辅助刘备开创帝业，后又辅佐刘禅。两朝，刘备、刘禅父子两朝。开，明朗。济，扶助。“频烦”与“开济”对仗，皆是偏正性动词。

④ 出师：出兵。捷：胜利。襟（jīn）：衣襟。

此诗为杜甫于安史乱后迁居成都时所作。时在唐肃宗上元元年（760）春天，杜甫探访了诸葛武侯祠，写下了这首感人肺腑的千古绝唱。首联以问起句，交代武侯祠的位置和环境，“柏森森”点出环境的幽深静谧。颔联写景，声色虽美，但很凄凉。“自”“空”两字可见诸葛之孤独，来此悼念的人很少。颈联写诸葛亮对蜀汉的贡献及对刘备父子的耿耿忠心。尾联以统一大业未成而身死的遗憾，表达诗人对诸葛亮的深切痛惜和感慨。杜甫忠君爱国，以“致君尧舜”为一生的至高理想，诸葛亮是他心目中“贤臣”的偶像，诗人借诸葛亮事迹的抒写，在景仰中委婉地流露自己的志向和追求。

出师未捷身先死，
长使英雄泪满襟！

春夜喜雨

好雨知时节，当春乃发生。①
随风潜入夜，润物细无声。②
野径云俱黑，江船火独明。③
晓看红湿处，花重锦官城。④

（第一季 2 次，第二季 2 次，第三季 2 次，第四季 3 次）

① 乃：就。发生：出现。
② 潜：暗暗地，悄悄地。这里指春雨在夜里悄悄地随风而至。润物：使植物受到雨水的滋养。
③ 野径：乡间的小路。俱：全。火：渔火。
④ 晓：天刚亮的时候。红湿处：雨水湿润的花丛。花重（zhòng）：花因为饱含雨水而显得沉重。锦官城：成都的别称。

这首赞美春雨的律诗，写于寓居成都时期，是难得的轻松明快的诗，是杜甫的名作。首联以拟人手法赞美春雨知时而下的特点。第二联从听觉上赞美春雨细密轻柔的特点，“潜”“细”两字写出春雨悄悄降临、滋润万物的美好，很好地照应首联“好雨”。第三联写春夜雨夜的特点，“俱黑”与“独明”形成鲜明的映衬和对照，衬托出春夜的安宁与静谧。尾联为想象之语，以“重”字来形容经雨水浸润后的花给人的感受，十分传神。“润物细无声”是本诗的哲理名句，人们经常以此来比喻循循善诱、潜移默化的教育方式和效果。

润物细无声。

水槛遣心[①]

去郭轩楹敞，无村眺望赊。[②]
澄江平少岸，幽树晚多花。
细雨鱼儿出，微风燕子斜。
城中十万户，此地两三家。

（第一季 1 次）

① 水槛（jiàn）：临水的栏杆。
② 去郭：远离城郭。轩楹：指廊间。敞：宽敞明朗。赊（shē）：远。

这是一首颇为知名的写景诗，写的是成都草堂周围的景物。通过环境的清幽美好映衬诗人安闲自得的心情及对大自然的热爱。首联写草堂的环境：草堂离城郭较远，庭园开阔宽敞，旁无村落，因而诗人能够极目远眺。中间两联写眺望到的景象。其中“细雨鱼儿出，微风燕子斜”分别将“细雨”“微风”放在句首，突出自然状态的舒适宜人。“出”写出了鱼的欢欣，主动浮出水面来透气，十分亲切自然；“斜”写出了燕子的轻盈，真切生动。诗人观察入微、描绘细致，准确地再现出微风细雨中鱼和燕子的动态，透露出作者内心的喜悦心情，及对自然的亲近与陶醉。最后诗人以对比手法，突出草堂的闲适幽静，衬托自己悠闲自得的心境。

细雨鱼儿出，
微风燕子斜。

月　夜

今夜鄜州月，闺中只独看。[①]
遥怜小儿女，未解忆长安。[②]
香雾云鬟湿，清辉玉臂寒。[③]
何时倚虚幌，双照泪痕干。[④]

（第四季 4 次）

① 鄜（fū）州：今陕西省富县。当时杜甫的家属在鄜州的羌村，杜甫在长安。闺中：指妻子所住的房屋。看，读 kān。
② 怜：爱。未解：尚不懂得。
③ 清辉：月光。清辉玉臂寒：凄清的月光照在妻子的玉臂上，显得寒凉。
④ 虚幌：透明的窗帷。双照：指月光照着杜甫和妻子。

此诗写于安史之乱初期，当时杜甫困于长安，妻儿安置于鄜州之羌村。国家动乱，亲人阻隔，杜甫于是写下了这首感人的思亲之作，也是杜甫罕见的专写妻子的诗。这首诗写法独特，全诗都是想象之词，没有一句是正面描写。“遥怜小儿女，未解忆长安”表面上是说小儿女因为太小，不懂得思念长安的爸爸，而实际上是在说小儿女因为太小，不理解妈妈在望月思念爸爸。这两句委婉细腻，写情传神，成为名句。第三联两句情景相融，雾气本无香与不香，但因为笼罩于妻子发髻而称香雾，见出杜甫对妻子的深爱；“清辉玉臂寒”，以月光之皎洁衬妻子手臂的寒凉，也担心妻子着凉，对妻子的万千怀念与关切尽在描写中。最后一联，想象夫妻团聚的美好情景。“清辉玉臂寒”已成为怜香惜玉的名句。

清辉玉臂寒。

登岳阳楼

昔闻洞庭水，今上岳阳楼。①
吴楚东南坼，乾坤日夜浮。②
亲朋无一字，老病有孤舟。③
戎马关山北，凭轩涕泗流。④

（第一季 3 次，第四季 1 次）

① 洞庭水：即洞庭湖，因格律须用仄声字。岳阳楼：在今湖南省岳阳市，临洞庭湖。

② 吴楚：泛指春秋时吴国和楚国的故地。坼（chè）：裂开。乾坤：天地。一说指日月。

③ 一字：指简短的信札。

④ 戎（róng）马：比喻战事。戎马关山北：北方边关战事又起。凭轩：倚着楼窗。涕泗：眼泪。

杜甫此诗作于大历三年（768）十二月，被人赞为盛唐五律第一。这首诗把江山之景、身世之悲、家国之乱三者合并在一起来写，情景交融，沉郁顿挫。颔联“吴楚东南坼，乾坤日夜浮”是写洞庭湖的名句，大开大合，一“坼”一“浮”，把洞庭湖的气象描绘得雄浑壮阔，可与孟浩然“气蒸云梦泽，波撼岳阳城”媲美。“亲朋无一字，老病有孤舟”是写苦情或身世之悲的名句，远离亲朋，音讯全无，老而漂泊，疾病缠身。尾联感伤国事，明知国家战乱，自己却报国无门，禁不住涕泪直下，令人无不为之唏嘘。

亲朋无一字，
老病有孤舟。

曲江二首（其二）[①]

朝回日日典春衣，每日江头尽醉归。[②]
酒债寻常行处有，人生七十古来稀。[③]
穿花蛱蝶深深见，点水蜻蜓款款飞。[④]
传语风光共流转，暂时相赏莫相违。[⑤]

（第一季 2 次，第三季 1 次，第四季 1 次）

① 曲江：曲江池，在今陕西省西安市东南，是唐代节日游赏胜地。
② 朝回：上朝回来。典：典当。
③ 寻常：多而平常。“寻常”又是古代长度单位，八尺为寻，一丈六尺为常。这里借“寻常”的长度单位与“七十”对仗，叫作“借对”。行处：到处。
④ 深深：在花丛深处。见（xiàn）：现。款款：形容徐缓的样子。
⑤ 传语：传话给。风光：风景，景物。共流转：在一起逗留、盘桓。违：违背，错过。

本篇作于乾元元年（758）暮春，当时杜甫在朝任左拾遗，通过醉酒赏春的行乐，来抒写心中的郁闷。因为日日醉酒，典衣已抵不上酒债了，说明还赊了酒钱。这不能不引人深思：为什么要日日尽醉呢？“人生七十古来稀”，就是人生短暂，诗人给出一个似答非答的理由，实际上别有深意。“人生七十古来稀”已经作为成语和谚语融入历代人民群众的生活中，成为日常生活用语，用以表达对 70 岁或以上之人的称赞，或者表达享高寿不易。

人生七十古来稀。

江　村

清江一曲抱村流，长夏江村事事幽。①
自去自来梁上燕，相亲相近水中鸥。②
老妻画纸为棋局，稚子敲针作钓钩。③
多病所须唯药物，微躯此外更何求？④

（第一季 1 次，第四季 1 次）

① 清江：清澈的江水。江：指锦江，在成都西郊的一段称浣花溪。抱：环绕。长夏：指夏日。因其白昼较长，故称。幽：幽静，安闲。

② 自去自来：来去自由，无拘无束。梁：一作“堂”。相亲相近：相互亲近。

③ 画纸为棋局：在纸上画棋盘。稚子：年幼的儿子。

④ 多病所须唯药物：一作“但有故人供禄米”。微躯：微贱的身躯，是作者自谦之词。

这首诗写于唐肃宗上元元年（760），写初夏浣花溪畔恬静幽雅的田园景象。首联写村居环境，诗人所居之处，清江环绕，幽静安详。“事事幽”为全诗之眼目，后面之景由此而生发。中间两联写“事事幽”的具体事情物态。梁上的燕子自去自来，水中鸥鸟相亲相近，以拟人手法状和谐之景。接着写人的活动，由于生活暂得安定，老妻悠闲地在纸上画棋局，稚子在敲打制作钓鱼的针钩，人人都乐在其中，诗人也自然地感到舒心和惬意。这两句写生活琐事的细节，颇受人称赞。结句说多病之躯所须者唯有药物，其他别无所求了。作为大诗人，胸怀“致君尧舜”的伟大志向，被生活挤压到如此境况，在表面似乎从容的话语里，不知隐藏着多少的凄苦和辛酸！

自去自来梁上燕，
相亲相近水中鸥。

客　至

喜崔明府相过①

舍南舍北皆春水，但见群鸥日日来。②
花径不曾缘客扫，蓬门今始为君开。③
盘飧市远无兼味，樽酒家贫只旧醅。④
肯与邻翁相对饮？隔篱呼取尽余杯。⑤

（第一季 1 次，第四季 1 次）

① 明府：县令的美称。相过：来访。
② 舍：指家。但见：只见。
③ 花径：长满花草的小路。缘：因为。蓬门：用蓬草编成的门户。
④ 盘飧（sūn）：盘盛食物的统称。市远：离集市远。兼味：两种以上的菜肴。樽：酒器。旧醅：隔年的陈酒。
⑤ 肯：能否允许，这是向客人征询。呼取：叫，招呼。余杯：余下来的酒。

杜甫此诗作于寓居成都时期，是一首洋溢着浓郁生活气息的纪事诗。诗人有客相过，以酒待客，并邀邻翁共饮，表现诗人诚朴的性格和喜客的心情。首联写户外之景色，点明时间和地点。这里春水环绕，鸥鸟相狎，环境充满着诗意，又有友人来访，心情格外高兴。颔联转写庭院，引出“客至”。长满花草的庭院小路，还没有因为迎客打扫过。一向紧闭的柴门，今天才第一次为你崔明府打开，见出主客交情不浅。颈联写以酒待客，照应“客至”主题。因生活贫困，愧无美酒佳肴相待。尾联没有再写与朋友交杯换盏的场面，而是把招呼的对象转到邻翁。诗人高声呼喊着，请邻翁共饮作陪。这一细节描写，细腻逼真，把饮酒交流的气氛推向更热烈的高潮。

花径不曾缘客扫，
蓬门今始为君开。

江畔独步寻花

黄四娘家花满蹊，千朵万朵压枝低。①

留连戏蝶时时舞，自在娇莺恰恰啼。②

（第二季 1 次，第三季 1 次，第四季 2 次）

① 黄四娘：杜甫住成都草堂时的邻居。蹊（xī）：小路。千朵：一作“千花”（见《东坡题跋》），平仄才合律。

② 留连：徘徊舍不得离去。娇：可爱的样子。恰恰：象声词，形容莺叫声。

《江畔独步寻花》绝句共七首，这是第六首，写寻花到了黄四娘家的所见所感。第一、二句直写黄四娘家繁花盛开的热闹情景，语言自然如生活语，但饶有意趣和兴味。“留连戏蝶时时舞，自在娇莺恰恰啼”写花丛中彩蝶蹁跹、黄莺歌唱的热闹情景。“留连”和“自在”均为双声词，如贯珠相连，音调宛转；“时时”和“恰恰”均为叠词，渲染出一派有声有色的春景，同时也透露出诗人流连忘返、陶然沉醉的喜悦心情。

留连戏蝶时时舞，

自在娇莺恰恰啼。

赠花卿[1]

锦城丝管日纷纷，半入江风半入云。[2]
此曲只应天上有，人间能得几回闻？[3]

（第一季 3 次，第三季 1 次）

① 花卿：成都尹崔光远的部将花惊定。杜甫另有《戏作花卿歌》写花惊定作为平定叛乱的猛将，功高却得不到重用，理应到皇帝身边去守卫京城。

② 锦城：锦官城，即成都。丝管：弦乐器和管乐器，这里泛指音乐。纷纷：形容乐曲的轻快悠扬。入江风：指声音清和。入云：指声音高亢。

③ 天上：双关语，表面上指天宫，实指皇宫。

这首绝句，读来明白如话，历来有两种不同的解释。一种解释认为这是一首赞美诗，没有讽刺意思；另一种解释认为这是一首讽刺诗，表面赞美暗含讽刺。“此曲只应天上有，人间能得几回闻”，若理解成对花卿的赞美，则诗意为：花卿之功就如同这音乐，只应在天上，即只应在皇帝身边，人间能有几人比得上花卿的？若理解成对花卿的讽刺，则诗意为：如此美妙的曲子是只有皇宫才能演奏的，为什么锦官城花卿家也能听到呢？讽刺花卿僭用天子音乐。“此曲只应天上有”已成为赞美音乐的日常用语。

此曲只应天上有

月夜忆舍弟[1]

戍鼓断人行，秋边一雁声。[2]
露从今夜白，月是故乡明。[3]
有弟皆分散，无家问死生。[4]
寄书长不达，况乃未休兵。[5]

（第一季 1 次，第二季 1 次，第三季 2 次，第四季 5 次）

① 舍弟：谦称自己的弟弟。

② 戍鼓：戍楼上的更鼓。戍，驻防。断人行：指鼓声响起后，就开始宵禁。秋边：秋天的边塞。一作“边秋”。

③ 露从今夜白：指节气“白露”夜晚。

④ “有弟”两句：意思是说，弟兄分散，家园无存，互相间都无从得知死生的消息。

⑤ 长：一直。达：送到。况乃：何况是。休兵：战争结束。

这首诗是乾元二年（759）秋杜甫在秦州（今甘肃省天水市）所作，是一首战乱中怀乡思亲的名作。首联从边塞秋声写起，阵阵戍鼓响起，行人被禁止通行，天空传来几声孤雁的哀鸣，更加使人觉得荒凉寂寞。“露从今夜白”，点明时节，在白露节的夜晚，清露盈盈，令人顿生寒意。“月是故乡明”，由眼前之月想象故乡之月。因为怀念故乡，对那里有感情，所以说故乡的月亮最明。此句不仅是杜甫个人的感受，也写出普天下离家者的共同感受，其实天下的月亮都一样亮，只因为对故乡感情深厚，才觉得故乡的月亮更亮。颈联写弟兄离散、家园不存，亲人音讯断绝、生死难卜。尾联以书信难达来寄托苦思，照应忆弟之题。在安史之乱中，杜甫颠沛流离，备尝艰辛，既怀家愁，又忧国难，真是感慨万端。稍一触动，千头万绪便一齐从笔底流出，所以把常见的怀乡思亲的题材写得如此凄楚哀感，沉郁顿挫。

月是故乡明。

咏怀古迹五首（其三）

群山万壑赴荆门，生长明妃尚有村。①
一去紫台连朔漠，独留青冢向黄昏。②
画图省识春风面，环佩空归月夜魂。③
千载琵琶作胡语，分明怨恨曲中论。④

（第二季 2 次，第四季 4 次）

① 荆门：山名，在今湖北宜都西北。明妃：指王昭君。
② 去：离开。紫台：汉宫，紫宫。朔漠：北方的沙漠。青冢：指王昭君的坟墓。
③ 省（shěng）识：略识，实际是不识。春风面：比喻美丽的容貌。
④ 胡：这里指匈奴。论（lún）：倾诉，诉说。

此诗是杜甫寓居夔州（今重庆奉节）时所作。这里距离王昭君的故乡不远，诗人专访昭君故乡，借咏昭君的命运和遭遇，既寄予深切的同情，也表达自己漂泊异乡的悲伤和忧国怀乡的感情。首联点出昭君生长的环境，是在群山万壑的山村里，这样雄伟的环境适合生长非凡的人物。“群山万壑赴荆门”是为了烘托昭君的不平凡，乃是惊天动地之人。“独留青冢向黄昏”则感叹昭君结局十分凄凉，此句现已成为感叹人结局凄凉的名句。“画图省识春风面，环佩空归月夜魂”反映昭君遭受的不平待遇，即便化为魂魄也会在月夜中回归故里，对于昭君远嫁、埋骨青冢饱含同情。结尾“千载琵琶作胡语，分明怨恨曲中论”说千载作胡音的琵琶曲调，就是在代昭君倾诉“怨恨”。琵琶是从胡人传入中国的乐器，针对昭君的不幸遭遇，人们创作了《昭君怨》《王明君》等琵琶乐曲，曲中寄寓着怨思和同情。

群山万壑赴荆门

咏怀古迹五首（其五）

诸葛大名垂宇宙，宗臣遗像肃清高。①
三分割据纡筹策，万古云霄一羽毛。②
伯仲之间见伊吕，指挥若定失萧曹。③
运移汉祚终难复，志决身歼军务劳。④

（第四季 1 次）

① 垂：流传。宗臣：世所敬仰的名臣。肃清高：为其清高而肃然起敬。

② 纡（yū）筹策：曲折周密地运用策略。云霄一羽毛：像云霄中翱翔的凤凰。

③ 伯仲之间：指不相上下。伊、吕：伊尹、吕尚，伊尹辅佐商汤，吕尚辅佐周武王。失萧曹：使萧何、曹参失色。

④ 运移：国运衰变。祚（zuò）：帝位。身歼：身灭。

这首诗咏叹诸葛亮，可与《蜀相》《古柏行》参看。杜甫一写到诸葛亮就无法控制激情，诗中颂扬诸葛亮的大才古今无人能比，对他生不逢时、劳累而死却未能实现抱负表示沉痛的惋惜。“万古云霄一羽毛”已成为赞美伟人的名句。诗人盛赞诸葛亮的人品与伊尹、吕尚不相上下，而胸有成竹、从容镇定的指挥才能却使萧何、曹参为之黯然失色。杜甫忠君爱国，以身许国，希望为社稷安宁、民生幸福施展才华，但是一生不得志，因此在感叹武侯才智伟业时，总是摄入自身理想和遭遇的影子，诗中充溢着一股浩然之气。

万古云霄一羽毛。

闻官军收河南河北①

剑外忽传收蓟北，初闻涕泪满衣裳。②
却看妻子愁何在，漫卷诗书喜欲狂。③
白日放歌须纵酒，青春作伴好还乡。④
即从巴峡穿巫峡，便下襄阳向洛阳。⑤

（第一季 1 次，第二季 2 次，第三季 3 次，第四季 2 次）

① 本篇为广德元年（763）春在梓州作。这年正月，延续八年的“安史之乱”被彻底平定，河南、河北各州郡全被唐军收复，杜甫在梓州听到此消息，兴奋写下本篇。闻：听说。官军：指唐朝军队。

② 剑外：剑门关以南，这里指四川。蓟北：泛指唐代幽州、蓟州一带，今河北北部地区，是安史叛军的根据地。

③ 却看：再看。妻子：妻子和儿女。愁何在：哪还有一点忧愁？愁已无影无踪。漫卷：胡乱地卷起。喜欲狂：高兴得简直要发狂。

④ 放歌：放声高歌。须：应当。纵酒：开怀痛饮。青春：明丽的春景。作伴：与妻儿一同。

⑤ 便：于是。下：顺江而下。襄阳：今属湖北。“洛阳”下作者原注：“余田园在东京。”

这是杜甫“生平的一首快诗”。安史之乱给广大人民带来极大的灾难，杜甫带着妻小飘零八载，几乎辗转半个中国。好不容易盼到平定叛乱、收复山河的消息，诗人欣喜若狂，情不自禁地写下这首脍炙人口的诗篇。首联写喜讯传来，“忽”字形容捷报来得突然，这也是他“涕泪满衣裳”的一个关键。颔联续写喜情。再看妻子儿女们脸上愁云消去了，开始做起回乡的准备。“漫卷诗书”，传达其抑制不住的欢快。“白日放歌须纵酒，青春作伴好还乡”，把“喜欲狂”的气氛推向高潮。人逢喜事精神爽，天公也十分作美，天气晴朗，春景绚丽。在此大好时节，尽情地放歌饮酒也不足以表达内心的喜悦。尾联写诗人“青春作伴好还乡”的狂想，身在梓州，而弹指之间，心已回到故乡。此联包含四个地名：“巴峡”与“巫峡”同在长江之流，故用“穿”，“襄阳”与“洛阳”相隔千里，但用“便下”与“向”贯串起来，给人瞬间抵达的感觉。诗人在洛阳有田园，回去不愁温饱了。

唐・韦偃《双骑图》

白日放歌须纵酒，
青春作伴好还乡。

秋兴八首（其一）①

玉露凋伤枫树林，巫山巫峡气萧森。②
江间波浪兼天涌，塞上风云接地阴。③
丛菊两开他日泪，孤舟一系故园心。④
寒衣处处催刀尺，白帝城高急暮砧。⑤

（第四季 2 次）

① 秋兴：秋日的情怀和兴会。“秋兴”名称来自潘岳《秋兴赋》。

② 玉露：白露，因其白，故以玉喻之。凋伤：使草木凋落衰败。萧森：萧瑟阴森。

③ 兼天涌：波浪滔天。塞上：指夔州。接地阴：风云盖地。

④ 丛菊两开：杜甫此前一年秋天在云安，此年秋天在夔州，从离开成都算起，已历两秋，故云“两开”。“开”字双关，一谓菊花开，又言泪眼开。他日：往日，指多年来的艰难岁月。故园：指长安杜陵。

⑤ 催刀尺：指赶裁冬衣。白帝城：即今奉节城，与夔门隔岸相对。砧：捣衣石。急暮砧：黄昏时急促的捣衣声。

《秋兴八首》是大历元年（766）杜甫 55 岁旅居夔州时的作品。这是八首蝉联、结构严密、感情深挚的一组七言律诗，体现了诗人晚年的思想感情和艺术成就。第一首是组诗的序曲。首联写夔州秋日的地理环境和气候特征，严霜笼罩，草木凋残，气象萧飒。颔联写长江流经此处的气势，及巫山上风云蔽日的压抑感。巫峡险峻，江浪滔天，峡中云雾常年不散，秋天则更为阴暗，这两句把巫峡水势与上空阴云写得极为形象逼真。“丛菊两开他日泪，孤舟一系故园心”交代飘零的艰难岁月及思乡之情。通过丛菊开与落来表示岁月更替，以一“系”字把怀乡的心理与具体的孤舟联结，情感显得更为真切。尾联脱开自己的身世，转写日暮中隐隐传来深秋的裁衣和捣砧声，增加了悲凉的气氛，达到以声传情的艺术效果。

孤舟一系故园心。

奉赠韦左丞丈二十二韵

纨袴不饿死，儒冠多误身。①
丈人试静听，贱子请具陈：②
甫昔少年日，早充观国宾。③
读书破万卷，下笔如有神。④
赋料扬雄敌，诗看子建亲。⑤
李邕求识面，王翰愿卜邻。⑥
自谓颇挺出，立登要路津。⑦
致君尧舜上，再使风俗淳。⑧
此意竟萧条，行歌非隐沦。⑨
骑驴三十载，旅食京华春。⑩
朝扣富儿门，暮随肥马尘。⑪
残杯与冷炙，到处潜悲辛。⑫
主上顷见征，欻然欲求伸。⑬
青冥却垂翅，蹭蹬无纵鳞。⑭
甚愧丈人厚，甚知丈人真。⑮
每于百僚上，猥诵佳句新。⑯
窃效贡公喜，难甘原宪贫。⑰
焉能心怏怏，只是走踆踆。⑱
今欲东入海，即将西去秦。⑲
尚怜终南山，回首清渭滨。⑳
常拟报一饭，况怀辞大臣。㉑
白鸥没浩荡，万里谁能驯！㉒

（第一季3次，第二季1次，第三季2次）

① 纨袴：指富贵子弟。不饿死：不学无术却无饥饿之忧。儒冠多误身：满腹经纶的儒生却穷困潦倒。这句是全诗的纲要。

② 丈人：对长辈的尊称。这里指韦左丞，即韦济。贱子：年少位卑者自谓。这里是杜甫自称。请，意谓请允许我。具陈：细说。

③ “甫昔”两句：是指开元二十四年（736）杜甫以乡贡的资格在洛阳参加进士考试的事。杜甫当时25岁，已是“观国之光”（参观王都）的国宾了，故曰“早充”。

④ 破万卷：形容书读得多。如有神：形容才思敏捷，写作如有神助。

⑤ 扬雄：字子云，西汉辞赋家。料：差不多。敌：匹敌。子建：曹植，字子建。看：比拟。亲：接近。

⑥ 李邕：唐代名士、书法家，曾任北海郡太守。杜甫少年在洛阳时，李邕曾主动去结识他。王翰：当时著名诗人，《凉州词》的作者。

⑦ 挺出：杰出。要路津：重要的职位。

⑧ 尧舜：传说中上古的圣君。这两句说，如果自己得到重用的话，可以辅佐皇帝实现超过尧舜的业绩，使已经败坏的社会风俗再恢复到上古那样淳朴敦厚。

⑨ “此意”两句是说，想不到我的政治抱负竟然落空。我虽然也写些诗歌，却不是逃避现实的隐士。

⑩ 三十载：杜甫十四五岁参与社交创作，到天宝十一载（752）创作本诗时，将近30年。旅食：寄食。京华：京师，指长安。

⑪ 肥马：富贵人所骑之马。

⑫ 潜悲辛：悲辛藏在心里。

⑬ 主上：指唐玄宗。顷：不久前。见征：看到征召。欻（xū）然：忽然。欲求伸：希望表现自己的才能，实现致君尧舜的志愿。

⑭ 青冥却垂翅：飞鸟折翅从天空坠落。蹭蹬：行进困难的样子。无纵鳞：本指鱼不能纵身远游。这里是说理想不得实现。

⑮ 厚：厚爱，推赏。

⑯ “每于”两句：意思是说，承蒙您经常在百官面前吟诵我新诗中的佳句，极力加以奖掖推荐。猥，辱。

⑰ 贡公：西汉人贡禹。他与王吉为友，闻吉显贵，高兴得弹冠相庆，因为知道自己也将出头。杜甫说自己也曾自比贡禹，并期待韦济能荐拔自己。难甘：难以甘心忍受。原宪：孔子的学生，以贫穷出名。

⑱ 怏怏：气愤不平。踆踆（qūn）：且进且退的样子。

⑲ 东入海：指避世隐居。去秦：离开长安。

⑳ 怜：留念。清渭滨：清澈的渭水之滨。

㉑ 报一饭：报答一饭之恩。辞大臣：指辞别韦济。

㉒ 白鸥：白色的鸥鸟，此诗人自比。没浩荡：投身于浩荡的烟波之间。驯：拘束。

这是天宝十一年（752）杜甫在洛阳与尚书左丞韦济告别时所写的一首干谒诗。虽然是有求于人，但杜甫却表现得不卑不亢，直抒胸臆，吐出长期郁积下来的对统治者压制人才的悲愤不平。开篇“纨袴不饿死，儒冠多误身”就把久郁于胸的愤懑倾倒而出：不学无术者生活优裕，苦读诗书者却立身艰难。此句对当时不合理的现实进行强烈抨击。接下来的八句，表露自己以儒立身，拥有真才实学，已经具备一定的社会影响力。从“自谓颇挺出”一直到“蹭蹬无纵鳞”，写理想与现实的矛盾。自己本以为学有所成，将会得到主上的欣赏，可以发挥自己的才能，但想不到入仕理想接连受挫，可谓郁闷之极。接下来四句是感激韦济推荐自己，写得真实自然，没有丝毫阿谀之态。最后八句写自己求仕艰难欲避世隐居的想法，同时也向韦济吐露不忘推荐之恩，以及自己的不屈人格。“读书破万卷，下笔如有神”是此诗名句，表现读书对写作的重要影响，平时做到万卷在胸，下笔时则会有如神助，这是杜甫贡献给后人的至理名言。其他如“致君尧舜上，再使风俗淳”“朝扣富儿门，暮随肥马尘。残杯与冷炙，到处潜悲辛”等也常为后人引用。

读书破万卷，
下笔如有神。

柏学士茅屋[①]

碧山学士焚银鱼，白马却走身岩居。[②]
古人已用三冬足，年少今开万卷余。[③]
晴云满户团倾盖，秋水浮阶溜决渠。[④]
富贵必从勤苦得，男儿须读五车书。[⑤]

（第二季1次）

① 柏学士：其人不详，知其读书万卷。杜甫有多首诗提到此人，柏学士侄子柏大与杜甫有交。

② 碧山：指柏学士隐居之山。焚：烧。银鱼：指唐朝五品以上官员佩戴的银质鱼符。白马却走：指柏学士骑白马逃跑。应是遭遇安史之乱。身岩居：栖居山中岩洞。

③ 三冬：指冬季的十月、十一月、十二月这三个月。足：用足。用《汉书·东方朔传》“三冬文史足用”典故。年少：指柏学士侄子。开：开卷，指读书。

④ 团：聚。倾盖：像车上的伞盖靠在一起。溜：形容流水之急。决渠：如河渠之决口。

⑤ 五车书：出自《庄子·天下》“惠施多方，其书五车”。后喻指读书多，学问深。

据后人推测此诗作于唐代宗大历二年（767），时杜甫居夔州（今重庆奉节）。杜甫过柏学士隐居之茅屋，题诗其壁，赞美学士的勤学品格，提出富贵须从勤苦得的道理。“富贵必从勤苦得，男儿须读五车书”是说理名句，作为读书人，要想摆脱贫寒，有所作为，必须通过勤奋苦学。“男儿须读五车书”，强调勤读书、多读书的重要性。

男儿须读五车书。

江上值水如海势，聊短述[①]

为人性僻耽佳句，语不惊人死不休。
老去诗篇浑漫兴，春来花鸟莫深愁。[②]
新添水槛供垂钓，故著浮槎替入舟。[③]
焉得思如陶谢手，令渠述作与同游。[④]

（第一季 1 次，第三季 2 次）

① 值：正逢。
② 浑：全，皆。漫兴（xìng）：率意而作。
③ 水槛：水边木栏。槎（chá）：木筏。
④ 陶谢：陶渊明、谢灵运。渠：他们。

解读这首诗，关键在于抓住颔联的“漫兴”两字。诗人见到江中水势如海的奇景，触发诗思，按理应该着手描写水势之盛，但此诗通篇于江水之势未过多着墨，止于咏水槛、浮舟等一二物。杜甫在这里用了避实就虚之法，江水如海之场景触发了诗思，虽感慨万端却又无从谈起，只好聊以短述，借以谈论作诗之法，也就是诗人所言的“漫兴”。这首诗首联惊人，一开始就直发议论，“语不惊人死不休”以夸张的笔法表现出了诗人刻苦严谨、精益求精的写作态度。实际上也唯其如此，才造就了“诗圣”杜甫的千古之名。“语不惊人”已为成语。

语不惊人死不休。

贫交行

翻手作云覆手雨，纷纷轻薄何须数。[1]

君不见管鲍贫时交，此道今人弃如土。[2]

① 数，读 shǔ。

② 管鲍：管仲和鲍叔牙。两人早年交好，管仲贫困，也欺骗过鲍叔牙，但鲍叔牙始终理解并善待管仲。现在人们常用“管鲍之交”来比喻情谊深厚的朋友。

这首诗大致作于杜甫困守长安期间。此时杜甫仕途困蹇，生活贫穷，经历世态炎凉、人情冷暖，于是将心中郁结的感慨发之于诗，以吐露愤懑与辛酸之情。杜甫诗歌善于发端，往往一开篇即给人以震撼之感，许多名句都出现在首联。开篇“翻手作云覆手雨”即将千古世态浓缩在七字之中，人与人之间得意时的交好，失意时的纷散，忽云忽雨，变化无常，给人一种势利之交诚可畏之感。后来这一句演变为成语“翻手为云，覆手为雨”或“翻手云覆手雨”或“翻云覆雨”，用以形容人反复无常或惯于耍手段。后半篇借用管鲍友谊贫富不移的典故，鞭挞了世人轻薄友谊、以利相交的丑恶现象。

翻手作云覆手雨

江南逢李龟年[①]

岐王宅里寻常见，崔九堂前几度闻。[②]
正是江南好风景，落花时节又逢君。

（第一季 1 次，第三季 2 次，第四季 3 次）

① 李龟年：唐代开元、天宝年间的著名乐师，因为受到唐玄宗的宠幸而红极一时。安史之乱后流落江南，以卖艺为生。
② 岐王：即李范，唐玄宗李隆基之弟。雅善音律，以好学爱才著称。崔九：即崔涤，中书令崔湜之弟，在族中排行第九。玄宗时曾任殿中监，受到宠幸。岐王宅和崔九堂均在洛阳。

这首七绝是大历五年（770）春杜甫漂泊长沙时所作。杜甫年轻时曾出入于岐王李范和殿中监崔涤的门庭，得以欣赏到李龟年绝妙的歌唱艺术。大历五年（770），也就是杜甫谢世的这一年，他在潭州（今湖南长沙）重逢了李龟年。当年红极一时的李龟年，如今却颠沛流离，流落江南，以卖艺为生；而此时的杜甫，也坎壈漂泊，居无定所。两人相似的遭际，今昔的对比，加之国事的凋零，世事的变迁，诗人不禁感慨万千，写下了这一动人的诗篇。“正是江南好风景，落花时节又逢君”不直抒胸臆，而以暮春美景衬托故人重逢、时移世易的凄凉与喜悦，含蓄委婉，“落花时节”尤其耐人寻味。

正是江南好风景，
落花时节又逢君。

八阵图[1]

功盖三分国，名成八阵图。[2]
江流石不转，遗恨失吞吴。

（第三季 2 次）

① 八阵图：指由天、地、风、云、飞龙、翔鸟、虎翼、蛇蟠八种阵势组成的图形，用来操练军队或作战。
② 盖：超过。三分国：指三国时魏、蜀、吴三国。

这是一首咏怀诸葛亮的五绝，作于大历元年（766）杜甫寓居夔州时。第一、二句点题，开门见山，赞颂诸葛亮创制八阵图的卓越才华，以及确立魏、蜀、吴三分天下、鼎足而立局势的丰功伟绩。该联采用对仗句式，“三分国”对“八阵图”，以政治上的功绩对军事上的贡献，形成妥帖的对仗，可谓用思精巧，这一联也成为历代咏叹诸葛亮的佳句。第三、四两句抒发议论，表达对诸葛亮功业未就的惋惜之情。在章法上，第三句照应第二句，第四句照应首句，结构精妙。

功盖三分国，
名成八阵图。

绝句四首（其三）

两个黄鹂鸣翠柳，一行白鹭上青天。

窗含西岭千秋雪，门泊东吴万里船。①

（第一季4次，第二季1次，第三季2次，第四季2次）

① 西岭：指岷山，在四川和甘肃的交界处。“千秋雪”后作者原注：“西山白雪，四时不消。”东吴：指三国时期吴国的领地，在今江苏、浙江一带。

这首七绝小诗作于杜甫寓居成都草堂时。这段时间是杜甫一生中最为安逸、闲适的时候，他在此际写下了不少清新自然的诗篇。这首绝句即为其中脍炙人口的一篇，原题有四首，此为第三首。诗人在四句中分别描绘了四幅早春的画面，第一、二句用黄、翠、白、青等缤纷的色彩，展现出明媚的春景，“鸣”“上”两个动词将春天生机勃勃的景象生动地刻画出来；第三句写白雪千年不化，写时间；第四句写万里之外的东吴之船，就停在窗外不远处，写空间；在艺术上，绝句一般不用对偶，而杜甫绝句的特点就是善用对偶，这一首四句全用了对偶，这虽不是绝句正格，但对仗工稳贴切，音节晓畅，故也算是唐代绝句中的佳篇。

两个黄鹂鸣翠柳，

一行白鹭上青天。

春日忆李白

白也诗无敌，飘然思不群。
清新庾开府，俊逸鲍参军。①
渭北春天树，江东日暮云。②
何时一尊酒，重与细论文？

（第四季3次）

① 庾开府：指庾信，在北周官至骠骑大将军、开府仪同三司，世称“庾开府”。鲍参军：指鲍照，在南朝宋代任荆州前军参军，世称“鲍参军”。

② 渭北：渭水北岸，借指长安一带，当时杜甫在此地。江东：指今江苏省南部和浙江省北部一带，当时李白在此地。

天宝三年（744），中国诗歌史上最为璀璨的“双子星座”——李白和杜甫，在洛阳相遇，从此结下了深厚的友谊。同年秋，他们相约同游宋州，在单父（今山东省单县南）以北的汶水上，又和大诗人高适相遇，三人一同前往大梁城（今开封市），这是中国诗歌史上精彩的一幕。翌年秋，李、杜在东鲁第三次会见。是年冬，李白南游江东，杜甫返回长安，两人此后再未会面。后来杜甫写了不少怀念李白的诗，这首是天宝五年(746)春杜甫寓居长安时所作，在抒发怀念之情的同时，高度评价了李白诗歌的独特风格和高超成就。这首五律的前三联都是名句，首联以“白也”对“飘然”，妙绝，“也”和“然”两个语助词加强了赞美的语气，颔联和颈联对仗亦得之自然，值得传诵。

白也诗无敌，
飘然思不群。

茅屋为秋风所破歌

八月秋高风怒号，卷我屋上三重茅。
茅飞度江洒江郊，高者挂罥长林梢，下者飘转沉塘坳。[①]
南村群童欺我老无力，忍能对面为盗贼，公然抱茅入竹去，
唇焦口燥呼不得，归来倚杖自叹息。
俄顷风定云墨色，秋天漠漠向昏黑。[②]
布衾多年冷似铁，骄儿恶卧踏里裂。[③]
床头屋漏无干处，雨脚如麻未断绝。[④]
自经丧乱少睡眠，长夜沾湿何由彻。
安得广厦千万间，大庇天下寒士俱欢颜，风雨不动安如山。[⑤]
呜呼！何时眼前突兀见此屋？吾庐独破受冻死亦足！[⑥]

（第二季 1 次，第三季 2 次，第四季 1 次）

① 罥（juàn）：挂。长：高。塘坳（ào）：低洼积水的地方。坳：水边低地。
② 俄顷：不久，顷刻间。
③ 衾（qīn）：被子。
④ 屋漏：泛指屋之深暗处。雨脚如麻：形容大雨如注，像麻线一样密集。雨脚：雨点。
⑤广厦：宽敞的大屋。大庇：全部遮盖、掩护起来。庇：遮盖，掩护。寒士：本指出身低微的读书人，此处泛指天下贫穷的百姓。
⑥ 突兀（wù）：高耸的样子。见：通“现”，出现。庐：此处指茅屋。足：值得。

此诗作于唐肃宗上元二年（761）八月。是年春，杜甫在成都浣花溪畔筑起了一座茅屋。不料到八月就遭受到了暴风骤雨的袭击，屋漏又遭连夜雨，加之联想到动荡不安的时局，诗人因此彻夜无眠，感慨万端，写下了这首歌行。这首诗在结构上可分为四个部分。前五句为一个意段，

点明题意，写茅屋为秋风所破的情状；接着五句是第二部分，写茅屋为秋风所破后诗人的主观反应；接下来八句又不吝笔墨地描绘屋破偏遭连夜雨的苦况；最后六句长短句相间，长发感慨，情绪激越，表达了诗人忧国忧民的情怀。“安得广厦千万间，大庇天下寒士俱欢颜”是传诵千古的名句，体现了诗人推己及人、忧国忧民的博大胸襟。

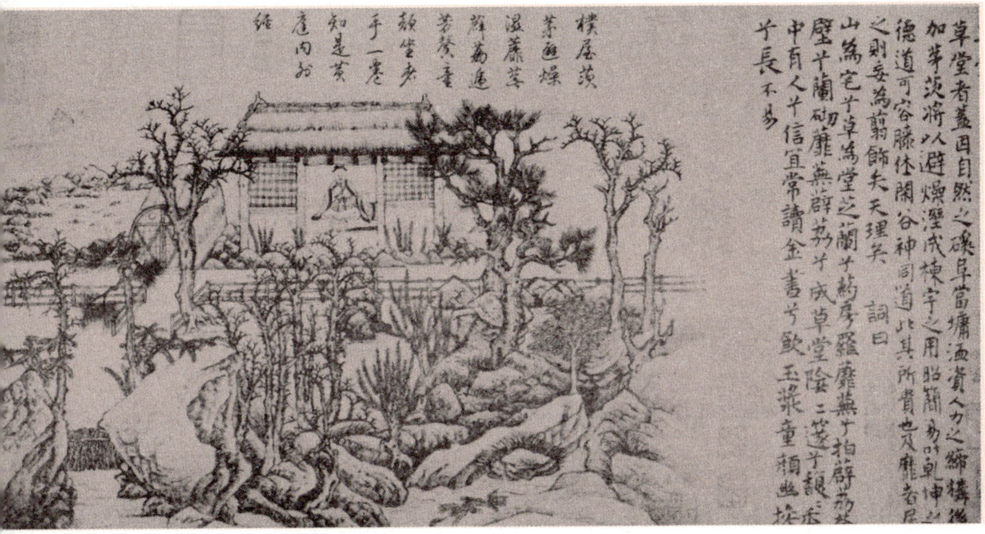

唐·卢鸿《草堂十志图》（局部）

安得广厦千万间，
大庇天下寒士俱欢颜

梦李白二首（其一）

死别已吞声，生别常恻恻。①
江南瘴疠地，逐客无消息。②
故人入我梦，明我长相忆。
恐非平生魂，路远不可测。
魂来枫林青，魂返关塞黑。③
君今在罗网，何以有羽翼？④
落月满屋梁，犹疑照颜色。⑤
水深波浪阔，无使蛟龙得。

① 死别：告别死者。已吞声：止于吞声，痛哭一下就完了。恻恻：悲痛。
② 瘴疠：疾疫。古时称江南为瘴疫之地。
③ “魂来”两句：李白的魂飞来飞去都要经过江南黑暗的枫林和北方黑暗的关塞。写其魂魄历尽艰险。青，黑。
④ 罗网：捕鸟的工具，比喻法网。
⑤ 颜色：李白的面容。

《梦李白二首》作于乾元二年（759）秋，当时杜甫正流寓秦州。李、杜两人自天宝四年（745）秋在鲁东分别后，就再也没有机会见面，但杜甫一直对李白表示深切的怀念。至德二年（757），李白因永王李璘案受到牵连，下狱浔阳，后被长流夜郎，未至而遇赦放还，返回江陵。此时杜甫正流寓秦州，消息闭塞，只闻李白流放，不知已被赦还，仍心心在念，遂写下这组诗。首联“死别已吞声，生别常恻恻”为名句，用死别来反衬生别，意为生别更让人痛苦，后来常用以表达生离死别的痛苦。

死别已吞声，
生别常恻恻。

梦李白二首（其二）

浮云终日行，游子久不至。[①]
三夜频梦君，情亲见君意。
告归常局促，苦道来不易。[②]
江湖多风波，舟楫恐失坠。
出门搔白首，若负平生志。
冠盖满京华，斯人独憔悴。[③]
孰云网恢恢，将老身反累。[④]
千秋万岁名，寂寞身后事。

（第一季2次，第二季1次，第三季1次）

① 浮云：比喻飘忽不定。游子：指李白。
② 局促：匆忙又不忍离去的样子。苦道：反复地说。以下三句，是李白对杜甫说的话。楫（jí）：船桨。
③ 冠盖：指高官。斯人：此人，指李白。憔悴：困顿萎靡的样子。
④ 孰云：谁说。

这两首诗虽同题而作，实际上各有分工。前一首写诗人梦见李白时的心理感受，这一首则写梦中所见李白的形象；前一首诗人关注的是李白当前的处境，后一首则是对李白一生遭际的评价和同情；前一首单纯为李白而发，后一首则兼抒己怀。两诗除了以“梦”关合外，“逐客无消息”与“游子久不至”，“明我长相忆”与“情亲见君意”，“君今在罗网”与“孰云网恢恢”，“水深波浪阔，无使蛟龙得”与“江湖多风波，舟楫恐失坠”等句皆互相照应，章法细密。“斯人独憔悴”一句，常常用以形容怀才不遇者苦闷、不堪的处境。冰心曾以此句为题创作了一部小说。

斯人独憔悴。

自京赴奉先县咏怀五百字

杜陵有布衣，老大意转拙。[1]
许身一何愚，窃比稷与契。[2]
居然成濩落，白首甘契阔。[3]
盖棺事则已，此志常觊豁。[4]
穷年忧黎元，叹息肠内热。[5]
取笑同学翁，浩歌弥激烈。
非无江海志，萧洒送日月。
生逢尧舜君，不忍便永诀。
当今廊庙具，构厦岂云缺？
葵藿倾太阳，物性固难夺。[6]
顾惟蝼蚁辈，但自求其穴。[7]
胡为慕大鲸，辄拟偃溟渤？[8]
以兹悟生理，独耻事干谒。[9]
兀兀遂至今，忍为尘埃没。[10]
终愧巢与由，未能易其节。[11]
沉饮聊自适，放歌破愁绝。
岁暮百草零，疾风高冈裂。
天衢阴峥嵘，客子中夜发。[12]
霜严衣带断，指直不得结。
凌晨过骊山，御榻在嵽嵲。[13]
蚩尤塞寒空，蹴踏崖谷滑。[14]
瑶池气郁律，羽林相摩戛。[15]
君臣留欢娱，乐动殷胶葛。[16]
赐浴皆长缨，与宴非短褐。[17]
彤庭所分帛，本自寒女出。[18]
鞭挞其夫家，聚敛贡城阙。
圣人筐篚恩，实欲邦国活。[19]

臣如忽至理，君岂弃此物？
多士盈朝廷，仁者宜战栗。
况闻内金盘，尽在卫霍室。[20]
中堂舞神仙，烟雾蒙玉质。[21]
暖客貂鼠裘，悲管逐清瑟。
劝客驼蹄羹，霜橙压香橘。
朱门酒肉臭，路有冻死骨。
荣枯咫尺异，惆怅难再述。
北辕就泾渭，官渡又改辙。[22]
群冰从西下，极目高崒兀。[23]
疑是崆峒来，恐触天柱折。[24]
河梁幸未坼，枝撑声窸窣。[25]
行李相攀援，川广不可越。
老妻寄异县，十口隔风雪。[26]
谁能久不顾？庶往共饥渴。[27]
入门闻号咷，幼子饥已卒。
吾宁舍一哀，里巷亦呜咽。
所愧为人父，无食致夭折。
岂知秋禾登，贫窭有仓卒。[28]
生常免租税，名不隶征伐。
抚迹犹酸辛，平人固骚屑。[29]
默思失业徒，因念远戍卒。
忧端齐终南，澒洞不可掇。[30]

（第一季 1 次，第四季 1 次）

① 杜陵：在长安城东南，为杜甫祖籍地。布衣：平民。
② 稷与契：传说为舜帝的两位大臣。稷是周代祖先，教导百姓种植五谷；契是殷代祖先，掌管文化教育。
③ 濩（hù）落：即廓落，引申为沦落失意。契阔：辛勤劳苦。

④ 觊（jì）豁：希望达到。
⑤ 黎元：老百姓。
⑥ 葵藿：葵即向日葵，藿即豆叶，两者都有向日的特性。
⑦ 蝼蚁辈：喻钻营利禄之人。
⑧ 偃溟渤：到大海中去。
⑨ 干谒：求见权贵。
⑩ 兀兀：穷困劳碌的样子。
⑪ 巢与由：即巢父、许由，皆为尧时的隐士。
⑫ 天衢：天空。峥嵘：形容山势高峻险要，此用以形容阴云密布。
⑬ 骊山：在今陕西省西安市临潼区南。嵽嵲：形容山高，此指骊山。
⑭ 蚩尤：传说中黄帝时的诸侯。黄帝与蚩尤作战，蚩尤曾作大雾以迷惑对方。这里以指代大雾。
⑮ 瑶池：传说中西王母与周穆王宴会之地，此指骊山行宫的温泉。郁律：形容温泉热气蒸腾。羽林：宫廷禁卫军。摩戛：武器相撞击。
⑯ 殷：充满。胶葛：形容乐声震动山冈。
⑰ 长缨：代指权贵。短褐：代指平民。
⑱ 彤庭：朝廷。
⑲ 筐篚：盛物的竹器。古时皇帝以筐、篚盛布帛赏赐群臣。
⑳ 卫霍：指汉代大将卫青、霍去病，两人都是汉武帝的亲戚。此处喻指杨贵妃的从兄杨国忠。
㉑ 中堂：指杨氏家族的庭堂。烟雾：形容美女所穿的薄纱衣。
㉒ 北辕：车向北行。泾渭：二水名，在陕西临潼境内汇合。官渡：官设的渡口。
㉓ 高崒（zú）兀：形容河中浮冰突兀成群。
㉔ 崆峒：山名，在今甘肃省。天柱：相传天的四角用柱支撑，叫天柱。
㉕ 河梁：桥。坼：断裂。枝撑：桥的支柱。窸窣：象声词，木桥振动的声音。
㉖ 异县：别的县，此处指奉先县。
㉗ 庶：希望。
㉘ 贫窭（jù）：贫穷。仓卒：此处指意外的不幸。
㉙ 平人：平民，为避唐太宗李世民讳，改“民”为“人”。
㉚ 终南：即终南山，在长安之南。 澒洞：广大的样子。掇：收拾，引申为止息。

此诗作于天宝十四年（755）十月初，当时杜甫由长安前往奉先县（今陕西蒲城）探望妻儿，将途中所见所感发而为诗。全诗可以分为三个意段七个小节，第一意段是从开头至“放歌破愁绝”，抒写忠君忧国忧民的怀抱。这一段又可以分为两个小节，开头至“浩歌弥激烈”十二句，正面申述自己的抱负；从“非无江海志”到“放歌破愁绝”二十句，围绕上述中心从几个方面进一步剖析。第二意段是从“岁暮百草零”至“惆怅难再述”，写途经骊山的见闻与感慨。这段同样可以分为两个小节，第一小节为前六句，写从长安出发的场景；第二小节为后三十二句，想象骊山上君臣欢娱作乐的情景。第三意段是从“北辕就泾渭”至结尾，写自骊山北行途中和到家后的情景，从自己的遭遇联想到国家的前途和人民的苦难。这一意段分为三个小节，第一小节从“北辕就泾渭”到“川广不可越”，着力渲染旅途中的情景，天崩地裂，险象环生；第二小节从“老妻寄异县”到“贫窭有仓卒”，写自己的探亲目的和到家所感受到的丧子之痛；第三小节从“抚迹犹酸辛”到结尾，推己及人，由个人的不幸遭遇，想到广大人民的痛苦，以对国家安危的深广忧思结束全篇。

这首长诗结构宏大而缜密，文辞繁复却意脉明晰，充分展现了杜甫沉郁顿挫的艺术风格，体现其高超的艺术功力。篇中“朱门酒肉臭，路有冻死骨”两句，千古传诵，统治阶级的荒淫奢侈和贫民的饥寒交迫形成鲜明对比，形象地揭示出贫富悬殊的社会现实。关于“朱门酒肉臭”的“臭”字，究竟读“chòu”还是“xiù”，有不同意见。前者作形容词，形容味道难闻；后者作名词，即气味。从用典和艺术效果上来看，应读为“chòu”，显得贫富的对比更加鲜明，这种强烈的反差产生了令人震撼的艺术效果。

朱门酒肉臭，
路有冻死骨。

将赴成都草堂，途中有作，先寄严郑公五首（其四）[①]

常苦沙崩损药栏，也从江槛落风湍。[②]
新松恨不高千尺，恶竹应须斩万竿。[③]
生理只凭黄阁老，衰颜欲付紫金丹。[④]
三年奔走空皮骨，信有人间行路难。[⑤]

① 严郑公：即严武。广德元年（763），严武封郑国公，故称严郑公。
② 江槛：临江的栏杆。湍（tuān）：急流的水。
③ 新松：指此前手种的四棵小松。杜甫《四松》：“四松初移时，大抵三尺强。”
④生理：生计。黄阁老：指严武。唐代中书、门下省的官员称“阁老”，严武以黄门侍郎镇成都，所以这样称呼。紫金丹：烧炼的丹药。
⑤三年奔走：宝应元年（762）七月杜甫与严武分别后，漂泊梓州、阆州，至时，前后达三年。空皮骨：只剩下皮包骨头。

这首诗是广德二年（764）杜甫在回成都的路上写的。前两句写杜甫许久没回草堂，设想草堂的沙岸崩塌，药栏被损毁，可能和临江的栏杆一并被湍急的流水冲走了。第三、四句“新松恨不高千尺，恶竹应须斩万竿”是诗中的名句，意为回去后应当好好打理打理草堂附近的植物，也表明了诗人爱憎分明、善恶分明的性格和思想，富有教育意义。后四句是描写杜甫感激严武的帮助和三年来的漂泊之苦，感慨人生道路艰难。诗人回顾了过去的艰苦，也憧憬了重回草堂的生活，情真意切，感人肺腑。习近平总书记 2016 年 1 月 12 日在十八届中央纪委六次全会上引用“新松恨不高千尺，恶竹应须斩万竿”，强调反腐一定要除恶务尽。

明・陈淳《松石萱花图》

新松恨不高千尺，
恶竹应须斩万竿。

张志和（714—774），字子同，初名龟龄，婺州金华（今属浙江）人，唐代著名道士、词人和诗人，自号“烟波钓徒”，又号“玄真子”。唐肃宗时曾待诏翰林，做过左金吾卫录事参军，因事被贬，赦还以后，绝意仕途，长期在太湖一带山水间过着隐逸生活。他学问广博，工诗善画，精通音乐，善于汲取民歌营养，《渔歌子》五首就借鉴了民间渔歌。

渔歌子①

西塞山前白鹭飞，桃花流水鳜鱼肥。②

青箬笠，绿蓑衣，斜风细雨不须归。③

（第一季2次，第二季2次，第三季2次，第四季1次）

明·夏芷《归去来兮图卷》

① 渔歌子：又名《渔父》《渔父歌》。这组词共五首，分咏西塞山、钓台、松江、雪溪、青草湖。

② 西塞山：在今浙江湖州市吴兴区西。一说在今湖北黄石市。鳜（guì）鱼：俗称桂鱼，肉质鲜美。

③ 箬（ruò）笠：竹叶或竹篾做的斗笠。蓑（suō）衣：用草或棕编制成的雨衣。

这首词用二十七字描写了西塞山景色和渔父生活，是一幅生动的江南水乡渔歌图。通过雨中山、桃花水、鳜鱼肥、白鹭飞等自然景物浑然一体之貌展现了头戴青箬笠，身披绿蓑衣，在“斜风细雨”中流连忘返的渔父形象，以渔父的执着寄托了作者怡情山水、避世终老的平淡心境。前两句描摹出江南水乡风景秀美的场景，像一幅水墨画，生动活泼。“西塞山前白鹭飞”一句，苏轼曾用入《鹧鸪天》《浣溪沙》词，但没有原句妙悟通化。这首词为日本的汉诗作者开辟了填词途径，嵯峨天皇的《渔歌子》五首及其臣僚的奉和之作七首皆由此词改制而成。

西塞山前白鹭飞，

桃花流水鳜鱼肥。

岑参（715—770），荆州江陵（今湖北江陵）人。天宝三年（744）进士及第，初为率府兵曹参军，后两次从军边塞，天宝八年（749）在安西节度使高仙芝幕府任掌书记；天宝末年，封常清为安西北庭节度使时，为其幕府判官。唐代宗时，到四川任嘉州刺史，世称“岑嘉州”。杜甫曾推荐他做朝廷的谏官。岑参与高适齐名，并称“高岑”，同为盛唐边塞诗派的代表诗人，其诗艺术水平很高，最善于用奇妙的语言描写边塞奇特的风光。

白雪歌送武判官归京

北风卷地白草折，胡天八月即飞雪。①
忽如一夜春风来，千树万树梨花开。
散入珠帘湿罗幕，狐裘不暖锦衾薄。
将军角弓不得控，都护铁衣冷难著。②
瀚海阑干百丈冰，愁云惨淡万里凝。③
中军置酒饮归客，胡琴琵琶与羌笛。④
纷纷暮雪下辕门，风掣红旗冻不翻。⑤
轮台东门送君去，去时雪满天山路。
山回路转不见君，雪上空留马行处。

（第一季3次，第二季1次，第三季2次，第四季1次）

① 白草：西域牧草名，秋天变白色。胡天：指西域的气候。
② 控：引弓。都护：镇守边疆的武将。唐朝边疆设六个都护府，各有大都护一员。难：一作“犹”。
③ 瀚海：指沙漠。阑干：纵横的样子。
④ 中军：主帅的营帐。归客：指武判官。
⑤ 辕门：军营门。掣：牵引。

这是岑参最有名的边塞诗之一，作于天宝十三年（754）他第二次出塞以后。此时，他很受安西节度使封常清的器重，他的大多数边塞

明·周臣《桃花源图》

诗写于这一时期。岑参在这首诗中，以诗人的敏锐观察力和奇异奔放的笔调，描绘了祖国西北边塞的壮丽景色，以及边塞军营送别归京官员的热闹场面，表现了诗人和戍边将士的爱国热情，以及他们对战友的真挚感情。前一部分咏雪，描绘出边疆沙漠壮丽的雪景和冰天雪地的奇寒。后一部分写送别的情景，寒冷中有温暖。结尾的送别画面饶有余味。“忽如一夜春风来，千树万树梨花开”，想象奇特，比喻贴切，化悲凉为喜悦，是写边疆雪景的千古名句。

忽如一夜春风来，
千树万树梨花开。

逢入京使[①]

故园东望路漫漫，双袖龙钟泪不干。[②]
马上相逢无纸笔，凭君传语报平安。[③]

（第一季2次，第三季1次，第四季2次）

① 入京使：去京城的使者。
② 故园：故乡，指长安。岑参不是长安人，但他的妻儿安置在长安。
龙钟：涕泪淋漓的样子。
③ 凭：托。

这首诗是天宝八年（749）岑参初次去西北边疆（新疆）途中，遇到入京使者，匆匆忙忙，只好捎个口信给亲人。离开家乡的游子最放心不下的莫过于家中亲人，古代交通不便，远行在外，路途艰辛，不知何时才能和家人团聚，所以分外珍惜和家人的通信。“马上相逢无纸笔，凭君传语报平安”是生活中常见的事，经岑参这么一点，相当感人，在意外匆忙的时刻没有纸笔，只能让人捎个口信报平安，对家人的惦念之情跃然纸上，很有典型意义，不愧为名句。

马上相逢无纸笔，
凭君传语报平安。

送李副使赴碛西官军①

火山六月应更热，赤亭道口行人绝。②
知君惯度祁连城，岂能愁见轮台月。③
脱鞍暂入酒家垆，送君万里西击胡。
功名只向马上取，真是英雄一丈夫！

①碛西：即安西都护府，治所在今新疆库车附近。
②火山：又名火焰山，在今新疆吐鲁番。赤亭道口：即今火焰山的胜金口，为鄯善到吐鲁番的交通要道。
③祁连城：十六国时前凉置祁连郡，郡城在祁连山旁，称祁连城，在今甘肃省张掖市西南。轮台：唐代庭州有轮台县，这里指汉置古轮台，今新疆轮台县东南，李副使赴碛西经过此地。

这首诗作于唐玄宗天宝十年（751）六月。当时，高仙芝正在安西率师西征，李副使（名不详）因公从姑臧（今甘肃武威）出发赶赴碛西（即安西都护府）军中，岑参作此诗送别。这首送别诗，熔叙事、抒情、议论于一炉，和一般的送别诗不同，诗中既不写饯行的歌舞场面，也不写分手时的难舍离情，作者只是以朋友的口吻聊天、劝酒，语言明快晓畅。“功名只向马上取，真是英雄一丈夫”两句直抒胸襟，是对从军报国的最大礼赞，真是气贯长虹。“只向”语气是多么坚决。这既可看作岑参勉励李氏立功扬名，创造英雄业绩的祝愿，又是自己的理想和壮志。从军报国，立功边疆，是唐人的普遍理想。

功名只向马上取，
真是英雄一丈夫！

凉州馆中与诸判官夜集[1]

弯弯月出挂城头，城头月出照凉州。
凉州七里十万家，胡人半解弹琵琶。[2]
琵琶一曲肠堪断，风萧萧兮夜漫漫。
河西幕中多故人，故人别来三五春。[3]
花门楼前见秋草，岂能贫贱相看老。[4]
一生大笑能几回，斗酒相逢须醉倒。

① 凉州：唐朝河西节度府所在地，治所在今甘肃武威。馆：客舍。判官：唐代节度使、观察使下的属官。
② 半解：半数人懂得。解，懂得，明白。
③ 河西：汉唐时指今甘肃、青海两省黄河以西，即河西走廊与湟水流域。此处指河西节度使，治所在凉州。
④ 花门楼：这里即指凉州馆舍的楼房。贫贱：贫苦微贱。

此诗作于唐玄宗天宝十三年（754）。岑参曾暂驻凉州，结识了许多朋友，所以当天宝十三载岑参赴北庭途经凉州时，就有很多老朋友前来迎送，常欢聚夜饮。此诗写的就是与河西幕府的老同事们的一次欢聚夜饮的场面。前六句主要写环境背景，将凉州的宏大、繁荣和少数民族特有的风气呈现在读者面前。“一生大笑能几回，斗酒相逢须醉倒”写得大气酣畅，将朋友之间的深情厚谊与西北地区的粗狂风格结合得相得益彰。老友之间难得的相遇怎么能不大笑，怎么能不大醉，从中确实可以瞥见诗人的真情豪迈。

一生大笑能几回，
斗酒相逢须醉倒。

春　梦

洞房昨夜春风起，故人尚隔湘江水。①

枕上片时春梦中，行尽江南数千里。

（第三季1次）

① 洞房：幽深的内室，多指卧室、闺房。不是“洞房花烛夜”的新婚洞房。一作“洞庭”。故人尚隔：一作“遥忆美人”，故人：老朋友。

此诗题作《春梦》，似乎就是诗人春天的一个梦境，却又给人一种朦胧之感。所以有人认为，从诗中出现“洞房”“春风”“枕上”“春梦”等措辞以及全篇的风格来看，它的抒情主人公应为女性，这是一首传统的闺思诗。诗的前两句写梦前之思，点明时节、环境与思念的对象。诗的后两句写思后之梦。“枕上片时春梦中，行尽江南数千里”用时间的速度和空间的广度，显示出诗人对“故人”思念之深。

枕上片时春梦中，

行尽江南数千里。

山房春事①

梁园日暮乱飞鸦，极目萧条三两家。②
庭树不知人去尽，春来还发旧时花。

① 岑参《山房春事》共两首，这是第二首。山房：山中的房舍，就是唐代士大夫的“别业”。春事：春色，春意。
② 梁园：西汉梁孝王的东苑，到唐代还是著名的风景区。故址在今河南省开封市东南。

这首诗虽然写的是春天，但是却和以往写春景的基调不同，全诗弥漫着一股浓浓的悲伤和慨叹之情。作者借助春天梁园的景色将安史之乱给人民和国家带来的灾难形象地呈现在读者面前。梁园在安史之乱以前是著名的风景胜地，一到春天，花团锦簇，游人如织，但是如今呢？游人都不见了，周围的人家也只剩下可怜的两三户，如此沉重的对比，让诗人不禁发出长长的叹息：“庭树不知人去尽，春来还发旧时花。”与活生生的人相比，那些无知的庭树和花草依然尽其所能地生长、炫耀。景还是那个景，人却不是以往那些人了，这样萧瑟，这样凄清！繁盛的草木与冷清的游人对比，更加凸显出人世沧桑和战争带给人民的苦难。

庭树不知人去尽，
春来还发旧时花。

刘方平（生卒年不详），洛阳人。天宝中，举进士不第，遂隐居，终生未仕。与李颀、皇甫冉、元德秀、严武为诗友。善写闺情宫怨、咏物写景，多寓情于景，意蕴无穷。其《月夜》《春怨》等都是历来为人传诵的名作。

月　夜

更深月色半人家，北斗阑干南斗斜。①
今夜偏知春气暖，虫声新透绿窗纱。②

（第四季2次）

① 更深：夜深了。古时计算时间，一夜分成五更。月色半人家：月光只照亮了人家房屋的一半，另一半隐藏在黑暗里。阑干：横斜的样子。南斗：在北斗星以南有星六颗，形似斗，故称“南斗”。

② 偏知：才知，表示出乎意料。新：初。

诗人写初春的月夜，却另辟蹊径，没有着意刻画月夜笼罩下的各种景物，而是从微末的细节入手，将春夜的静谧，大自然物候的变化描写得细致动人：深更半夜，月光照着人家半明半暗，天上斗转星移，时光在悄悄地流逝；大地一片寂静，昆虫首先感知到今夜春气的和暖，快乐地鸣叫起来，鸣声透过绿色的窗纱传到屋里，给人新鲜感。诗人用一双诗意的眼睛发现生活中不易察觉的事物，以自己细腻的感受表达出来。“今夜偏知春气暖，虫声新透绿窗纱”两句写春意袭人，新颖别致，清丽自然，妙趣横生，是传诵的佳句。

今夜偏知春气暖，
虫声新透绿窗纱。

张继（715—779），字懿孙，襄州（今湖北襄阳）人。天宝十二年（753）进士及第，尚未授官即爆发安史之乱，流寓吴、越等地。与刘长卿友善。今存诗51首，擅长五律和七绝，诗风清丽。《枫桥夜泊》一诗，传诵千古。

枫桥夜泊

月落乌啼霜满天，江枫渔火对愁眠。①
姑苏城外寒山寺，夜半钟声到客船。②

（第一季5次，第三季2次，第四季2次）

明·戴进《月下泊舟图》

①渔火：渔船上的灯火。

②姑苏：苏州。寒山：冷落寂静的山。寒山寺：即寒山中的寺庙。一说“寒山寺”特指苏州枫桥附近的一个寺庙，相传唐诗僧寒山子曾居于此，故名。但寒山生活在唐大历、贞元年间，与张继同时而略晚。“寒山寺”作为枫桥附近的一个寺庙，其名称当来源于张继此诗。

这首诗通过夜泊枫桥见到的江南水乡秋夜特有的景色，抒发诗人旅途中的惆怅心情，风格苍凉。诗人通过视觉：“月落”“江枫”“渔火”，听觉：“乌啼”“夜半钟声”，触觉：“霜满天”，来感受景物，有远景有近景，有动景有静景，都统摄于一个“愁”字。四句诗全是写景，形成了“诗中有画”的特色。诗人巧妙剪裁，精心组合意象，将水乡秋夜的幽静清冷氛围和羁旅者的孤寂漂泊的感受融为一体。特别是“月落乌啼霜满天”一句尤其著名，诗人将朦胧的落月，啼叫的乌鸦，寒冷的霜气组合在一起，三种意象内涵丰富，和谐一致，共同渲染了秋夜的寂静和苍凉情调。与意象密布的一、二两句不同，三、四两句只写了“夜半钟声”这一件事，让诗的境界变得更加开阔，也使全诗的韵味更加悠长。当代流行歌曲《涛声依旧》就是对此诗意境的很好演绎。

月落乌啼霜满天

贾至（718—772），字幼邻，洛阳人，贾曾之子。天宝元年（742）明经及第，官至中书舍人。曾发起《早朝大明宫》唱和，王维、岑参、杜甫皆参与，成为文坛佳话。今存诗 40 多首，诗风高华典雅。

春　思[1]

草色青青柳色黄，桃花历乱李花香。[2]
东风不为吹愁去，春日偏能惹恨长。

① 思（sì）：思绪。
② 历乱：纷繁杂乱。

这首诗大概是贾至贬谪时期所作，诗人当时被愁绪缠绕，即使是生机盎然的春光也不能消解，反而责怪春光。诗的一、二两句描写美丽灿烂的春景：青草丛生，绿柳抽芽，桃花挂在枝头丛丛点缀，李花的香味飘得远远都是。多么让人心醉的画面啊，但是这样让人心旷神怡的美景也不能将诗人从悲愁中解脱出来。“东风不为吹愁去，春日偏能惹恨长”是名句，春风不能为我吹散烦恼忧愁，明媚的春日风光偏偏让我的愁怨一直滋长。诗人怨恨东风不能为自己排遣愁绪，迁怒春天让自己的怨恨延长，由自己个人的心绪迁怒无辜的事物，由此可见，诗人的愁是多么深，多么重了。“惹”字用得绝妙。

东风不为吹愁去，
春日偏能惹恨长。

刘长卿（718？—790），宣州（今安徽宣城）人，郡望河间（今属河北）。他生长在洛阳，诗里所说的故乡就是指洛阳。天宝八年（749）进士及第，天宝十一年（752）任浚仪县尉。刘长卿身世很不幸，曾屡次考场失利，屡遭贬谪。官至随州刺史，世称“刘随州”。但他性格刚强，又很自负。他五言诗写得好，就自号“五言长城”；其诗多写荒村水乡，语言精练，形象鲜明，诗境韵味淳厚。今存诗近 500 首。刘长卿的“长”读 zhǎng。

弹　琴

泠泠七弦上，静听松风寒。①

古调虽自爱，今人多不弹。

（第四季 1 次）

① 泠泠（líng líng）：形容琴声清越。松风寒：像寒风吹松林的声音。“松风”也指《风入松》古曲，一语双关。

这首诗诗题一作《听弹琴》。七弦琴上弹奏出清幽的琴声，静静地听就像寒风吹入松林那样凄清。虽然我十分喜爱古老的曲调，但现在的人弹奏的不多了。这首诗有感而发，借听弹琴和对时尚的慨叹，流露出自己淡淡的感伤，抒发了诗人怀才不遇、知音稀少的感慨，表达了诗人孤芳自赏的情操。诗的前两句描写音乐的境界，赞美琴艺的高超，后两句转而抒情，感慨时下的风尚，委婉地流露出自己的心绪。“古调虽自爱，今人多不弹”是常被今人引用的名句。成语“古调不弹”出于此，今多比喻过时的东西不受欢迎。又生出成语“古调单弹”，比喻言行不合时宜。

古调虽自爱，

今人多不弹。

送灵澈[1]

苍苍竹林寺，杳杳钟声晚。[2]
荷笠带夕阳，青山独归远。[3]

① 灵澈（chè）：会稽（今浙江绍兴）人，中唐著名诗僧，与皎然齐名。
② 竹林寺：在今江苏镇江。杳杳：深远的样子。
③ 荷笠：荷叶制成的斗笠。一说“荷”为动词，意为头戴斗笠，一说意为身背斗笠。夕阳：一作“斜阳”。

灵澈上人是中唐时期一位著名诗僧，诗中的竹林寺在今江苏镇江，是灵澈此次游方歇宿的寺院。这首诗写傍晚时分，诗人送灵澈返回竹林寺的途中，像一幅意境幽美的山水画，写得有声有色，有近有远，情谊真挚。前两句是诗人想象灵澈宿处的情景：苍苍山林中，远远传来寺院报时的钟响，这钟声仿佛在催促灵澈归山，诗人用简短的笔墨就勾勒出一个清远幽渺的意境，符合送别对象的身份，也契合作者此时寂寞的心情。“荷笠带夕阳，青山独归远”一联历来为人所传诵。这一联中只写了行者，并未写送别人，但“独归远”却显出诗人伫立目送、依依不舍的样子，表达了诗人对灵澈真挚的情意。

荷笠带夕阳，
青山独归远。

逢雪宿芙蓉山主人[①]

日暮苍山远，天寒白屋贫。[②]
柴门闻犬吠，风雪夜归人。
（第一季2次，第二季2次，第三季3次，第四季3次）

①逢：遇上。宿：投宿。芙蓉山：各地以芙蓉命山名者甚多，这里大约是指湖南桂阳或宁乡的芙蓉山。主人：指留诗人借宿的房东。
②日暮：傍晚的时候。苍山远：青山在暮色中影影绰绰显得很远。苍：青色。白屋：用白茅草搭建的屋子，一般指贫苦人家。

这是刘长卿的名作之一，这首小诗用极其精练的笔墨描绘了一幅寒山夜宿图，风格凄清。诗的第一句点明诗人投宿的时间、风雪途中所见，暗示自己跋涉的辛劳以及急于投宿的心情；第二句交代了投宿的地点、主人家简陋贫寒的境况。“柴门闻犬吠，风雪夜归人”一联写生活之辛苦，历来为人所称道，描写了诗人投宿后的情况，在深夜将睡时，突然听到柴门旁狗叫的声音，大概是夜里归来的人惊动了它吧。短短两句，引起了后人诸多猜测，对于谁是“夜归人”的说法也众说纷纭，有人说是主人，也有人说是邻居。没有主人在家，诗人怎么能够借宿？基于这个疑问，“夜归人”解为邻居更好。

柴门闻犬吠，
风雪夜归人。

戴叔伦（732—789），字幼公，又字次公，润州金坛（今属江苏镇江）人。年少拜萧颖士为师。官至容管经略使，后人称为“戴容州”。诗歌题材丰富，有的表现隐逸生活和闲适情调，有的反映民生疾苦，有的表达报国之情。

塞上曲

汉家旌帜满阴山，不遣胡儿匹马还。
愿得此身长报国，何须生入玉门关。①

（第一季 1 次，第三季 3 次，第四季 2 次）

① 玉门关：古时通西域的要道，在今甘肃敦煌西北。生入玉门关：东汉班超投笔从戎，在西域几十年，立下丰功伟绩。晚年思乡，曾上书朝廷，希望“生入玉门关”。

戴叔伦的边塞诗《塞上曲》共两首，这是第二首，通过描写唐军英勇歼敌的场景，赞颂了边塞将士的英雄气概和赫赫战功，表达自己渴望抵御敌人侵扰，从军报国的爱国热情。前两句先是铺陈出大唐军队的豪迈声势，升华保家卫国的决心。“愿得此身长报国，何须生入玉门关”，反用东汉班超希望“生入玉门关”的典故，表达终身守卫边疆，抱着必死决心来报效国家的豪情壮志。

愿得此身长报国，
何须生入玉门关。

韩翃（hóng）（734？—786？），字君平，南阳（今属河南）人，天宝十三年（754）进士及第，为“大历十才子”之一。唐德宗喜欢他的诗，曾亲自批示，授韩翃知制诰。当时朝中有两个韩翃，宰相不知授予哪个，又请示皇上，唐德宗说，写“春城无处不飞花”的韩翃。后来韩翃官至中书舍人。他与柳氏的爱情悲欢，被许尧佐写入传奇《柳氏传》。

寒　食①

春城无处不飞花，寒食东风御柳斜。②
日暮汉宫传蜡烛，轻烟散入五侯家。③

（第一季1次，第三季3次，第四季2次）

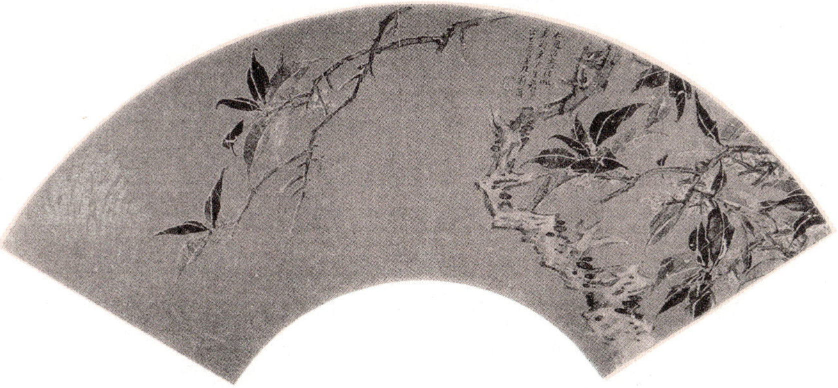

清·刘度《桂树图》

① 寒食：寒食节。我国传统节日，唐代一般在清明节前两天禁火，只吃冷食，所以称寒食，到清明为止，总共禁火三天。
② 花：指柳絮。御柳：皇宫御花园里的柳树。
③ 汉宫：这里指唐朝皇宫。传蜡烛：寒食节普天下禁火，但权贵宠臣得到皇帝恩赐可以燃烛。五侯：汉成帝时封王皇后的五个兄弟王谭、王商、王立、王根、王逢为侯，受到特别的恩宠。这里泛指天子近幸之臣、豪门贵族。

韩翃因《寒食》这首诗而流传千古。有人说这是一首讽刺诗，实际上这是一首颂诗，歌颂唐德宗皇恩浩荡，大唐繁荣祥和的气象，在歌颂的同时暗含委婉的讽谏。头两句写寒食节都城一片美好的春景：皇宫的御柳在东风的吹拂下飘散出满城的飞絮，暗示皇恩浩荡，无处不在。后两句说五侯家得到皇恩最多，寒食节虽然禁火，但得宠的官员却可以得到皇上特赐的火烛，多么光荣啊，看他们家的上空香烟缭绕，好一派升平气象！实际上是诗人用贴切的典故，暗讽豪门贵族获得更多利益的不公平现实。唐德宗非常欣赏这首诗温柔敦厚的风格，因这首诗而提拔韩翃为驾部郎中知制诰的高官。“春城无处不飞花”一句已引申为赞美春天的名句，也是“飞花令”这一名称的来源。

春城无处不飞花

韦应物（735—790），字义博，长安（今陕西西安）人。天宝末年，为唐玄宗侍卫，生活作风放浪不检。安史之乱后，洗心革面，入太学读书，后进士及第，做了地方官，贞元中任苏州刺史，世称“韦苏州”。韦应物是唐代著名清官。今存诗573首，以五言古体为最多。他擅长写山水田园诗，诗风恬淡高远，与王维、孟浩然、柳宗元并称为“王孟韦柳”。

寄李儋元锡①

去年花里逢君别，今日花开又一年。
世事茫茫难自料，春愁黯黯独成眠。②
身多疾病思田里，邑有流亡愧俸钱。③
闻道欲来相问讯，西楼望月几回圆。

① 李儋（dān）、元锡：都是作者的朋友，两人先后来滁州访问过韦应物。

② 黯黯（àn àn）：心神沮丧的样子。

③ 邑：所管地区。流亡：逃难的灾民。俸钱：俸禄，工资。

这是韦应物名篇之一，主要表达他忧时伤乱的沉重心情。结尾说，听说你们要来探望我，我已在西楼等了几个月了。这是盼望得到友情的安慰。“世事茫茫难自料，春愁黯黯独成眠”是名句。“身多疾病思田里，邑有流亡愧俸钱”两句尤其著名，是一千多年来清官的光辉榜样。意思是说我虽然疾病缠身但仍然心系百姓，关心百姓的农耕情况。如果我管辖的地区还有逃难的灾民，那么我怎么能心安理得地继续拿朝廷的俸禄呢。这是韦应物做官的标准，是他高尚品格的具体体现。

身多疾病思田里，
邑有流亡愧俸钱。

滁州西涧①

独怜幽草涧边生，上有黄鹂深树鸣。②
春潮带雨晚来急，野渡无人舟自横。③

（第一季 2 次，第二季 1 次，第四季 3 次）

① 滁州：今安徽滁州市。西涧：滁州城西的一条河。
② 独怜：特别喜爱。
③ 春潮：春水泛滥叫春潮。

这是韦应物写景诗的名篇，描写春游滁州西涧所见情景，也是韦应物当时处境的写照，纵然“野渡无人”，我也情愿“舟自横”。韦应物独独喜欢涧边刚生出来的幽草，欣赏无人的孤舟在急迫的春潮中悠闲地横躺着的景象，表露了诗人恬淡而孤独的胸怀。“春潮带雨晚来急，野渡无人舟自横”这一联是写景名句，将野渡春雨写得历历在目，形象丰富幽美，是一幅境界独特的风景画。

春潮带雨晚来急，
野渡无人舟自横。

淮上喜会梁州故人[1]

江汉曾为客，相逢每醉还。
浮云一别后，流水十年间。[2]
欢笑情如旧，萧疏鬓已斑。
何因不归去？淮上有秋山。[3]

①淮上：淮水边，今江苏淮安一带。梁州：指兴元府，今陕西汉中市。
② 流水：喻岁月如流，又暗合江汉。
③ 淮上有秋山：言淮上风光可恋。

这首诗写诗人在淮上喜遇梁州故人的感慨，十年未见的老友乍一相逢，有欢喜，也有青春时光易逝的无奈与悲凉。古人在面对离别和相逢时，情感更容易被激发，盖因古时交通不便，相见时难别亦难，因而这一次的相逢才会让诗人格外喜悦。首联是作者回忆与友人昔日欢乐的时光，凸显两人之间的友情。颔联从往昔的青葱岁月回归到现实，抒发了分别十年的感伤之情。颈联悲喜交加，喜的是“我”与友人的情谊一如往昔，悲的是两人都不复当年的青春年少，两鬓斑白却还在宦游漂泊。尾联以诗人的自问自答，给读者留下回味的余地。“浮云一别后，流水十年间”是传诵的名句，这一联属于“流水对”，读起来一气呵成，自然洗练，用“浮云”“流水”这种变幻不定的意象，高度浓缩了十年时光的易逝、人事的变幻莫测，短短两句就将复杂的别离情绪概括了出来。

浮云一别后，
流水十年间。

简卢陟①

可怜白雪曲，未遇知音人。②
恓惶戎旅下，蹉跎淮海滨。③
涧树含朝雨，山鸟哢余春。④
我有一瓢酒，可以慰风尘。⑤

（第三季3次）

① 卢陟：人名，韦应物外甥。简：写信给。
② 白雪曲：即《阳春白雪》，战国时代楚国的一种高雅乐曲。
③ 恓（xī）惶：忙碌不安的样子。戎旅：军队。蹉跎：光阴虚度，失意。
④ 哢（lònɡ），指鸟的鸣叫。
⑤ 风尘：行旅艰辛。

这是韦应物写给自己外甥卢陟的一首诗，写这首诗的时间是贞元元年（785）暮春，韦应物已经罢滁州刺史，闲居在滁州。整首诗慨叹自己和外甥知音难觅，只能在军队旅途或者偏僻山涧中蹉跎失意的不幸际遇。前两联概括地描写诗人与外甥身世的不幸，颈联笔锋转到清新明快的景物上，从上联的“恓惶”“蹉跎”中宕出一笔，使全诗的基调不至于太过灰暗，也可以了解诗人性格中豁达的一面。尾联“我有一瓢酒，可以慰风尘”用“风尘”承接前联的失意，概括舅甥两人漂泊的际遇，既是诗人聊以自慰的话，也传达出诗人失意时刻希望与外甥相聚的心情。这两句近年来被人改为“我有一壶酒，足以慰风尘”，在网络上广为流传，引起人们的广泛共鸣和争相接续。

我有一瓢酒，
可以慰风尘。

戎昱（740—801），荆州（今湖北江陵）人。举进士不第，漫游各地，在幕府任职，官至虔州刺史。崇拜诗人岑参、杜甫。诗风清新流丽。

早　梅①

一树寒梅白玉条，迥临村路傍溪桥。②
不知近水花先发，疑是经春雪未销。③

① 本篇明刻本《文苑英华》误作张谓诗。
② 迥（jiǒng）：远。傍：靠近。
③ 不知：一作“应缘”。发：开放。经春：行春，到了春天。一作“经冬”。销：通“消”，融化。

这首咏梅诗紧扣一个“早”字，将初春寒梅刻画得形神兼备，暗中赞美了梅花的高洁。第一句用白玉条比喻满树开放的梅花，写出了梅花洁白的身姿，引人陶醉。第二句中“迥”“傍”两字点出了梅花远离尘嚣的生长环境，侧面夸赞了梅花高洁脱俗的品性。“不知近水花先发，疑是经春雪未销”一联中“不知”“疑”两词将诗人乍见早春寒梅的惊喜之情表达得淋漓尽致，而且疑白梅为雪，与第一句中的白玉条遥相呼应，立意新颖，趣味盎然，突出早梅的傲然高洁，是传诵的名句。

不	知	近	水	花	先	发	，
疑	是	经	春	雪	未	销	。

移家别湖上亭[①]

好是春风湖上亭，柳条藤蔓系离情。
黄莺久住浑相识，欲别频啼四五声。[②]

① 移家：搬家。
② 浑：全。频啼：连续鸣叫。

这首诗作于作者搬家时，表达对故居的依依惜别之情。整首诗意境优美，画面柔和，色彩鲜明，情感浓烈，诗意盎然。前两句细致描绘出湖上亭的景色宜人，春风荡漾，柳条、藤蔓随风摇摆，作者用“系”字，将情和景巧妙地融合在一起，一切景语皆情语，生动形象地传达出离情之长。后两句运用拟人的修辞手法，把黄莺人格化，赋予黄莺人的情感，物我交融，特别而不突兀，一个“啼”字将全诗的情感带向高潮，用黄莺的不舍衬托出自己对故居的留恋之情。

黄莺久住浑相识，
欲别频啼四五声。

卢纶（742—799），字允言，蒲州（今山西永济西南）人。诗人李益表兄。屡试不第，交友广泛，受宰相王缙、元载推荐，步入仕途，官至检校户部郎中。诗多送别酬答之作，也有反映军旅生活的作品。王士禛以之为“大历十才子之冠冕”（《分甘馀话》卷四）。

塞下曲

月黑雁飞高，单于夜遁逃。[①]
欲将轻骑逐，大雪满弓刀。[②]

（第一季1次，第三季1次，第四季1次）

① 单于：匈奴最高首领。遁：逃走。
② 将（jiāng）：率领。轻骑：轻装快速的骑兵。满：沾满。

这是组诗《塞下曲》的第三首，写的是敌军溃退，守边将士不畏严寒乘胜追击，衬托出将士们杀敌斗志昂扬的热情。首句交代事件发生时间，“飞”和“高”字使用极其精妙，夜黑风高，为“单于夜遁逃”铺垫出紧张的气氛，合情而合理，也从侧面赞扬了边疆战士的骁勇善战。后两句描摹出了极其豪迈而壮观的场景，将军率军追赶，茫茫夜色，漫天大雪，弓和刀在这种环境的映衬下，光芒更加强烈，画面色彩愈发浓烈，将士们的杀敌热情汹涌澎湃，意蕴无穷。

月黑雁飞高

李益（746—829），字君虞，陇西姑臧（今甘肃武威）人，凉武昭王第十二代孙。大历四年（769）进士及第，官至礼部尚书。李益今存诗163首，擅长七绝，胡应麟说："七言绝，开元之下便当以李益为第一。"其边塞七绝，常常是壮烈、慷慨之中带一点伤感和悲凉。有七绝名句"从此无心爱良夜，任他明月下西楼"等。唐传奇《霍小玉传》记载了李益辜负霍小玉的故事。

江南曲

嫁得瞿塘贾，朝朝误妾期。①
早知潮有信，嫁与弄潮儿。②

（第三季1次）

① 贾（gǔ）：商人。妾：女子自称的谦辞。
② 潮有信：潮水涨落有一定的时间，叫"潮信"。弄潮儿：指潮水来时，乘船入江的人。

这是一首闺怨诗，主要写的是思妇宣泄商人重利轻别离的情绪，将思妇怨怅之态细腻地刻画出来。这首诗采用民歌体的写作模式，口语化的语言运用给整首诗增添了一丝新奇。前两句用平淡的语言描述嫁作商人妇，商人误约期这一事实，思妇情绪蓄积待发。后两句是奇语，类似于南北朝时期释宝月《估客乐四首》中"莫作瓶落井，一去无消息"所传达的情感，一吐积怨，借"弄潮儿"这一人物形象写出潮来有信，以反衬郎去不归，诉出夫婿的无情，成为千古传诵的名句。

早知潮有信，
嫁与弄潮儿。

夜上受降城闻笛

回乐峰前沙似雪，受降城外月如霜。①

不知何处吹芦管，一夜征人尽望乡。②

① 回乐（lè）峰：回乐县境内的一座山峰。回乐县唐属灵州，为朔方节度治所，在今甘肃灵武西南。受降城：城名，汉唐筑以接受敌人投降，故名。汉故城在今内蒙古乌拉特旗北；唐筑有三城，中城在朔州，西城在灵州，东城在胜州。

② 芦管：即芦笳，胡笳，其声圆润哀伤。尽：全。

这是一首写戍边将士的思乡之作。前两句诗人巧妙地写出了受降城似雪的沙漠和如霜的月光这一悲凉月下景色，夹杂了内心的无限凄凉。后两句借景抒情，寓情于景，用芦笳声来寄托思乡之情，景色、声音、感情融为一体，一夜的时间之久，芦笳声的悲凉绵长，尽望乡情之深，深沉婉转，让人回味无穷。

不知何处吹芦管，
一夜征人尽望乡。

孟郊（751—814），字东野，湖州武康（今浙江德清）人。贞元十二年（796）孟郊46岁时进士及第，任溧阳县尉。一生仕途不顺，穷困潦倒，与韩愈友善，人称“韩孟”。又与贾岛齐名，人称“郊岛”，苏东坡评为“郊寒岛瘦”。好苦吟，多穷苦之词，以乐府和古诗最多。有《孟东野集》。

游子吟

慈母手中线，游子身上衣。
临行密密缝，意恐迟迟归。
谁言寸草心，报得三春晖？①

（第一季3次，第二季1次，第三季5次，第四季3次）

① 寸草心：比喻游子的一片孝心。三春晖：指春天的阳光，这里比喻母爱的温暖。

这首诗是孟郊近50岁时所作，歌颂了平凡而伟大的母爱，表达了难以回报母爱的自责和无奈。前两句通过母亲为儿子缝制衣服的画面展现了生活里最淳朴真实的母爱，接下来两句流露出母亲内心对儿子归期的期盼，“密密”两字写出了在缝制衣服的一针一线中寄托了母亲的牵挂之心。最后两句用反问句升华了全诗的感情基调，春天的阳光不仅给了小草生命，还给了小草抚育的温暖，这个恩情岂是小草所能报答的。将慈母之爱的深沉难以回报写得感人肺腑，引发无数人的共鸣，成为不朽名句。

谁言寸草心，
报得三春晖？

登科后

昔日龌龊不足夸，今朝放荡思无涯。①
春风得意马蹄疾，一日看尽长安花。②

（第三季 2 次）

① 龌龊：与“窝囊”近义，指穷困不得意。夸：谈论。放荡：自由自在，不受拘束。思：读 sì。
② 疾：快。

这是诗人在两次落第后，46 岁终于进士及第时所作。诗的首句连用六个入声字，尾句用三平调，酣畅淋漓地挥洒出内心的得意欢畅。前两句写穷困潦倒的生活从此结束，今朝的金榜题名将会改变自己的境遇。后两句是全诗的点睛之笔，衍生出“春风得意”与“走马看花”（或“走马观花”）两个成语，活灵活现地描绘出诗人神采飞扬的姿态，在春风中骑着马奔腾于长安大道上看尽名花，登科后的心花怒放之态一展无遗。

春风得意马蹄疾

张籍（766—830），字文昌，苏州（今属江苏）人，幼时移家到和州乌江（今安徽和县东北）。贞元十五年（799）进士及第，曾任水部员外郎，故称“张水部”，官至国子司业，世称“张司业”。他生活很清贫，与王建、韩愈、孟郊、白居易、元稹、刘禹锡、李贺、贾岛等人皆友善。张籍擅作乐府诗，与王建齐名，称“张王乐府”。

节妇吟①

君知妾有夫，赠妾双明珠。
感君缠绵意，系在红罗襦。②
妾家高楼连苑起，良人执戟明光里。③
知君用心如日月，事夫誓拟同生死。
还君明珠双泪垂，恨不相逢未嫁时。

（第一季 2 次，第四季 2 次）

① 本题下有作者原注“寄东平李司空师道”。李师道（？—819），当时平卢淄青节度使，驻守渤海东平府。元和十一年（816）加司空衔，与淮西叛将吴元济勾结对抗朝廷，元和十四年（819）被部将擒杀。
② 襦：短袄。
③ 良人：指丈夫。明光：汉代宫殿名，这里指宫殿。

一个男子热烈地爱着一个已婚女人，赠送她两颗明珠。这个女人对他也有好感，但又不能背弃自己的丈夫。全诗写这一矛盾的产生到最后解决的过程，跌宕起伏，节妇之节，跃然纸上。这个已婚女人把人家送的一双明珠系在红罗袄子上，说明她动了心，接受了人家的爱情；最后还是流着眼泪把明珠还给人家，说明她衡量轻重，作出了最后取舍，委婉拒绝了这个男子，做了个真正的“节妇”。全诗以女子口吻表达心曲，缠绵动人，尤其是“还君明珠双泪垂，恨不相逢未嫁时”两句，写透了情与礼的矛盾，缱绻细腻，令人把玩嗟叹不已，堪称是写爱情的名句。

其实张籍这首诗属于典型的政治诗，是借爱情来表达自己的政治立场的。当时平卢淄青节度使李师道与淮西叛将吴元济勾结对抗朝廷，李师道欲招揽名士文人，就派人用厚礼来请张籍去参加他的幕府，张籍写了这首诗辞谢他，表达了自己忠于朝廷，不愿加入对抗朝廷的藩镇的立场，这与韩愈《送董邵南游河北序》的立场完全一致。

近代和尚作家苏曼殊也有名句曰：“还卿一钵无情泪，恨不相逢未剃时。”模仿借鉴是明显的。“恨不相逢未嫁时”，现在多被用来表达有情无分的惋惜。

恨不相逢未嫁时。

王建（766—832），字仲初，许州（今河南省许昌市）人。曾任县尉、司马等小官，生活比较贫困。擅长乐府诗，与张籍齐名，世称“张王”。又擅长七绝，较多汲取民歌特色。写过宫词百首，在传统的宫怨之外，还广泛地描绘宫中风物，是研究唐代宫廷生活的重要资料。今存诗 500 余首。

十五夜望月寄杜郎中①

中庭地白树栖鸦，冷露无声湿桂花。②
今夜月明人尽望，不知秋思落谁家。③

（第四季 1 次）

① 十五夜：指农历八月十五的夜晚。郎中：官名。
② 中庭：即庭中，庭院中。地白：指月光照在庭院的地上，像铺了一层霜一样。
③ 秋思（sì）：秋天的情思，指怀人的思绪。

这是一首中秋之夜怀人之作。前两句写出了庭中月色的空寂，意象层层相扣，地白映衬月色的皎洁，栖鸦映衬夜色的寂静，冷露映衬秋色的萧瑟，湿桂映衬中庭的寒意，让人浮想联翩。后两句点明诗人意图，凉秋之意，感人之绪，都缠绕在望月的相思之情中，明明是自己的秋思，诗人用“不知”两字将秋思扩大化，深沉而委婉。这首诗意境优美，情深意长，想象丰富，将离情别绪表现得真挚动人。

今夜月明人尽望，
不知秋思落谁家。

寄蜀中薛涛校书[①]

万里桥边女校书，枇杷花里闭门居。[②]

扫眉才子知多少，管领春风总不如。[③]

（第一季 1 次，第三季 1 次）

① 薛涛（768？—832）：唐代女诗人，字洪度，长安人，跟随父亲薛郧做官而来到蜀地，八九岁能诗，父死家贫，16 岁堕入乐籍，成为一名乐妓，脱乐籍后终身未嫁。校（jiào）书：即校书郎，古代掌校理典籍的官员，薛涛当时以“女校书”名号广为人知。

② 枇杷（pí pá）：乔木名，果实亦叫枇杷。

③ 扫眉才子：泛指古往今来的女才子。管领春风：独领风骚之义。

这是一首寄赠之作。首句开门见山点出薛涛的身份，第二句则从薛涛的生活场景写起，侧面烘托了她喜爱清幽的性格，所含深意引发联想。后两句“扫眉才子”活用张敞为妻画眉这一典故，泛指从古以来的女才子们，衬托出才华横溢的薛涛这颗闪闪发亮的诗坛明星，赞美之情溢于纸上。“扫眉才子”已为成语，用来称有文才的女子，或通晓文学的女子。

扫眉才子知多少，

管领春风总不如。

新嫁娘词

三日入厨下，洗手作羹汤。

未谙姑食性，先遣小姑尝。[①]

（第一季 2 次）

① 谙（ān）：熟悉，了解。遣：使，让。

这首诗写出了一位刚嫁入婆家的新媳妇进退两难的处境。从三日入厨到洗手，再到先遣小姑尝，生动形象地描绘了一幅新媳妇刚到婆家劳动的画面。婆媳问题是自古以来一大难题，诗人通过新媳妇的行为动作，用小姑的口味来了解婆婆，新媳妇的聪慧不言而喻。封建社会中的女性处境艰难，作者别具一格地刻画出了一位机智伶俐、富有心计的女性形象，诗歌寓意耐人寻味。

明·王谷祥《花卉册，牡丹》

未谙姑食性，
先遣小姑尝。

韩愈（768—824），字退之，河阳（今河南孟州南）人，郡望河北昌黎，世称韩昌黎。三岁丧父，由长兄韩会抚养长大。贞元八年（792）进士及第，官至吏部侍郎。韩愈是唐代杰出的文学家、思想家，唐代古文运动的倡导者，与柳宗元并称“韩柳”，苏轼称他“文起八代之衰”。其诗风格奇崛险怪，也有平易流畅之篇。有《昌黎先生文集》。

早春呈水部张十八员外①

天街小雨润如酥，草色遥看近却无。②
最是一年春好处，绝胜烟柳满皇都。③

（第一季 2 次，第二季 2 次，第三季 1 次，第四季 3 次）

① 呈：寄给。张十八员外：韩愈的好友张籍，在兄弟辈中排行十八，称“张十八”，曾任水部员外郎。
② 天街：京城中的街道。酥：即奶油，形容春雨如奶油般滋润。
③ 最是：正是。绝胜（shēng）：绝对胜过。

这是一首写给张籍的口语化小诗，全诗用平淡的语言勾勒了一幅早春清新优美的画，并与盛春作比较，歌咏了早春独一无二的美妙，表现了自己的理想和情怀。前两句先是透过淅淅沥沥的小雨来遥看春色，展现了早春的朦胧美。清人黄叔灿评“草色遥看近却无”句，如同画家设色，在有意无意之间。遥看似见草色，近看却还没有长草，早春雨里的草色在有无之间。最后两句诗人用盛春满城烟柳的景色对比早春时节的景色，“满”字的使用，传达出诗人对早春的喜爱之情。

草色遥看近却无。

晚　春

草树知春不久归，百般红紫斗芳菲。①
杨花榆荚无才思，惟解漫天作雪飞。②

（第二季 1 次，第三季 1 次）

① 芳菲：形容花的芳香。
② 杨花：柳絮。榆荚：榆钱，榆未生叶时，先在枝间生荚，荚小如钱，荚老呈白色，随风飘落。

这是一首描写暮春时节景物的诗。这首诗写春将逝去，草木植物使出浑身解数想要留住春天，百花怒放的春景生动逼人，杨花榆荚比起百般红紫略逊一筹，却化作雪花漫天飞舞，为晚春添色。后两句诗的寓意历来引起争议，一般认为作者对杨花榆荚是持有怜惜态度，寄托了自己的幽默谐趣。

百般红紫斗芳菲。

山　石①

山石荦确行径微，黄昏到寺蝙蝠飞。②
升堂坐阶新雨足，芭蕉叶大栀子肥。
僧言古壁佛画好，以火来照所见稀。
铺床拂席置羹饭，疏粝亦足饱我饥。③
夜深静卧百虫绝，清月出岭光入扉。④
天明独去无道路，出入高下穷烟霏。
山红涧碧纷烂漫，时见松枥皆十围。⑤
当流赤足蹋涧石，水声激激风吹衣。
人生如此自可乐，岂必局束为人鞿。⑥
嗟哉吾党二三子，安得至老不更归。⑦

① 山石：这是取诗的首句开头两字为题，不是赋咏山石。
② 荦（luò）确：指山石不平的样子。微：狭窄。
③ 疏粝（lì）：小菜粗饭。
④ 百虫绝：虫鸣声断绝。
⑤ 山红涧碧：即山花红艳，涧水清碧。纷：繁盛。烂漫：光彩四射。枥（lì）：同“栎”，落叶乔木，我国北方用以饲养野蚕。十围：泛指树干粗大。
⑥ 局束：拘束。鞿（jī）：牵制，束缚。
⑦ 吾党二三子：这里指同游者，与自己志同道合的人。不更归：不再回去。

这首诗二十句，是一首“游记体”的七言古诗，是七古散文化的典范。主要写的是诗人游山到寺里住了一夜，第二日回家途中在山间的所见所感。前两句先是交代背景和原因，写游山到寺的情景；第三、四句写寺内景物，坐在堂前台阶欣赏院子里的花草树木，大雨过后的芭蕉叶显得更大更绿，栀子花绽放得更香更美。接着写寺中和尚接待客人，取灯火领客人观看壁画，由于年代久远，壁画依稀凋落让人看不清。紧接着写和尚铺床拂席，供应晚饭招待客人。夜深虫鸣停息，客人静卧床上看见月光照进窗户。天明之后，诗人归家途中看见红艳的山花，碧绿的涧水，粗大的松树和栎树，赤脚踏石过涧水，微风拂衣，陶醉在美好的大自然之中，惬意得让人流连忘返。结尾四句，总结全文，发出感慨，与“为人鞿”的生活状态对比，表达自己对山间无忧无虑生活的向往。整篇诗歌如电影镜头般逐个播放，每一幕都有自己独特的意味，叙写了诗人游山的经历，对后世影响很大。

升堂坐阶新雨足，
芭蕉叶大栀子肥。

左迁至蓝关示侄孙湘[①]

一封朝奏九重天，夕贬潮州路八千。[②]
欲为圣明除弊事，肯将衰朽惜残年。[③]
云横秦岭家何在？雪拥蓝关马不前。[④]
知汝远来应有意，好收吾骨瘴江边。[⑤]

（第一季2次，第四季1次）

① 左迁：贬官。古代左迁为降，右迁为升。蓝关：蓝田关，在今陕西省蓝田县。湘：韩愈的侄孙韩湘，韩愈之侄十二郎韩老成的长子。

② 一封：指《论佛骨表》。朝：早晨。九重（chóng）天：古称天有九层，第九层最高，借指皇帝。路八千：泛指路途遥远。

③ 圣明：皇帝的代称。弊事：指迷信佛教之事。衰朽：自谦，指自己衰老之身。

④ 拥：堆积。

⑤ 远来：指韩湘得知韩愈出贬消息，特到蓝关来相会，跟随赴岭南。瘴（zhàng）江：指岭南一带多瘴气弥漫的江流。

这首诗是写元和十四年（1819）初，唐宪宗李纯特派专人把凤翔法门寺中的一块佛骨迎到长安，加以供奉，韩愈上《论佛骨表》加以劝谏，得罪了李纯，被贬为潮州刺史，这是途中所作的七律佳作。首联先介绍自己被贬原因，颔联直言自己内心的愤懑不平，为自己申诉，不惜残年为除弊事。颈联用眼前的景色写胸中的感慨，景阔情悲，婉转深沉，悲中有壮，为诗中名句。借“秦岭”和“蓝关”这一自然景色表述内心愁苦之绪，也蕴含了自己为上表付出的惨痛代价，有种英雄失路之悲。尾联向侄孙交代后事，沉痛且凄楚悲凉之感流露出来。

云横秦岭家何在？
雪拥蓝关马不前。

李绅（772—846），字公垂，亳州（今属安徽）人，生于乌程（今浙江湖州），长于润州无锡（今属江苏）。因身材短小，人称"短李"。27岁进士及第，补国子助教，官至宰相。与元稹、白居易交游甚密，发起新乐府运动，作有《乐府新题》20首。

悯农二首①

其一

春种一粒粟，秋收万颗子。②
四海无闲田，农夫犹饿死。③

其二

锄禾日当午，汗滴禾下土。
谁知盘中餐，粒粒皆辛苦！

（第一季3次，第三季2次，第四季2次）

① 悯：怜悯。这里有同情的意思。诗亦作《古风二首》。这两首诗的排序各版本有所不同。
② 粟：泛指谷类。子：指粮食颗粒。
③ 四海：指全国。闲田：没有耕种的荒地。犹：仍然。

这是两首脍炙人口的小诗，语言通俗直白，几乎妇孺皆知。

第一首诗讽刺意味特别强烈：春天只要播下一粒种子，秋天就可收获很多粮食。普天之下，没有荒废不种的田地，但是劳苦农民仍没有粮食吃，仍然要饿死。这是多么讽刺的事情啊，在全国大丰收的情况下，这些粮食耕种者却到了饿死的地步。这引发了读者进一步思考：这些粮食到哪去了？农民为什么又到了饿死的地步？丰收的时候尚且如此，更不要说灾年了。也更加深了读者对农民的同情，扣紧了题目中的"悯"。

第二首比第一首知名度更高，经常被家长用来教育孩子节约、珍惜粮食。第一联用常见的农民劳作场景凸显出农民的辛苦，概括地表现了农民不避严寒酷暑，终年辛勤劳动的生活。第二联接着农民艰辛的劳作引申出“谁知盘中餐，粒粒皆辛苦”，有了上一联的铺垫，所以这一联显得并不空洞。整首诗语言平白如话，但是又不单纯是说教，既表达了深刻的道理，又刻画了一幅生动的农家劳作图，凝聚了诗人无限的愤懑和真挚的同情。

四海无闲田，
农夫犹饿死。

谁知盘中餐，
粒粒皆辛苦！

刘禹锡（772—842），字梦得，洛阳人。贞元九年（793）进士及第，与柳宗元同榜，官至太子宾客，世称“刘宾客”。性格刚毅，青年时代和柳宗元一起参与“永贞革新”，结果被贬为朗州司马，在朗州创作《竹枝词》十首，很有名。后来他回到朝廷，因为写诗讽刺权贵，又被贬官。刘禹锡今存诗八百多首，诗风清新俊爽，富民歌情韵，脍炙人口之作很多。与柳宗元交谊最深，并称“刘柳”；晚年与白居易诗歌唱和，并称“刘白”。白居易称他为“诗豪”。

和乐天春词

新妆宜面下朱楼，深锁春光一院愁。①
行到中庭数花朵，蜻蜓飞上玉搔头。②

（第四季 1 次）

① 宜面：脂粉和脸色很协调。朱楼：涂以红漆的楼房，多指富贵女子的居所。
② 玉搔头：玉簪子。

这首诗是对白居易《春词》的和诗，是一首宫怨诗，写宫女新妆虽好，却无人欣赏，就像这美好的春光一样被锁在空院里。她满心愁怨，只好到庭院中数花解闷，不料蜻蜓却来欣赏她的新妆，把她当成了一朵花。整首诗巧妙地表现了深宫女子在大好年华无人欣赏的寂寞之情，既新颖又富有韵味。“行到中庭数花朵，蜻蜓飞上玉搔头”两句尤其经典，诗人剪取了饶富趣味的场景，将女子的身姿和美丽的容颜含蓄委婉地表达出来，使得诗歌结尾神采飞扬。

蜻蜓飞上玉搔头。

乌衣巷[①]

朱雀桥边野草花，乌衣巷口夕阳斜。[②]
旧时王谢堂前燕，飞入寻常百姓家。

（第一季2次，第四季4次）

① 乌衣巷：在今南京市，是三国东吴时的禁军驻地，由于当时禁军身着黑色军服，所以此地俗语称乌衣巷。在东晋时，王导、谢安两大家族都居住在乌衣巷，人称其子弟为“乌衣郎”。入唐后，乌衣巷沦为废墟。现为民间工艺品的汇集之地。

② 朱雀桥：南京秦淮河上的浮桥。

这是一首怀古诗。诗人感慨东晋时南京秦淮河上繁华鼎盛的朱雀桥和南岸的乌衣巷，如今野草丛生，笼罩在荒凉的残照之中，不复当年的富贵，让人不胜唏嘘。王、谢两姓是六朝最有权势的贵族大家，到唐朝已经没落了，他们的住宅成了普通百姓的居所，不解人事的燕子仍然在梁间来来去去，但住宅主人的身份却从显赫的贵族变成了普通的平民百姓。诗人善于剪裁，第一联用“野草”和“夕阳”两个暗含深意的意象渲染了如今乌衣巷的寂寥、惨淡。第二联从细小的角度切入，将历史与现实连接起来，引人深思。名句“旧时王谢堂前燕，飞入寻常百姓家”，用笔含而不露，却能让读者一眼明了诗人的用意，感慨沧海桑田，人世多变，荣华富贵不可能长久。

旧时王谢堂前燕，
飞入寻常百姓家。

西塞山怀古[1]

王濬楼船下益州，金陵王气黯然收。[2]
千寻铁锁沉江底，一片降幡出石头。[3]
人世几回伤往事，山形依旧枕寒流。
今逢四海为家日，故垒萧萧芦荻秋。[4]

（第一季 1 次，第三季 1 次）

① 西塞山：在今湖北省黄石市，是长江中流要塞。

② 王濬：当时的益州（今成都）刺史。晋武帝命他造大楼船，沿江而下，进攻吴国。金陵：即今南京，当时为吴国首都，相传此地有帝王之气。

③ 千寻铁锁：当时吴国用铁链将长江封锁，结果被王濬用大火炬烧断。降幡：降旗。石头：石头城，故址在今南京清凉山，代指金陵。

④ 四海为家：即天下统一。故垒：指西塞山。

这是一首怀古诗，抒发了山河依旧，人世不同的感慨。分裂最终要归于统一，即使有山川要塞也阻挡不住。前四句形象地概括了东吴灭亡的历史史实：王濬的战船从益州出发，东吴的王气便黯然消逝。东吴的亡国之君孙皓，以长江天险作为屏障，在江中暗置铁锥，再加以千寻铁链横锁江面，自以为是万全之计，谁知王濬用计顺利渡过长江，直取金陵。后四句直接描写西塞山，表达作者对景色依旧、人事全非的感叹。这首诗思想深刻，在讽刺当年雄踞一方却黯然退场的东吴的同时，也将锋芒直指如今重新抬头的藩镇割据势力，借古讽今，巧妙地将情、景、史熔为一炉。“人世几回伤往事，山形依旧枕寒流”是富有哲理性的历史感慨，寓意深刻，成为名句。

人世几回伤往事，
山形依旧枕寒流。

酬乐天扬州初逢席上见赠[1]

巴山楚水凄凉地，二十三年弃置身。[2]
怀旧空吟闻笛赋，到乡翻似烂柯人。[3]
沉舟侧畔千帆过，病树前头万木春。[4]
今日听君歌一曲，暂凭杯酒长精神。[5]

（第一季 1 次，第二季 1 次，第三季 1 次，第四季 1 次）

① 酬：答谢，酬答，这里是指以诗相答的意思。乐天：指白居易，字乐天。见赠：赠诗给我。

② 巴山楚水：指四川、湖南、湖北一带。古时四川东部属于巴国，湖南北部和湖北等地属于楚国。刘禹锡被贬后，迁徙于朗州、连州、夔州、和州等边远地区，这里用“巴山楚水”泛指这些地方。二十三年：从唐顺宗永贞元年（805）刘禹锡被贬为连州刺史，至宝历二年（826）冬应召，约 22 年。因贬地离京遥远，实际上到第二年才能回到京城，所以说 23 年。弃置身：指遭受贬谪（zhé）的诗人自己。弃置，贬谪。

③ 怀旧：怀念故友。吟：吟唱。闻笛赋：指西晋向秀的《思旧赋》。三国曹魏末年，向秀的朋友嵇康、吕安因不满司马氏篡权而被杀害。后来，向秀经过嵇康、吕安的旧居，听到邻人吹笛，不禁悲从中来，于是作《思旧赋》。序文中说：自己经过嵇康旧居，因写此赋追念他。刘禹锡借用这个典故怀念已死去的王叔文、柳宗元等人。到：到达。翻似：倒好像。翻，副词，反而。烂柯人：指晋人王质。相传晋人王质上山砍柴，看见两个童子下棋，就停下观看。等棋局终了，手中的斧柄（柯）已经朽烂。回到村里，才知道已过了一百年。同代人都已经亡故。作者以此典故表达自己遭贬 23 年的感慨，也借这个故事表达世事沧桑，人事全非，暮年返乡恍如隔世的心情。

④ 沉舟：这里诗人以沉舟、病树自比。侧畔：旁边。

⑤ 歌一曲：指白居易的《醉赠刘二十八使君》。长（zhǎng）精神：振作精神。

这首诗是刘禹锡为了回赠白居易《醉赠刘二十八使君》而作的一首七律诗。当时刘禹锡罢和州刺史回归洛阳，在途经扬州时，与罢苏州刺史后也回归洛阳的白居易在一次宴席上相遇，相同的遭遇让两人惺惺相惜，用诗歌酬唱往来。这首诗显示了刘禹锡豁达的人生态度、坚定的人生信念和积极乐观的精神。首联回顾了自己23年的贬谪生活，流露出诗人悲伤哀愁的心绪；颔联用典故含蓄地表达了诗人对旧友的怀念，对人事沧桑变幻的惆怅，以及诗人重回故地的陌生与茫然。“沉舟侧畔千帆过，病树前头万木春”一联是千古流传的警句，现在常用来比喻新事物必然战胜旧事物。刘禹锡将自己比喻成“沉舟”“病树”，看似消极，但能显示出诗人豁达的胸襟。虽然“我”是“沉舟”“病树”，但那又怎么样呢？就是说“我”虽然被贬20多年蹉跎了岁月，可是朝廷中有那么多的后起之秀能展示他们的才能啊！从中可见诗人对仕宦变迁的达观态度。尾联在上联的基础上继续振奋人心，一扫开头的沉郁，顺便点明酬答的题意。

沉舟侧畔千帆过，
病树前头万木春。

竹枝词[1]

杨柳青青江水平，闻郎江上唱歌声。
东边日出西边雨，道是无晴却有晴。[2]

（第二季1次，第三季3次，第四季3次）

① 刘禹锡《竹枝词》共两首，这是其一。竹枝词：乐府近代曲名，又名《竹枝》。原为四川东部一带民歌，唐代诗人刘禹锡根据民歌创作新词，多写男女爱情和三峡的风情，流传甚广。后代诗人多以《竹枝词》为题写爱情和乡土风俗。其形式为七言绝句。

② 晴：与“情”谐音。

《竹枝词》是古代四川东部民歌，人们边舞边唱，用鼓和短笛伴奏。刘禹锡任夔（kuí）州刺史时，采用了当地民歌的曲谱，制成七言绝句形式的《竹枝词》，用来表现当地山水风俗和男女爱情，具有民歌生动活泼的特点，富有生活气息。

这是一首描写青年男女爱情的诗歌，语言清新活泼、情感细腻婉转。在一个美丽的春日里，江边的杨柳青翠欲滴、江水清澈平静，一位深陷爱恋的少女忽然听到从江那边传来心上人的歌声，他一边走一边唱着，少女心中既甜蜜又忧愁，不明白这个人的情意是否和自己一样，就像春日里的雨一样让人捉摸不透。“东边日出西边雨，道是无晴却有晴”一联用了谐音双关的方法，以春雨的“晴”暗喻感情的“情”，含蓄而富有韵味，符合恋爱少女在感情中羞涩含蓄的一面，历来为人们所喜爱。

东边日出西边雨，
道是无晴却有晴。

赏牡丹

庭前芍药妖无格，池上芙蕖净少情。①
唯有牡丹真国色，花开时节动京城。②

（第一季 1 次，第三季 1 次，第四季 1 次）

① 妖：艳丽、妩媚。格：骨格。牡丹别名“木芍药”，芍药为草本，又称“没骨牡丹”，故作者称其“无格”。在这里，无格指格调不高。芙蕖：即莲花。

② 国色：原义为一国中姿容最美的女子，此指牡丹花色卓绝，艳丽高贵。京城：指唐朝的京师长安，长安是唐代的首都。

这首诗用拟人化和抑彼扬此的手法极力赞扬牡丹。全诗没有正面描写牡丹的颜色和形态，而是用同样是名花的芍药、芙蕖侧面烘托和暗示了牡丹具有“妖”“格”“净”“情”这四种资质。在一、二两句的铺垫下，诗人终于将笔锋转到主角牡丹身上，不惜笔墨直接赞扬牡丹是“真国色”，引人竞相观赏追逐，生动地描述了当时唐朝的风尚，令人印象深刻。唐代观赏牡丹风气极盛，李肇《唐国史补》说：“京城贵游尚牡丹，三十余年矣。每春暮，车马若狂，以不耽玩为耻。”从中可以看出牡丹真的不负诗人“花开时节动京城”的评价。

唯有牡丹真国色，
花开时节动京城。

酬乐天咏老见示[1]

人谁不顾老，老去有谁怜。[2]
身瘦带频减，发稀冠自偏。[3]
废书缘惜眼，多炙为随年。[4]
经事还谙事，阅人如阅川。[5]
细思皆幸矣，下此便翛然。[6]
莫道桑榆晚，为霞尚满天。[7]

① 酬乐天：作诗酬答白居易。咏老见示：拿《咏老》诗给我看。

② 顾：念，指考虑。怜：怜惜，爱惜。

③ 带：腰带。频减：多次缩紧。冠：帽子。

④ 废书：丢下书本，指不看书。炙：晒太阳。随年：适应身老体衰的需要，这里指延长寿命。

⑤ 谙（ān）：熟悉。阅人如阅川：意谓阅历人生如同积水成川一样。

⑥ 幸：幸运，引申为优点。下此：指改变对衰老的忧虑心情。下，攻下，等于说“解决”“领悟”。此，指“顾老”，对衰老的忧虑和担心。翛（xiāo）然：自由自在、心情畅快的样子。

⑦ 桑榆：太阳落山的地方。太阳下到桑、榆两星之间，天色便晚了，喻人至晚年。一说指桑树和榆树。日落时光照在桑榆树端，因以指日暮。为：创造。一作“微”。霞：霞光，这里指晚霞。

刘禹锡和白居易晚年都患眼疾、足疾，生活十分不便，面对这样的晚景，白居易产生了一种消极悲观的情绪，并且写了《咏老赠梦得》一首给刘禹锡（字梦得），刘禹锡读了白居易的诗，于是回赠了这首《酬乐天咏老见示》。诗的前六句承接白居易诗而来，表达了一种同病相怜的感慨，呼应了白居易诗的“咏老”思致。诗的后六句是诗人情感的转折，没有前六句对年老体衰的悲观无奈，而是辩证地看待年老的事实，道出年老积极的一面。“莫道桑榆晚，为霞尚满天”这一联用比喻的形式表达了诗人积极乐观、豁达进取的人生态度，与白居易消极悲观的情绪迥然不同，同时也是诗人以自己的方式劝慰老友白居易：不要说日暮就已经是晚景了，而撒出的晚霞还可以照得满天彤红、灿烂无比呢！感情真挚，思想深刻，不愧为名句！

北宋·张择端《金明池争标图》

莫道桑榆晚，

为霞尚满天。

秋 词

自古逢秋悲寂寥，我言秋日胜春朝。①

晴空一鹤排云上，便引诗情到碧霄。②

（第一季1次，第二季2次，第三季2次）

① 悲寂寥：悲叹萧条空寂。宋玉《九辩》有“悲哉，秋之为气也”“寂寥兮，收潦而水清”等句。春朝：春天的早晨，这里泛指春天。

② 排云：排开云层。排，这里有冲破的意思。诗情：作诗的情绪、兴致。碧霄：青天。

刘禹锡《秋词》共两首，这是其一，是刘禹锡在被赶出朝廷后，任朗州司马期间所作。刘禹锡喜欢作“翻案”文章，即反对人云亦云，好自创新说。第一、二两句一反文人自古以来“悲秋”的传统，将秋天与春天作比，直抒胸臆，热情赞美秋天。第三句选取秋天典型的事物生动形象地描绘了一幅壮美的图画，有别于一般诗歌中萧瑟的秋景，这里的景物引起了诗人澎湃激昂的“诗情”，有力地证明了“秋日胜春朝”。“晴空一鹤排云上，便引诗情到碧霄”是传诵的名句，这一联不仅写出了秋的神韵，也进一步打破了“悲秋”的论调，展示了诗人高昂的精神，乐观豁达的人生态度。

晴空一鹤排云上，

便引诗情到碧霄。

浪淘沙[①]

莫道谗言如浪深，莫言迁客似沙沉。[②]
千淘万漉虽辛苦，吹尽狂沙始到金。[③]

（第三季3次）

① 浪淘沙：唐代教坊曲名，创自刘禹锡。
② 迁客：指谪降外调的官。
③ “千淘”两句：比喻清白正直的人虽然一时被小人陷害，历尽辛苦之后，他的价值还是会被发现的。淘、漉，过滤。

这是刘禹锡《浪淘沙·九首》中的第八首，诗人借蜀地淘金劳动暗喻自己不畏谗言、不惧贬谪，永远坚持操守，坚信正义必将战胜邪恶！刘禹锡不愧被誉为“诗豪”，在他的诗中永远流淌着一股豪情，即使身处逆境，也不能磨灭他的意志、摧毁他的精神，反而更加坚定他的信念。这首诗的前两句就明白地表明作者的立场：不要说流言蜚语如同凶恶的浪涛一样令人恐惧，也不要说被贬谪的人好像泥沙一样永远颓废沉迷，谗言“如浪深”和迁客“似沙沉”并不一定成立。“千淘万漉虽辛苦，吹尽狂沙始到金”这两句看似在写淘金人的艰辛，实际上是暗指那些遭到不公平待遇的忠贞之士不会因此消沉，终有一天会让人看到他是真金。这一联寓意深刻、富有哲理，是广为传诵的名句。

千淘万漉虽辛苦，
吹尽狂沙始到金。

元和十年自朗州至京戏赠看花诸君子

紫陌红尘拂面来，无人不道看花回。[1]
玄都观里桃千树，尽是刘郎去后栽。[2]

（第一季1次，第三季2次）

① 紫陌：指京师郊野的道路。红尘：指灰土。

② 玄都观：唐道观名。在陕西省长安县南崇业坊。刘郎：东汉刘晨曾在桃源洞遇仙女。这里用双关手法指自己。

这首诗是刘禹锡被贬十多年后从朗州回到长安时所作。诗人通过人们到玄都观中看花这样一件琐事，触景生情，也借此讽刺了当朝新贵。首联从京城川流不息、尘土飞扬的道路着笔，描写了看花的盛况和人们赏花后满足愉悦的神态。写看花却不写花，重点在看花"诸君子"，这些美丽妖娆的桃花在十年前还是没有的，是"我"走后才栽种的。表面上看诗人好像只是平淡叙述，实际上别有一番用意。刘禹锡用"桃花"比喻十年来那些在政治上善于投机的政治新贵，暗讽看花"诸君子"是一群趋炎附势的小人，只能在"红尘紫陌"中蝇营狗苟。"玄都观里桃千树，尽是刘郎去后栽"，十分有力地表达了作者对朝廷新贵的辛辣讽刺与不屑，成为名句。

玄都观里桃千树，
尽是刘郎去后栽。

蜀先主庙[①]

天地英雄气，千秋尚凛然。[②]
势分三足鼎，业复五铢钱。[③]
得相能开国，生儿不象贤。[④]
凄凉蜀故妓，来舞魏宫前。[⑤]

（第二季1次、第四季1次）

① 诗题下原有注：“汉末谣：黄牛白腹，五铢当复。”

② 凛然：严肃，令人敬畏的样子。

③ “势分”句：指刘备创立蜀汉，与魏、吴三分天下。五铢钱，汉武帝时的货币。此代指刘汉帝业。“业复”句：王莽代汉时，曾废五铢钱，至光武帝时，又从马援奏重铸，天下称便。这里以光武帝恢复五铢钱，比喻刘备想复兴汉室。

④ 相：此指诸葛亮。不象贤：此言刘备之子刘禅不肖，不能守业。

南宋·无名氏《商山四皓图》（局部）

⑤“凄凉”两句：刘禅降魏后，东迁洛阳，被命为安乐县公。魏太尉司马昭在宴会中使蜀国的女乐表演歌舞，旁人见了都为刘禅感慨，独刘禅“喜笑自若”，乐不思蜀。妓，女乐，实际也是俘虏。

这是刘禹锡一首五律咏史诗，诗人在诗中赞美像刘备一样的英豪，鄙薄像刘禅一样的庸才。全诗前四句写丰功伟绩，后四句写衰败的局面，两相对比，道出了盛世兴亡的历史教训，使人感慨万千。“天地英雄气，千秋尚凛然”一联是广为传诵的佳句：先主刘备英雄气概充满天地，千秋万代一直令人肃然起敬。开篇立意突兀峻拔，却流露出诗人壮阔的胸怀。颔联写刘备建立蜀国、力图匡扶汉室的功绩，进一步赞扬了刘备的“英雄气”。颈联笔锋一转以“生儿不象贤”为由，对刘备功业未成的结局表示惋惜，指出刘备长于用人却短于教子，从中透露出诗人深刻的历史眼光。尾联以“凄凉蜀故妓”点明刘禅的昏庸无耻，让读者对英雄刘备身后的遭际更加唏嘘不已。

天地英雄气，
千秋尚凛然。

白居易(772—846),字乐天,下邽(今陕西省渭南县)人。贞元十六年(800)进士及第,授秘书省校书郎。唐宪宗元和年间,历官翰林学士、左拾遗、东宫赞善大夫。元和十年(815)白居易44岁时因为越权上奏,被贬江州司马。后又任杭州刺史、苏州刺史等官。晚年闲居洛阳香山,自号"香山居士""醉吟先生"。白居易和元稹是至交,天下人称"元白"。元稹去世后,白居易又与刘禹锡友善,并称"刘白"。白居易今存诗2800多首,在唐朝诗人中存诗最多,诗风平易,创通俗一派,影响深远。

长恨歌

汉皇重色思倾国,御宇多年求不得。①
杨家有女初长成,养在深闺人未识。
天生丽质难自弃,一朝选在君王侧。
回眸一笑百媚生,六宫粉黛无颜色。
春寒赐浴华清池,温泉水滑洗凝脂。②
侍儿扶起娇无力,始是新承恩泽时。
云鬓花颜金步摇,芙蓉帐暖度春宵。③
春宵苦短日高起,从此君王不早朝。
承欢侍宴无闲暇,春从春游夜专夜。
后宫佳丽三千人,三千宠爱在一身。
金屋妆成娇侍夜,玉楼宴罢醉和春。
姊妹弟兄皆列土,可怜光彩生门户。④
遂令天下父母心,不重生男重生女。
骊宫高处入青云,仙乐风飘处处闻。
缓歌慢舞凝丝竹,尽日君王看不足。
渔阳鼙鼓动地来,惊破《霓裳羽衣曲》。⑤
九重城阙烟尘生,千乘万骑西南行。
翠华摇摇行复止,西出都门百余里。
六军不发无奈何,宛转蛾眉马前死。

花钿委地无人收，翠翘金雀玉搔头。
君王掩面救不得，回看血泪相和流。
黄埃散漫风萧索，云栈萦纡登剑阁。[6]
峨嵋山下少人行，旌旗无光日色薄。
蜀江水碧蜀山青，圣主朝朝暮暮情。
行宫见月伤心色，夜雨闻铃肠断声。
天旋地转回龙驭，到此踌躇不能去。
马嵬坡下泥土中，不见玉颜空死处。
君臣相顾尽沾衣，东望都门信马归。
归来池苑皆依旧，太液芙蓉未央柳。[7]
芙蓉如面柳如眉，对此如何不泪垂？
春风桃李花开日，秋雨梧桐叶落时。
西宫南内多秋草，落叶满阶红不扫。
梨园弟子白发新，椒房阿监青娥老。[8]
夕殿萤飞思悄然，孤灯挑尽未成眠。
迟迟钟鼓初长夜，耿耿星河欲曙天。
鸳鸯瓦冷霜华重，翡翠衾寒谁与共？
悠悠生死别经年，魂魄不曾来入梦。
临邛道士鸿都客，能以精诚致魂魄。[9]
为感君王辗转思，遂教方士殷勤觅。
排空驭气奔如电，升天入地求之遍。
上穷碧落下黄泉，两处茫茫皆不见。[10]
忽闻海上有仙山，山在虚无缥缈间。
楼阁玲珑五云起，其中绰约多仙子。
中有一人字太真，雪肤花貌参差是。
金阙西厢叩玉扃，转教小玉报双成。[11]
闻道汉家天子使，九华帐里梦魂惊。
揽衣推枕起徘徊，珠箔银屏迤逦开。[12]
云鬓半偏新睡觉，花冠不整下堂来。[13]

风吹仙袂飘飘举，犹似霓裳羽衣舞。
玉容寂寞泪阑干，梨花一枝春带雨。⑭
含情凝睇谢君王，一别音容两渺茫。
昭阳殿里恩爱绝，蓬莱宫中日月长。
回头下望人寰处，不见长安见尘雾。
惟将旧物表深情，钿合金钗寄将去。⑮
钗留一股合一扇，钗擘黄金合分钿。
但教心似金钿坚，天上人间会相见。
临别殷勤重寄词，词中有誓两心知。
七月七日长生殿，夜半无人私语时。
在天愿作比翼鸟，在地愿为连理枝。
天长地久有时尽，此恨绵绵无绝期！

（第一季 4 次、第二季 1 次、第三季 7 次、第四季 9 次）

① 汉皇：指唐明皇。倾国：指美女。御宇：治理天下。
② 华清池：骊山华清宫的温泉浴池。
③ 金步摇：一种金钗首饰。
④ 列土：分封土地。
⑤ 渔阳鼙（pí）鼓：指安史之乱。《霓裳羽衣曲》：舞曲名。
⑥ 云栈（zhàn）：很高的栈道。萦纡（yū）：环绕。剑阁：在今四川。
⑦ 太液：太液池。未央：未央宫。
⑧ 梨园：唐朝皇宫教练歌舞的地方。唐玄宗亲自当老师，称学徒为梨园弟子。椒房：指后宫。阿监（jiàn）：太监。青娥：指宫中美少女。
⑨ 临邛（qióng）道士：从四川来的道士。鸿都客：神仙中人。
⑩ 碧落：指天空。黄泉：指地下。
⑪ 金阙：指神仙宫殿。玉扃（jiōng）：白玉做的门。小玉、双成：指杨贵妃的侍女。
⑫ 迤逦（yǐ lǐ）开：一路敞开。
⑬ 觉（jué）：睡醒。
⑭ 阑干：纵横。
⑮ 钿（diàn）合：镶金花的盒子。

这首诗是白居易的名篇，作于元和元年（806）。全诗叙述了唐玄宗与杨贵妃的爱情悲剧，表达了诗人深切的遗憾和同情。但也有人认为这是一首讽刺唐玄宗与杨贵妃的诗。这首叙事诗，情节可分为五个环节：结合—惊变—思念—寻觅—致辞。

从开头到“惊破霓裳羽衣曲”是第一部分，叙述安史之乱前，玄宗如何好色、求色，终于得到了杨氏。而杨氏由于得宠，鸡犬升天。并反复渲染玄宗沉于酒色，不理朝政，因而酿成了“渔阳鼙鼓动地来”的安史之乱。这是悲剧的基础，也是“长恨”的原因。

从“九重城阙烟尘生”到“魂魄不曾来入梦”为第二部分，具体描述了安史之乱起后，玄宗的仓皇逃奔西蜀，引起了“六军”驻马要求除掉杨贵妃。“宛转娥眉马前死”，是悲剧的形成。杨贵妃之死，造成玄宗寂寞悲伤和缠绵悱恻的相思。诗以酸楚动人的语调，描绘了玄宗这一“长恨”的心情。

从“临邛道士鸿都客”起为第三部分，写玄宗借道士的帮助，在虚无缥缈的蓬莱仙山中找到了杨贵妃。在仙境中再现了杨贵妃“梨花带雨”的芳容，并托物寄词，表示愿作“比翼鸟”“连理枝”，进一步渲染了“长恨”的主题。结尾又以“天长地久有时尽，此恨绵绵无绝期”两句议论，深化了主题，给人以回味。

这首诗里有不少经典名句，像“回眸一笑百媚生，六宫粉黛无颜色”“遂令天下父母心，不重生男重生女”“行宫见月伤心色，夜雨闻铃肠断声”“春风桃李花开日，秋雨梧桐叶落时”“玉容寂寞泪阑干，梨花一枝春带雨”“在天愿作比翼鸟，在地愿为连理枝”“天长地久有时尽，此恨绵绵无绝期”等。这些脍炙人口的诗句被后人一再引用，成为描写爱情的名句。像“回眸一笑”“梨花带雨”“碧落黄泉”“天生丽质”“渔阳鼙鼓”“天旋地转”“梨园弟子”“虚无缥缈”“仙山琼阁”“珠箔银屏”“镜破钗分”“比翼连枝”“此恨绵绵”等成语皆出自本诗。

在天愿作比翼鸟，
在地愿为连理枝。

琵琶行并序

元和十年，余左迁九江郡司马。[①]明年秋，送客湓浦口，闻舟中夜弹琵琶者。听其音，铮铮然有京都声。问其人，本长安倡女，尝学琵琶于穆、曹二善才。[②]年长色衰，委身为贾人妇。遂命酒，使快弹数曲，曲罢悯然。自叙少小时欢乐事，今漂沦憔悴，徙于江湖间。余出官二年，恬然自安，感斯人言，是夕始觉有迁谪意。因为长歌以赠之，凡六百一十六言，命曰《琵琶行》。

浔阳江头夜送客，枫叶荻花秋瑟瑟。[③]
主人下马客在船，举酒欲饮无管弦。
醉不成欢惨将别，别时茫茫江浸月。
忽闻水上琵琶声，主人忘归客不发。
寻声暗问弹者谁？琵琶声停欲语迟。
移船相近邀相见，添酒回灯重开宴。
千呼万唤始出来，犹抱琵琶半遮面。
转轴拨弦三两声，未成曲调先有情。
弦弦掩抑声声思，似诉平生不得志。
低眉信手续续弹，说尽心中无限事。
轻拢慢捻抹复挑，初为《霓裳》后《六幺》。[④]
大弦嘈嘈如急雨，小弦切切如私语。
嘈嘈切切错杂弹，大珠小珠落玉盘。
间关莺语花底滑，幽咽泉流冰下难。[⑤]
冰泉冷涩弦凝绝，凝绝不通声渐歇。
别有幽愁暗恨生，此时无声胜有声。
银瓶乍破水浆迸，铁骑突出刀枪鸣。
曲终收拨当心画，四弦一声如裂帛。
东船西舫悄无言，唯见江心秋月白。
沉吟放拨插弦中，整顿衣裳起敛容。
自言本是京城女，家在虾蟆陵下住。[⑥]

十三学得琵琶成，名属教坊第一部。
曲罢常教善才服，妆成每被秋娘妒。[7]
五陵年少争缠头，一曲红绡不知数。[8]
钿头银篦击节碎，血色罗裙翻酒污。
今年欢笑复明年，秋月春风等闲度。
弟走从军阿姨死，暮去朝来颜色故。
门前冷落车马稀，老大嫁作商人妇。
商人重利轻别离，前月浮梁买茶去。[9]
去来江口守空船，绕船月明江水寒。
夜深忽梦少年事，梦啼妆泪红阑干。
我闻琵琶已叹息，又闻此语重唧唧。
同是天涯沦落人，相逢何必曾相识。
我从去年辞帝京，谪居卧病浔阳城。
浔阳地僻无音乐，终岁不闻丝竹声。
住近湓江地低湿，黄芦苦竹绕宅生。
其间旦暮闻何物？杜鹃啼血猿哀鸣。
春江花朝秋月夜，往往取酒还独倾。
岂无山歌与村笛？呕哑嘲哳难为听。[10]
今夜闻君琵琶语，如听仙乐耳暂明。
莫辞更坐弹一曲，为君翻作《琵琶行》。
感我此言良久立，却坐促弦弦转急。
凄凄不似向前声，满座重闻皆掩泣。
座中泣下谁最多？江州司马青衫湿。[11]

（第一季3次，第二季1次，第三季4次，第四季4次）

①左迁：贬官。
②善才：对琵琶师的通称。
③浔阳江：长江在九江一段称浔阳江。
④拢、捻、抹、挑：都是弹琵琶的手法。《霓裳》：《霓裳羽衣曲》。

《六幺》：唐大曲，又称《绿腰》。

⑤ 间关：鸟鸣声。

⑥ 虾蟆陵：长安街巷名。附近是歌女聚居地。

⑦ 秋娘：歌妓们的通称。

⑧ 争缠头：抢着赠送财物。

⑨ 浮梁：江西景德镇。

⑩ 呕哑嘲哳：形容声音杂乱刺耳。

⑪ 青衫：唐朝八、九品官员穿青衫。白居易当时官阶将仕郎，是从九品下阶，属唐代官员中最低一级。白居易虽然是江州司马（正六品下阶）的官职，但实际品阶是将仕郎（从九品下阶），地位、俸禄皆按将仕郎待遇。

这首叙事诗作于元和十一年（816）秋，与《长恨歌》齐名。诗中塑造了琵琶女的形象，通过她深刻地反映了封建社会中被侮辱被损害的乐妓的悲惨命运，她的命运与作者的“迁谪意”十分相似，从而抒发了“同是天涯沦落人”的感情。故事情节为：送客—闻乐—演奏—琵琶女叙身世—作者叙身世—再弹奏—满座掩泣。

开头写琵琶女出场的经过很曲折，经过“千呼万唤始出来”，还要“半遮面”。因为她心情不好，

南宋·无名氏《丝纶图》

不愿见人，这就为“天涯沦落”的主题奠定了基石。

接着通过描写琵琶女弹奏乐曲来揭示她的内心世界。这部分的音乐描写十分著名，用了许多绝妙的比喻把变化万千的琵琶声形象地展现出来，同时也反映了琵琶女起伏回荡的心潮。

然后再写琵琶女自诉身世：当年技艺曾教“善才服”，容貌“妆成每被秋娘妒”，京都少年“争缠头”“一曲红绡不知数”。多么风光！然而“秋月春风等闲度”，即美好时光浪费了，最终只好“老大嫁作商人妇”。

最后写诗人因琵琶女的命运而激动，发出了“同是天涯沦落人，相逢何必曾相识”的感叹，抒发了同病相怜的情怀。

其中“千呼万唤始出来，犹抱琵琶半遮面”“大弦嘈嘈如急雨，小弦切切如私语”“嘈嘈切切错杂弹，大珠小珠落玉盘”“同是天涯沦落人，相逢何必曾相识”等都是名句。成语“千呼万唤”“窃窃私语”“整衣敛容”“秋月春风”“暮去朝来”“杜鹃啼血”“司马青衫”“同是天涯沦落人”等，皆出自本诗。

同是天涯沦落人，
相逢何必曾相识。

赋得古原草送别[1]

离离原上草，一岁一枯荣。[2]
野火烧不尽，春风吹又生。
远芳侵古道，晴翠接荒城。[3]
又送王孙去，萋萋满别情。[4]

（第一季 1 次，第二季 2 次，第三季 3 次，第四季 5 次）

① 赋得：古人与朋友分题赋诗，分到题目称为“赋得”。

② 离离：浓密的样子。

③ 远芳：远处的草。

④ 王孙：原指贵族子弟，这里指作者的朋友。萋萋：茂盛的样子。两句用《楚辞·招隐士》“王孙游兮不归，春草生兮萋萋”诗意。

这是咏物送别诗，是白居易 16 岁时所作，得到了当时老诗人顾况的赞扬。“居大不易”成语也与此有关。前六句写春草，借景抒情。其中名句“野火烧不尽，春风吹又生”是对春草顽强生命力的赞美，包含着万物生生不息的哲理，也暗示了诗人坚信分别后还会相见。这两句诗现在经常被用来比喻做事有恒心，有毅力，像野草一样坚持不懈。最后两句点出送别：离别之情就如这茂盛的春草，在心中萦绕不去，我就这样送别了你，伴你长行。

野火烧不尽，
春风吹又生。

问刘十九

绿蚁新醅酒，红泥小火炉。[①]

晚来天欲雪，能饮一杯无？[②]

（第一季2次，第三季1次）

① 绿蚁：古代新酿的米酒，上浮的绿色泡沫，称为“绿蚁”。醅（pēi）：没有过滤的酒。

② 无：吗。

这首小诗很能代表白居易通俗易懂的诗歌风格，在平淡的生活气息中有一股浓浓的友情，就像这“新醅酒”和“小火炉”一样使人温暖、陶醉。整首诗让人感到淡淡的温馨与放松，画面里有绿蚁酒，有红泥小火炉，还有一个朝你淡淡微笑的老友，伴着将要下雪的寒冷天气，什么也不说，只是邀请你喝一杯酒而已。白居易好客，天冷饮酒取暖也要呼好友同饮。

晚来天欲雪，

能饮一杯无？

观刈麦[①]

田家少闲月，五月人倍忙。
夜来南风起，小麦覆陇黄。[②]
妇姑荷箪食，童稚携壶浆。[③]
相随饷田去，丁壮在南冈。[④]
足蒸暑土气，背灼炎天光，[⑤]
力尽不知热，但惜夏日长。[⑥]
复有贫妇人，抱子在其旁。
右手秉遗穗，左臂悬敝筐。
听其相顾言，闻者为悲伤。[⑦]
家田输税尽，拾此充饥肠。
今我何功德？曾不事农桑。
吏禄三百石，岁晏有余粮。[⑧]
念此私自愧，尽日不能忘。

（第四季 1 次）

① 刈（yì）：割。题下注“时任盩厔县尉”。

② 覆(fù)陇(lǒng)黄：小麦黄熟时遮盖住了田埂。覆：盖。陇：同“垄”，这里指农田中种植作物的土埂。

③ 妇姑：媳妇和婆婆，这里泛指妇女。荷（hè）箪（dān）食（shí）：提着用竹篮盛的饭。荷：背负、肩担。箪食：装在竹篮里的饭食。童稚（zhì）携壶浆（jiāng）：小孩子提着用壶装的汤与水。

④ 饷（xiǎng）田：给在田里劳动的人送饭。

⑤ 足蒸暑土气，背灼炎天光：双脚受地面热气熏蒸，脊背受炎热的阳光烘烤。

⑥ 但：只。惜：珍惜。

⑦ 闻者：白居易自指。为（wèi）悲伤：为之悲伤。

⑧ 吏禄（lì lù）三百石（dàn）：当时白居易任盩厔县尉，一年的薪俸大约是三百石米。石：古代容量单位，十斗为一石。岁晏（yàn）：

年底。

这首诗作于唐宪宗元和二年（807），诗人时任盩厔县尉。看到农民割麦子的情形，一方面，同情农民的遭遇，对造成人民贫困之源的繁重租税提出指责；另一方面，也为自己无功无德、四肢不勤却衣食无忧感到愧疚，对广大劳动人民寄予了深切的关心。“力尽不知热，但惜夏日长”这两句正面描写收麦劳动，道尽了农民的辛酸，不停地劳作，不顾炎热的天气，珍惜每一分每一秒，用一种违背人之常情的写法来突出农民的艰难处境，更能引起读者的同情。

力尽不知热，
但惜夏日长。

钱塘湖春行

孤山寺北贾亭西，水面初平云脚低。①
几处早莺争暖树，谁家新燕啄春泥。②
乱花渐欲迷人眼，浅草才能没马蹄。③
最爱湖东行不足，绿杨阴里白沙堤。④

（第一季 4 次，第二季 1 次，第三季 2 次）

① 孤山寺：南北朝时期陈文帝（559—566）初年建。孤山在西湖的里、外湖之间，因与其他山不相接连，所以称孤山。上有孤山亭，可俯瞰西湖全景。贾亭：又叫贾公亭。西湖名胜之一。唐贞元（785—804）年间，贾全出任杭州刺史，于钱塘湖建亭，人称“贾亭”或“贾公亭”。水面初平：湖水才同堤平，即春水初涨。云脚低：白云重重叠叠，同湖面上的波澜连成一片，看上去，浮云很低，所以说“云脚低”。

② 早莺：初春时的黄鹂。暖树：向阳的树。新燕：刚从南方飞回来的燕子。

③ 乱花：纷繁的花。才能：刚够上。没：遮没，盖没。

④ 白沙堤：即今“白堤”，又称沙堤、断桥堤，在西湖东畔，唐朝以前已有。

北宋・赵士雷《湘乡小景图》（局部）

这首《钱塘湖春行》写于长庆三年（823）的春天，白居易时任杭州刺史。诗以轻快明丽的笔调描绘了一幅活泼鲜明的钱塘湖初春图。全诗紧紧扣住初春景色的特征，用“早莺”“新燕”“乱花”“浅草”等典型意象，将西湖的早春描绘得细腻动人。“几处早莺争暖树，谁家新燕啄春泥”“乱花渐欲迷人眼，浅草才能没马蹄”这两联细致地描写了西湖春行所见景物，以“早”“新”“争”“啄”表现莺燕的动态，以“乱”“浅”“渐欲”“才能”，表现了花草生长的趋势，既透露出早春的活泼动态，也表露出诗人对初春景色的喜爱。

乱花渐欲迷人眼，
浅草才能没马蹄。

大林寺桃花[1]

人间四月芳菲尽，山寺桃花始盛开。

长恨春归无觅处，不知转入此中来。[2]

（第一季 1 次，第三季 4 次）

① 大林寺：在庐山大林峰，相传为晋代僧人昙诜（shēn）所建。

② 长恨：常常惋惜。春归：春天回去了。觅：寻找。

此诗作于唐宪宗元和十二年（817）四月初夏。白居易时任江州（今江西九江）司马，年四十六。当时诗人与朋友们游览大林寺，想是见到如此桃花盛开的景象，惊奇赞叹，遂作此诗。长江流域的桃花盛开，一般在暮春三月，但山上气温低，到夏四月才盛开，白居易捕捉到这一现象，写成富于情趣和哲理的小诗。由于春光是抽象的，我们不能真实感受到，诗人就用桃花代替抽象的春光，把春光写得具体可感，而且还把春光拟人化，仿佛一个调皮的小姑娘和人捉迷藏一样。

人间四月芳菲尽，

山寺桃花始盛开。

暮江吟[1]

一道残阳铺水中，半江瑟瑟半江红。[2]
可怜九月初三夜，露似真珠月似弓。[3]

（第一季 1 次，第二季 2 次，第三季 3 次，第四季 1 次）

① 暮江吟：黄昏时分在江边所作的诗。吟：古代诗歌的一种形式。
② 瑟瑟：原义为碧色珍宝，此处指碧绿色。
③ 可怜：可爱。真珠：即珍珠。月似弓：农历九月初三，上弦月，其弯如弓。

此诗大约是元和十二年（817）前后诗人在江州司马任上所作。前两句写的时间是日落前或日落时，后两句主要写日落后，即黄昏，由后两句还引申出夜里一段时间。这是因为作者先于日落前看到了“残阳铺水”，又于日落后看到了“月似弓”，再于夜间看到了“露似真珠”。这首小诗写得清新可爱，表现出诗人贬谪后于深秋江边放松心情时的愉悦。

可怜九月初三夜，
露似真珠月似弓。

放言五首（其一）①

朝真暮伪何人辨？古往今来底事无？
但爱臧生能诈圣，可知宁子解佯愚。②
草萤有耀终非火，荷露虽团岂是珠。③
不取燔柴兼照乘，可怜光彩亦何殊？④

① 放言：意即无所顾忌，畅所欲言。

② 臧（zāng）生：指臧武仲。春秋时人，在贵族中有“圣人”之称。诈圣：诈称圣人。宁（nìng）子：指宁武子。春秋时人，国家政治黑暗时，他就装傻。此两句意谓，世人只是上了假圣人的当，去爱臧武仲那样的人，哪知道世间还有宁武子那样装呆作傻的人呢？

③“草萤”两句：以萤光并非火，露滴不是珠来比喻人世间的某些假象，并告诫人们不要为假象所蒙蔽。

④“不取”两句：意思是如果不用明亮的火焰和照乘珠的光来比较，就不能发现草萤非火，荷露非珠。燔（fán）柴，此用为名词，指火光。照乘（shèng），照乘珠，所发之光能照明车辆的宝珠。殊，异。

这组诗是唐宪宗元和十年（815）白居易在被贬谪去江州途中和元稹的同名组诗之作。元和五年（810），白居易的好友元稹因得罪了权贵，被贬为江陵士曹参军。元稹在江陵期间，写了五首《放言》诗表达自己的心情。就像题目说的那样，是“放言”，所以作者以愤懑的口吻诉说着自己对现实的不满。这一首是放言政治上的真伪，辛辣讽刺世人不辨真假，希望世人能够学会如何分辨真与假。“草萤有耀终非火，荷露虽团岂是珠”两句都是比喻，草丛间的萤虫终究不是火；荷叶上的露水也不是珍珠，然而，它们偏能以闪光、晶莹的外观炫人，人们又往往为假象所蒙蔽。

草萤有耀终非火，
荷露虽团岂是珠。

放言五首（其三）

赠君一法决狐疑，不用钻龟与祝蓍。①
试玉要烧三日满，辨材须待七年期。
周公恐惧流言日，王莽谦恭未篡时。②
向使当初身便死，一生真伪复谁知？

① 君：您，指作者的好友元稹。钻龟、祝蓍（shī）：古人因迷信而占卜的方法，钻龟壳后看其裂纹占卜吉凶，或拿蓍草的茎占卜吉凶。这里是指求签问卜。

② 周公：姬旦，周武王弟，成王的叔父。成王年幼为王，周公摄政，管叔等人散布流言，说周公要害成王，于是周公躲避了起来。后来成王发现流言是假的，便迎接周公回来，平定了管叔等人的叛乱。王莽（mǎng）：汉元帝皇后侄。王莽在篡夺政权之前，为了收揽人心，常以谦恭退让示人，后来终于篡汉自立，改国号为“新”。

这是白居易一首富有哲理的好诗。它以明白晓畅的语言告诉大家一个道理：如果要对人、对事有全面客观的认识，必须经过时间、历史的考验，把握全局。不能只根据某件事或者某个时间段的表现简单地下结论，否则人民就会相信流言把周公当成篡权者，把王莽当成谦恭的君子。联系这首诗的创作背景，诗人想要传达的其实是他自己以及友人元稹这样受诬陷的人，是经得起时间考验的，因而不应该气馁、自暴自弃。诗人是用诗的形式对他自身遭遇进行总结。“试玉要烧三日满，辨材须待七年期”这两句是流传的名句，是诗人用来勉励自己和友人的。

试玉要烧三日满，
辨材须待七年期。

忆江南[1]

江南好，
风景旧曾谙。[2]
日出江花红胜火，
春来江水绿如蓝。[3]
能不忆江南？

（第一季 1 次，第二季 1 次，第四季 1 次）

① 忆江南：原名《望江南》，又名《谢秋娘》《望江梅》《梦江南》等，后改名为《江南好》。白居易《忆江南》共三首，这是其中的第一首。
② 谙（ān）：熟悉。
③ 江花：江边的花。蓝：蓝草，古代用作染料。

这是一首追忆江南美景的词。开头一个“好”字，直接点明江南在词人心中的地位。第二句“旧曾谙”更是紧扣主题，与题目“忆”字相互照应，以追忆的情怀，写出对江南春景的熟悉与眷恋之感。第三、四句既有春日照耀下愈发红得耀眼的江花，春光洒满绿水愈发波光粼粼的江面的烘托，又有红胜火和绿如蓝的异色相互映衬，色彩鲜艳夺目，给人强烈的视觉冲击感。这两句用比喻的修辞手法将“江花”“江水”这些江南最美风光概括出来，让人心旷神怡。身居洛阳的诗人，面对北方春景，触景生情，以“能不忆江南”收束全词，表达自己对江南春景的热爱和深切眷念，清新自然，韵味悠长。

日出江花红胜火，
春来江水绿如蓝。

长相思[①]

汴水流，泗水流，流到瓜洲古渡头。[②]吴山点点愁。[③]
思悠悠，恨悠悠，恨到归时方始休。月明人倚楼。

① 长相思：唐教坊曲名，又名《双红豆》《忆多娇》。
② 汴水：即汴河，源于河南，自东南流入安徽宿县、泗县，与泗水合流，入淮河。泗水：源于山东曲阜，经徐州后，与汴水合流入淮河。瓜洲：大运河与长江交汇处的古渡口。
③ 吴山：泛指江南一带群山。

这是一首闺怨词，全词暗中紧扣“愁”字，写的是女子月下独倚高楼，思念远在江南的爱人。上阕写景，景中寄愁，写出思妇的愁绪之长，跟随脉脉流水流到瓜洲渡口，“点点愁”更是点出愁绪之多，升华了思念丈夫的愁苦。下阕直抒胸臆，思极而“恨”，思妇愁绪的高潮随着丈夫归来而停止。最后一句“月明”“人”“倚楼”等词，时间人物地点意象运用恰当，一切景语皆情语，是古往今来思人情感的形象化表达，渲染了思妇对爱人的情深意长。“月明人倚楼”一句成为怀人的经典意象。

月明人倚楼。

柳宗元（773—819），字子厚，河东（今山西省永济县）人。贞元九年（793）进士及第，曾和刘禹锡一道参加王叔文为首的“永贞革新”，失败后被贬为永州司马，后来调任柳州刺史，死在柳州（今广西柳州市），世称“柳柳州”。柳宗元散文与韩愈齐名，与韩愈共同发起古文运动，并称“韩柳”。今存诗 160 多首，多山水诗，与王维、孟浩然、韦应物并称“王孟韦柳”，与其他三位相比，因贬谪南荒 14 年而多有怨愤之情。

江　雪

千山鸟飞绝，万径人踪灭。
孤舟蓑笠翁，独钓寒江雪。①

（第一季 2 次，第三季 5 次，第四季 3 次）

① 蓑（suō）笠翁：披蓑衣、戴斗笠的渔翁。

这首抒情小诗是柳宗元的代表作之一，整首诗用概括和夸张的手法，描绘了一幅奇特的图画，以表达作者高洁傲岸、不屈不挠的抗争精神。同时这幅寒江独钓图也揭示出作者痛苦孤独的内心世界。漫天大雪，既不见鸟的踪迹，也不见人的踪迹，只见一个渔翁披着蓑衣、戴着斗笠，在寒江的孤舟上独自垂钓，能钓到鱼吗？原来是别有用意，是要展示一种孤傲的、独立不羁的人格。用古体形式，押入声韵，凸显格调清峭，别有一番滋味。

孤舟蓑笠翁，
独钓寒江雪。

酬曹侍御过象县见寄[1]

破额山前碧玉流，骚人遥驻木兰舟。[2]
春风无限潇湘意，欲采蘋花不自由。[3]

① 酬：接受别人寄赠作品后，以作品答谢之。侍御：监察御史。象县：唐代属岭南道，即今广西象州。

② 骚人：此指曹侍御。木兰舟：用木兰树木造的船。此为船的美称。

③ 潇湘：湖南境内两水名。“潇湘意”应该说既有怀友之意，也有迁谪之意。采蘋花：用南朝柳恽《江南曲》：“汀洲采白蘋，日暮江南春。洞庭有归客，潇湘逢故人。”此句言欲采蘋花赠给曹侍御，但却无此自由。这是在感慨自己谪居的处境险恶，连采花赠友的自由都没有。

柳宗元被贬柳州时，他的友人曹侍御过象县时寄一首《过象县》诗给作者，作者就回赠给曹侍御这首诗。这首诗虚实相生，用了许多具有典型文化内涵的意象，如“骚人”“潇湘”“木兰舟”“采蘋花”，使得全诗迷离朦胧却又有迹可循。第一联用“骚人”“木兰舟”等美好的字眼来描写曹侍御，想象了曹侍御过象县时寄诗给“我”的情景。后一联才是作者想要对曹侍御说的话，从这一联中可以看出柳宗元对朋友的思念以及对官场生活的讳莫如深。最后一句“欲采蘋花不自由”委婉含蓄，给读者留下了多种想象的空间。

春	风	无	限	潇	湘	意	，
欲	采	蘋	花	不	自	由	。

崔护（776？—830），字殷功，博陵（今河北省定州市）人。贞元十二年（796）进士及第，官至岭南节度使。其诗诗风精练婉丽，语言清新。《全唐诗》存诗六首。《题都城南庄》流传最广，该诗以“人面桃花，物是人非”这样一个看似简单的人生经历道出了千万人都似曾有过的共同生活体验，为诗人赢得了不朽的诗名。

题都城南庄①

去年今日此门中，人面桃花相映红。②
人面不知何处去，桃花依旧笑春风。③

（第一季 1 次，第二季 1 次，第四季 3 次）

① 都城：指唐朝京城长安。
② 人面：指姑娘的脸。第三句中“人面”指代姑娘。
③ 笑：形容桃花盛开的样子。

根据唐人孟启《本事诗》和宋代《太平广记》的记载，这首诗的创作背景来源于一个颇具传奇色彩的事件：崔护到长安参加进士考试落第后，在长安南郊偶遇一美丽少女，次年清明节重访此女不遇，于是题写此诗。诗用“人面”“桃花”作为线索，通过“去年”和“今日”同时同地同景而“人不同”的映照对比，曲折往复地道出了诗人因这两次不同的遇合而产生的感慨。“去年今日此门中，人面桃花相映红”颇为人称道，这一联回忆去年此时的情景，少女白里透红的脸庞与灿烂的桃花相映衬，寥寥几笔就塑造了一个美丽含蓄的少女倩影，勾起读者无限美好的遐想。第二联回到现实：还是去年那个地方，美丽的少女已经不见芳踪，但是去年的桃花依然在春风中摇曳。只留下作者一人回忆、追思，淡淡的惆怅就这样弥漫开来。“人面桃花”已为成语，表达对所爱慕而不能再相见的女子的怀念。

人面桃花相映红。

崔郊（生卒年不详），元和年间为秀才，仅存诗一首，却是唐诗名篇。

赠去婢

公子王孙逐后尘，绿珠垂泪滴罗巾。①

侯门一入深如海，从此萧郎是路人。②

（第一季 1 次，第三季 2 次）

① 公子王孙：王公贵族的子弟。后尘：后面扬起来的尘土。指公子王孙争相追求的情景。绿珠：西晋富豪石崇的宠妾，非常漂亮，赵王伦专权时，他手下的孙秀倚仗权势指名向石崇索取，遭到石崇拒绝。石崇因此被捕下狱，绿珠也坠楼而死。这里喻指被人夺走的婢女。罗巾：丝制手巾。

② 侯门：指权豪势要之家。萧郎：原指梁武帝萧衍，南朝梁的建立者，风流多才，在历史上很有名气。后成为诗词中习用语，泛指女子所爱恋的男子。这里是作者自称。

晚唐范摅在《云溪友议》中记载了这首诗的创作背景：元和年间秀才崔郊的姑母有一婢女，生得姿容秀丽，与崔郊互相爱恋，后却被卖给显贵于頔。崔郊念念不忘，思慕无已。一次寒食节，婢女偶尔外出与崔郊邂逅，崔郊百感交集，写下了这首《赠去婢》。后来于頔读到此诗，便让崔郊把婢女领去，传为诗坛佳话。这首诗高度概括了自己失去爱人后的痛苦之情，但是没有局限在自己一人之悲中，而是扩散到整个社会的爱情悲剧上，因此更加具有感染力。第一联用“绿珠”的典故委婉说明了事情的经过，看似平淡客观的叙述中含蓄地透露出诗人对公子王孙的不满和对弱女子的爱怜同情。“侯门一入深如海”是流传不息的名句，经常被强迫分离的恋人用来传情达意。成语“侯门如海”“侯门似海”“侯门深似海”现在多用来比喻旧时的友人因地位悬殊而疏远隔绝。

侯门一入深如海

元稹（779—831），字微之，族中排行第九，故世称“元九”。祖籍洛阳（今河南洛阳），出生、成长于长安（今陕西西安）。元稹先祖曾为北魏皇族，安史之乱后家道衰微，八岁时父亲去世，家境清贫。唐德宗贞元九年（793）以明经科及第，贞元十五年（799）游蒲州，作《莺莺传》，贞元十九年（803）娶韦夏卿之女韦丛为妻。唐宪宗元和元年（806）因触犯权贵而屡遭贬谪，元和四年（809）韦丛盛年而逝，对元稹打击很大，为此写下了不少感人至深的悼亡诗。后官至宰相。大和五年（831）病逝，白居易为其撰写了墓志。元稹是中国情诗的代表人物之一。他和白居易是知己，诗风又相近，并称“元白”。有《元氏长庆集》，存诗830余首。

离　思[①]

曾经沧海难为水，除却巫山不是云。[②]
取次花丛懒回顾，半缘修道半缘君。[③]

（第一季1次，第四季1次）

①元稹《离思》组诗五首，这是其四。

②第一句从《孟子·尽心》“观于海者难为水，游于圣人之门者难为言”变化而成。巫山：宋玉《高唐赋》序说，巫山神女“朝为行云，暮为行雨”，她主动向楚怀王荐枕（即献身），楚怀王称她为“朝云”。

③取次：普通，平常。缘：因为。

此诗历来争议较大。晚唐小说《云溪友议》说这首诗是元稹悼念亡妻韦丛的，实不可信，因为《离思五首》组诗的其他四首都是艳诗即风情诗，况且元稹自编诗集将“艳诗”与“悼亡诗”分开，亲自把《离思五首》归入“艳诗”。后人大多借这首诗骂元稹轻薄无行，如清朝的《养一斋诗话》说后生读它简直是败行丧身，《王闿运手批唐诗选》骂为淫盗居然自称“修道”，《消寒诗话》评论说：“或以为风情诗，或以为悼亡诗也。夫风情固伤雅道，悼亡而曰‘半缘君’，亦可见其性情之薄矣。”陈寅恪先生考证这首诗是元稹为眷念双文（即崔莺莺）而作，属于“艳诗”而不是悼亡诗（《元白诗笺证稿》），非常正确。

首句用孟子名言的前半句，实际上意在后半句即“游于圣人之门者难为言”，表达自己对于圣人之“道”的仰慕与崇拜，第二句说你（即双文）一样让我仰慕与心醉。所以普通的花丛我是不会欣赏的，我所欣赏的只有圣人之道和你。元稹《梦游春七十韵》有曰：“觉来八九年，不向花回顾。”把崔莺莺与圣人之道相提并论，可见其仰慕之情。《离思五首》其五直截说：“寻常百种花齐发，偏摘梨花与白人。”元稹在小说《莺莺传》里写崔莺莺是像巫山神女一样主动向自己投怀送抱，他对双文是有真情的，他后来抛弃双文娶韦丛为妻乃是有复杂的社会原因的。

“曾经沧海难为水，除却巫山不是云”两句已成写爱情的千古名句，今人也用此两句来喻人的阅历广，眼界就开阔，追求的目标就更高。

曾经沧海难为水，
除却巫山不是云。

菊　花

秋丛绕舍似陶家，遍绕篱边日渐斜。[1]
不是花中偏爱菊，此花开尽更无花。

（第一季 1 次，第三季 1 次）

①秋丛：指一丛一丛的秋菊。陶家：指代东晋诗人陶渊明的家。

这是一首咏物七绝。东晋著名隐逸诗人陶渊明以爱菊著称，其“采菊东篱下，悠然见南山”（《饮酒》）之句传诵千古，菊花也成为超凡脱俗的隐逸者的象征。咏菊虽然是个寻常的题材，元稹却构思新颖，不从正面描绘菊花，而是巧妙地借用陶渊明的典故来吟咏菊花，从侧面烘托其品格。尤其是后两句，用夸张的手法表达了诗人对菊花的赞美与喜爱之情。诗人抓住菊花在百花中最后开放这一特点，对其与众不同的独特品格加以赞美，暗含哲理。

不是花中偏爱菊，
此花开尽更无花。

遣悲怀（其三）

闲坐悲君亦自悲，百年都是几多时。
邓攸无子寻知命，潘岳悼亡犹费词。[①]
同穴窅冥何所望，他生缘会更难期！[②]
唯将终夜长开眼，报答平生未展眉。

（第二季1次，第三季3次）

① 邓攸：西晋人，字伯道，官河西太守。《晋书·邓攸传》载，永嘉末年战乱中，他舍子保侄，后终无子。潘岳：西晋人，字安仁，曾为亡妻作《悼亡诗》三首。

② 窅（yǎo）冥：深暗的样子。

《遣悲怀》三首是元稹为悼念亡妻韦丛所作的悼亡诗，体裁为七律。韦丛是时任太子少保韦夏卿的幼女，唐德宗贞元十九年（803）元稹与其结为连理，尽管婚后生活清贫，夫妻感情却一直很好。元和四年（809）七月韦丛去世后，元稹伤心之至，写下了不少感人至深的悼亡诗，《遣悲怀》三首即是其中著名的诗篇。此诗大致作于元和六年（811）以前，写于元稹任监察御史分务东台之任上。这首诗借用了晋代邓攸、潘岳的典故，前者心性善良却终身无子，后者的《悼亡诗》虽名传千古，然而对逝者而言却毫无意义，元稹借此表达对亡妻深刻的怀念，可谓缠绵悱恻，哀婉之至。尾联“报答平生未展眉”一句，同甘共苦的夫妻常用这句诗来表示对对方诚挚的真情与感谢。

唯将终夜长开眼，
报答平生未展眉。

贾岛（779—843），字浪仙（一作阆仙），范阳（今河北省涿州市）人。出身寒微，早年曾出家为僧，法名无本。后受教于韩愈，并还俗参加科举，但累举不第。唐文宗时曾任长江县（今四川蓬溪县）主簿，故世称“贾长江”。唐武宗会昌初由普州司仓参军改任司户，未任病逝。贾岛的诗歌以“苦吟”为主要特征，长于五律，注重字雕句琢、意境锻炼。以贾岛为代表的“苦吟”诗风在晚唐影响很大，闻一多甚至称晚唐五代是“贾岛的时代”。著有《长江集》十卷。

剑　客①

十年磨一剑，霜刃未曾试。②
今日把似君，谁为不平事？③

（第二季 1 次，第三季 5 次，第四季 3 次）

① 剑客：行侠仗义的人。
② 霜刃：形容剑锋寒光闪闪，十分锋利。
③ 把似君：拿起送你看。为不平事：做了不平之事。

这是贾岛的一首自喻诗，诗名又作《述剑》。诗人将自己比喻成剑客，把自己的才干比喻成一把锋利的宝剑，希望有人能够赏识自己的才能，实现自己兴利除弊的政治抱负。贾岛的诗以奇僻著称，但这首诗却平易明快，直吐胸臆，给人耳目一新的感觉。“十年磨一剑”一句流传甚广，诗人将十年寒窗苦读的所有心绪都浓缩在这一句之中，通过巧妙的艺术构想避免了直白叙述的平淡，也给予读者鲜明的艺术形象，是高明的创作手法。这一把“宝剑”锋利无比，而且“未曾试”，言下之意是自己一身出众的才能还没有机会施展，有一种跃跃欲试的心情。最后一联表明了作者高度的自信：今天将这把宝剑拿出来给您看看，告诉我，天下谁做了不平的事？透露出贾岛急欲施展才能的愿望和豪情。

十年磨一剑

寻隐者不遇[①]

松下问童子，言师采药去。[②]
只在此山中，云深不知处。[③]

（第一季 3 次，第二季 2 次，第三季 1 次，第四季 2 次）

① 寻：寻访。隐者：古代指不肯做官而隐居在山野之间的人。不遇：没有见到。
② 童子：小孩。这里指隐者的弟子。
③ 云深：指山上云雾缭绕。处：地方。

这首诗的语言平白如话，通篇采用问答一体。诗人到山里寻访一位隐士，从童子的话中知道隐士今天恰好到深山里去采药了，由于林深云密，童子没有办法告诉诗人隐士确切的位置，诗人只能遗憾而归。虽然只有两联，整首诗却不露痕迹地向我们传达了多且重要的信息，隐者的形象跃然纸上。“松”“采药”“云深”揭示了隐士的典型特征。“梅、松、竹”是中国传统文化中的岁寒三友，常用来暗示隐居，表明隐士高洁傲岸的品格；中国传统的隐士大多注重养身，采药是他们一项重要的日常活动。“只在此山中，云深不知处”是这首诗的名句，“云深”两字渲染了隐士的居住环境，有一种高蹈出尘、不理世俗的超脱，突出了隐士的“隐”，也丰富了隐士高人的形象。这两句现在也用来表达身陷某一环境或事件中，而看不清自己的处境和位置。

只	在	此	山	中	，
云	深	不	知	处	。

题李凝幽居

闲居少邻并，草径入荒园。①
鸟宿池边树，僧敲月下门。
过桥分野色，移石动云根。②
暂去还来此，幽期不负言。③

（第一季 2 次，第二季 1 次，第三季 2 次，第四季 1 次）

① 少（shǎo）：不多。
② 分野色：山野景色被桥分开。云根：古人认为“云触石而生”，故称石为云根。这里指石根云气。
③ 幽期：隐逸的期约。负言：指食言，失信的意思。

贾岛善于从小事中发掘诗思，对细节很敏感。据诗意可知，一天，贾岛去拜访隐居在长安城郊外的朋友李凝。等他到达李凝住所时，天已经黑了。这时，夜深人静，月光皎洁，他的敲门声惊醒了树上的小鸟。不巧，这天李凝不在家。于是贾岛有感而发，创作了这首诗。“鸟宿池边树，僧敲月下门”，是历来广为传诵的名句，“推敲”的故事就出自这里，据说贾岛在“推”“敲”两字上拿不定主意，韩愈帮他选定了“敲”字。为什么最后用“敲”不用“推”呢？作者抓住了老僧在寂静的夜晚敲门惊醒池边睡觉的鸟儿这一转瞬即逝的现象，更加凸显环境的幽静，响中寓静，“敲”比“推”更加具有声音的动态效果。倘用“推”字，就没有这样的艺术效果了。

鸟宿池边树，
僧敲月下门。

杨敬之（786？—844？），字茂孝，诗人杨凌之子，韦应物外孙，吴（今苏州）人，祖籍虢州弘农（今河南灵宝）。元和二年（807）进士及第，官至工部尚书、国子监祭酒。今存诗九首。

赠项斯①

几度见诗诗总好，及观标格过于诗。
平生不解藏人善，到处逢人说项斯。

（第一季 1 次，第四季 1 次）

① 项斯：字子迁，晚唐著名诗人，台州府乐安县（今浙江仙居）人。因受国子祭酒杨敬之的赏识而声名鹊起，于会昌四年进士及第，官终丹徒尉，卒于任所。《全唐诗》收项斯诗一卷，计 88 首。

杨敬之存诗不及十首，而这一首却历来为人传诵，“到处逢人说项斯”一句甚至逐渐凝缩形成了“逢人说项”这个成语，简称“说项”，比喻到处颂扬别人，替别人说好话。晚唐诗人项斯，胸怀壮志却长期郁郁不得志，他听说国子祭酒杨敬之“性爱士类”，最喜提携后辈，便于会昌三年（843）带着自己的诗作前去谒见。杨敬之阅后，写下了这首赠诗，对其诗歌及人品大加赞赏。项斯“由是显名”“诗达长安”，并于会昌四年登进士第，授润州丹徒（今江苏镇江）尉。

平生不解藏人善，
到处逢人说项斯。

李贺（790—816），字长吉，福昌昌谷（今河南洛阳市宜阳县西）人。皇室宗亲。七岁就名满京城，韩愈读到他的诗，以为他是古人。因避父讳不得参加进士考试，只做过奉礼郎这种最低级小官，一生不得志，只活了27岁，有“诗鬼”之称。又与李白、李商隐并称唐代“三李”，是我国中唐时期的天才诗人。他性情孤僻，用全部心血作诗，最擅长写歌诗（乐府和歌行），一生没写过一首律诗，诗风怪奇，学习《楚辞》痕迹明显。

李凭箜篌引①

吴丝蜀桐张高秋，空山凝云颓不流。②
湘娥啼竹素女愁，李凭中国弹箜篌。③
昆山玉碎凤凰叫，芙蓉泣露香兰笑。
十二门前融冷光，二十三丝动紫皇。④
女娲炼石补天处，石破天惊逗秋雨。
梦入神山教神妪，老鱼跳波瘦蛟舞。⑤
吴质不眠倚桂树，露脚斜飞湿寒兔。⑥

（第二季1次，第三季2次，第四季3次）

① 李凭：当时的梨园弟子，以擅弹箜篌闻名。箜篌：弦乐器，通常有七根弦和二十三根弦两种，其中二十三根弦的叫竖箜篌，直抱怀中，两手齐奏。引：乐府体裁名，一般指歌曲长而有一唱三叹之致。

② 吴丝蜀桐：形容箜篌的精美。张：演奏。先秦两汉人称演奏为“张”。高秋：暮秋，农历九月。颓：堆积的样子。

③ 湘娥啼竹：湘妃娥皇、女英（听到箜篌）对竹啼哭。“湘”一作“江”。素女愁：女神素女（听到箜篌）也悲愁。《楚辞·九怀》：“闻素女兮微歌。”传说素女擅长弹唱。

④ 十二门：指长安。紫皇：道教最尊之神。

⑤ 妪（yù）：年老的女人。

⑥ 吴质：吴刚，名刚字质，长年在月中砍桂树。露脚斜飞：古以为露像雨一样降落，故有此想象。

这是李贺自编诗集的第一篇，最能反映李贺想象奇特，构思奇巧，辞藻丰富，创造性极强的特色。诗用多种手法摹写箜篌乐音的奇妙的艺术境界。前四句总写李凭弹箜篌的绝妙技艺，五、六两句正面描写乐声，从第七句到结尾都是写音乐的效果震撼神界。“玉碎”“凤凰叫”是以声拟声，“芙蓉泣露”“香兰笑”是以形喻声。结尾用幽冷的画面来衬托乐音的轻灵、优美，给人余味不尽的联想。

有人将李贺这首诗与同时代的韩愈《听颖师弹琴》、白居易《琵琶行》看成是描写音乐的极品。“女娲炼石补天处，石破天惊逗秋雨”被宋朝的杨万里认为是惊人之句，不仅想落天外，而且气势夺人，“石破天惊”这个成语就出自这句诗。“昆山玉碎凤凰叫，芙蓉泣露香兰笑”也是写音乐的名句。

石破天惊逗秋雨。

金铜仙人辞汉歌（并序）

魏明帝青龙九年八月，诏宫官牵车西取汉孝武捧露盘仙人，欲立置前殿。[1]宫官既拆盘，仙人临载乃潸然泪下。[2]唐诸王孙李长吉遂作《金铜仙人辞汉歌》。

茂陵刘郎秋风客，夜闻马嘶晓无迹。[3]
画栏桂树悬秋香，三十六宫土花碧。[4]
魏官牵车指千里，东关酸风射眸子。[5]
空将汉月出宫门，忆君清泪如铅水。[6]
衰兰送客咸阳道，天若有情天亦老。[7]
携盘独出月荒凉，渭城已远波声小。

（第一季2次，第二季2次，第三季2次）

① 魏明帝青龙九年：魏明帝曹叡，乃曹丕之子，他于青龙五年（237）命宫官从长安拆移铜人，迁到当时的首都洛阳。“九年”为李贺误记。汉孝武：汉武帝刘彻。捧露盘仙人：汉武帝为求长生不老，曾铸造铜仙人，手托承露盘接露水，和玉屑饮服。

② 临载：正要载运离开时。潸然：流泪的样子。

③ 茂陵刘郎：对汉武帝的风趣称呼，茂陵是汉武帝的陵墓。秋风客：秋风中的过客，这也是对汉武帝的风趣称呼。因为汉武帝曾写过著名诗歌《秋风辞》，感慨人生易逝，就如同秋风中的过客。

④ 三十六宫：泛指长安的宫殿，汉时长安有宫殿三十六座。土花：苔藓。

⑤ 东关：长安东门。酸风：刺眼的风，这是李贺创造的词语。眸子：眼珠。

⑥ 将：伴随。君：汉武帝。如铅水：像铅水一样沉重，“铅水”也是李贺创造的词语。

⑦ 咸阳道：指长安道。下文“渭城”也指长安。

这首诗是元和八年（813）李贺因病辞去奉礼郎职务，由长安赴洛阳途中所作。借金铜仙人告别长安的历史故事，来抒发自己离开京都的悲思。

全诗可分为三个层次。首四句是第一个层次，慨叹贪求长生造出金铜仙人的汉武帝却落得个事与愿违，很快仙去，身后一片凄凉。真是人生短暂，世事无常啊。中四句为第二个层次，写金铜仙人初离汉宫时的酸苦凄惨的情态。特别是“酸风”“铅水”两词，造语奇特，移情于物，把金铜仙人的悲凉心态写活了。正因为是铜人下泪，故“如铅水”尤为精妙。末四句为第三个层次，写出城后途中恋恋不舍而又无可奈何的凄凉情景。“衰兰”一语，写形兼写情，兰花正因为怀有愁苦之情而“衰”；“天若有情天亦老”，老天有情，亦当潸然泪下，因悲而变老，真乃设想奇特，感情深沉而有力，司马光称为“奇绝无对”，有人以“月如无恨月长圆”为对，终有自然勉强之别。结尾进一步以荒凉之夜景来衬托凄凉之情，有悠然不尽之妙。

全诗想象奇特，构思精妙，意蕴深厚。“空将汉月出宫门，忆君清泪如铅水”是唐诗警句，而“天若有情天亦老”一句，已成为千古名句。

天若有情天亦老。

雁门太守行[1]

黑云压城城欲摧，甲光向日金鳞开。[2]
角声满天秋色里，塞上燕脂凝夜紫。[3]
半卷红旗临易水，霜重鼓寒声不起。[4]
报君黄金台上意，提携玉龙为君死。[5]

（第四季 1 次）

① 雁门太守行：古乐府曲调名。雁门，郡名。古雁门郡大约在今山西省西北部，是唐王朝与北方突厥部族的边境地带。

② 甲光：铠甲迎着太阳发出的光亮。金鳞：铠甲发出的光亮如金色的鱼鳞。

③ 角：古代军中一种吹奏乐器，多用兽角制成。燕脂：即胭脂。

④ 易水：河名，大清河上源支流，源出今河北省易县，向东南流入大清河。此借荆轲故事以言悲壮之意。

⑤ 黄金台：故址在今河北省易县东南，相传战国燕昭王为求士而筑高台，置黄金于其上，广招天下人才，事见《战国策·燕策》。玉龙：指代宝剑。

《雁门太守行》是乐府古题，李贺借以描绘战争场面。从相关史料推断，这首诗可能描绘的是平定藩镇叛乱的战争。前半首写日落前之情景，后半首写驰援部队的活动。这首诗起法尤妙，首联似突兀而来，极力渲染敌军兵临城下的凶猛之势，营造出一种战云密布、一触即发的紧张气氛。此外，一般来说战争题材的诗歌不适宜用色调较重的辞藻描绘，李贺在此却大胆运用了黑色、红色、金色、紫色、胭脂色等浓重、丰富的色调来描绘，使得战争的气氛得到有力的烘托，现场感和视觉冲击力也更为鲜明。这种奇崛诡异的风格，多用颜色字来烘托情景的做法，是李贺诗歌的普遍特征。“黑云压城城欲摧”已为成语，比喻恶势力一时嚣张造成的紧张局面。

黑云压城城欲摧

致酒行

零落栖迟一杯酒，主人奉觞客长寿。①
主父西游困不归，家人折断门前柳。②
吾闻马周昔作新丰客，天荒地老无人识。③
空将笺上两行书，直犯龙颜请恩泽。
我有迷魂招不得，雄鸡一声天下白。
少年心事当拏云，谁念幽寒坐呜呃。④

① 奉觞（shāng）：举杯敬酒。觞：古代酒器。

② 主父：即主父偃。汉武帝时临淄（今属山东）人，曾西游长安，穷困不得志，遭人白眼。见《汉书·主父偃传》。

③ 马周：唐太宗时人。马周年轻时受地方官侮辱，西游长安途中投宿新丰县（今西安市临潼区新丰街道）旅馆，主人待他比商贩还不如。长期沉沦后，终因代人上书而受到唐太宗破格提拔。见《旧唐书·马周传》。

④ 拏（ná）：同“拿”。拏云：凌云。比喻志向高远。

这首诗创作的大致背景是，年轻气盛的李贺，心怀借科举入仕以重振家道的愿望，不料却因父名“晋肃”之“晋”与“进士”之“进”同音，竟被人以避讳父名为由剥夺了科举考试资格。这一打击对李贺而言是巨大的，其一生坎壈，英年早逝，想必与这种遭际不无关系。这是一首歌行体的诗歌，“致酒行”即劝酒致辞之歌，全诗运用主客对白的方式展开，艺术上避熟就生，意新境奇。同样，这首诗的名句“雄鸡一声天下白”，常用作比喻前景光明，这句也被毛泽东的词作《浣溪沙·和柳亚子先生》所化用：“一唱雄鸡天下白，万方乐奏有于阗，诗人兴会更无前。”成语“天荒地老”也出自本诗，比喻经历的时间极久。

雄鸡一声天下白。

杜秋（790—？），《资治通鉴》称她为杜仲阳，后世则多称其为“杜秋娘”，金陵（此金陵不是今南京，而是今镇江）人。15岁嫁给润州刺史李锜做小妾，善唱《金缕衣》曲。后来入皇宫，受唐宪宗宠爱。唐文宗即位，杜秋娘被赐归故乡。大和七年（833）杜牧路过润州（今镇江市），看到杜秋娘穷老可怜，就写了一首《杜秋娘诗》。

金缕衣

劝君莫惜金缕衣，劝君惜取少年时。①
花开堪折直须折，莫待无花空折枝。
（第一季1次，第二季2次，第三季4次）

①金缕衣：缀有金线的衣服。

据杜牧《杜秋娘诗》及自注，元和年间时任镇海节度使的李锜酷爱此歌词，常命其妾杜秋娘在酒宴上演唱。这首乐府体的小诗，通俗流畅寓意简明而积极，“花开堪折直须折，莫待无花空折枝”一联常用作劝喻人们应看轻荣华富贵，要爱惜年少时光；同时也鼓励人们要及时行动，不要在错过之后才暗自悔恨。

花开堪折直须折，
莫待无花空折枝。

许浑（791—854），字用晦，润州丹阳（今属江苏）人。武后朝宰相许圉师六世孙。家住润州丁卯涧，有诗集《丁卯集》，后世称“许丁卯”。唐文宗大和六年（832）进士及第，官至睦州刺史。晚年归润州丁卯桥村舍闲居。许浑一生不作古体诗，专攻近体，五七律尤多，句法声律圆熟工稳。由于许浑诗中多描写水、雨之景，故有“许浑千首湿”之称。

咸阳城东楼①

一上高城万里愁，蒹葭杨柳似汀洲。②
溪云初起日沉阁，山雨欲来风满楼。③
鸟下绿芜秦苑夕，蝉鸣黄叶汉宫秋。
行人莫问当年事，故国东来渭水流。

（第四季2次）

① 题目一作《咸阳城西楼晚眺》。
② 蒹葭：芦苇一类的水草。汀洲：水边之地为汀，水中之地为洲。
③ “溪云”句：此句下作者自注：“南近磻溪，西对慈福寺阁。”溪，即磻溪；阁，即慈福寺。

作者通过登临咸阳城楼的所见所感，抒发出对于国家局势的隐忧之情。首联扣题，抒情写景，“愁”字，奠定了全诗的基调；颔联写晚眺远景，颈联写晚眺近景，虚实结合，将个人的吊古之情推向广远的历史之中；尾联作结，融情于景，展现出对于历史和现实的深刻思考。“山雨欲来风满楼”一句，已为成语，常常用来比喻局势将有重大变化前夕的迹象和气氛，也简写为“山雨欲来”。

山雨欲来风满楼。

张祜（792—854），字承吉，清河（今属河北）人。自小生长于江南，寓居苏州。元和十五年（820），令狐楚表荐于朝，然受阻于权贵而无果。元稹、白居易皆不喜张祜。后漫游各地，以布衣终身。张祜今存诗500余首，以题壁诗和宫词最为突出，体裁上众体兼备。

何满子①

故国三千里，深宫二十年。
一声何满子，双泪落君前。

（第一季1次，第二季2次）

① 何满子：原为唐玄宗时著名歌者，这里是歌曲名。白居易《何满子》诗自注云："开元中沧州有歌者何满子，临刑，进此曲以赎死，上竟不得免。"

宫词在张祜的创作中占有重要地位，其中以这一首用绝句体写就的《何满子》最为著名。据说唐武宗时有一位孟才人，因有感于武宗让其殉情之意，为奄奄一息的武宗唱了张祜的这首《何满子》，唱毕，竟气绝身亡。张祜另写有《孟才人叹》诗并序，详细记载了孟才人唱《何满子》而死的故事。与张祜同时的诗人杜牧也非常欣赏这首诗，在一首酬张祜的诗中写下"可怜故国三千里，虚唱歌词满六宫"之句。

一声何满子，
双泪落君前。

集灵台[①]

虢国夫人承主恩，平明骑马入宫门。[②]
却嫌脂粉污颜色，淡扫蛾眉朝至尊。[③]

（第二季1次，第四季2次）

① 集灵台：即长生殿，在华清宫，是祭祀求仙之所。
② 虢（guó）国夫人：杨贵妃三姊的封号。《旧唐书·杨贵妃传》载："太真有姊三人，皆有才貌，并封国夫人，大姨封韩国，三姨封虢国，八姨封秦国，并承恩泽，出入宫掖，势倾天下。"平明：天刚亮时。
③ 至尊：最尊贵的位置，特指皇帝。

《集灵台》是张祜的一组咏史七绝，共两首，这是第二首。这组诗皆是以讽刺杨玉环姊妹的专宠为主旨，第一首讽刺的是唐玄宗夺儿媳寿王妃杨玉环之事；这一首则专门讽刺虢国夫人的骄纵。张祜选取了虢国夫人朝见玄宗这一场景，集中笔墨描写其恃宠献媚的情状。相传玄宗和虢国夫人间有暧昧关系，首句"承主恩"三字即包罗了种种传言，而不用大费笔墨去描绘；第二句写虢国夫人"骑马入宫门"，点出她享有自由出入宫禁且不用下马的特权；第三、四句对虢国夫人觐见时的妆饰作了大笔特写，几乎不化妆，生动表现了她自诩美貌、刻意邀宠，工于心计，而又骄纵狂妄的心理。在艺术上，这首诗借咏史以刺时，似褒实贬，欲抑反扬，讽刺技巧十分高超。成语"淡扫蛾眉"即出自本诗，一般指妇女淡雅地化妆。

却	嫌	脂	粉	污	颜	色	，
淡	扫	蛾	眉	朝	至	尊	。

纵游淮南[1]

十里长街市井连，月明桥上看神仙。[2]
人生只合扬州死，禅智山光好墓田。[3]

（第一季 1 次，第三季 2 次）

① 淮南：即淮南道，治所在扬州。这里指扬州。

② 神仙：唐人惯以“神仙”代指歌妓。

③ 合：应该。禅智山：指禅智寺所在的蜀冈。禅智，即禅智寺，一名上方寺，地处扬州东北五里的蜀冈。本为隋炀帝行宫，后施舍为寺。一说“山光”指山光寺，在扬州东北湾头镇前，古运河之滨，原为隋炀帝行宫，后亦舍宫为寺。

宋代刘克庄《后村诗话》云：“扬州在唐时最繁盛，故张祜云‘人生只合扬州死’。”扬州在唐代是个极其繁盛富庶的都市，唐代许多诗人都曾游历过扬州，唐诗中描写扬州的诗歌也比比皆是，张祜的这首七绝即是其中脍炙人口的一首。该诗题曰“纵游淮南”，理解这首诗的关键全然系于这个“纵”字。张祜用“纵”来形容此次游历的整体感受，可见此行对诗人而言是十分纵情、尽兴和满足的。起句主要描写白天的扬州城，“十里”“连”等字眼毫不掩饰对其繁华之赞叹，次句则描写更为繁华的夜晚的扬州。第三句意脉一转，抒发诗人的感受，“死”字将诗人对扬州的喜爱、赞叹之情烘托到极致，这种极端的夸张造成了意想不到的艺术效果。末句是第三句的具体补充，并将第三句突然带来的突兀之感用柔和的方式收束。

人生只合扬州死

名句索引